酷威文化

图书 影视

第十三位
陪审员

THIRTEEN

[英]
史蒂夫·卡瓦纳
——
著

杨沐希
——
译

天津出版传媒集团
百花文艺出版社

图书在版编目（CIP）数据

第十三位陪审员 /（英）史蒂夫·卡瓦纳著；杨沐希译. -- 天津：百花文艺出版社, 2024.10. -- ISBN 978-7-5306-8941-7

Ⅰ．I561.45

中国国家版本馆 CIP 数据核字第 2024W154A6 号

THIRTEEN
Copyright © Steve Cavanagh 2018
This edition arranged with THE MEARNS PARTNERSHIP c/o Rogers,Coleridge & White Ltd.
Through BIG APPLE AGENCY, INC., LABUAN, MALAYSIA
Simplified Chinese edition copyright:
2024 Jiangsu Kuwei Culture Development Co.Ltd.
All right reserved.

著作权合同登记号：图字 02-2024-067

第十三位陪审员

DI-SHISAN WEI PEISHENYUAN

[英]史蒂夫·卡瓦纳 著；杨沐希 译

出 版 人：薛印胜
选题策划：胡晓童
责任编辑：胡晓童
出版发行：百花文艺出版社
地　　址：天津市和平区西康路35号　　邮编：300051
电话传真：+86-22-23332651（发行部）
　　　　　+86-22-23332656（总编室）
　　　　　+86-22-23332478（邮购部）
网　　址：http://www.baihuawenyi.com
印　　刷：天津旭丰源印刷有限公司
开　　本：880毫米×1230毫米　1/32
字　　数：289千字
印　　张：11.5
版　　次：2024年10月第1版
印　　次：2024年10月第1次印刷
定　　价：48.00元

如有印装质量问题，请与天津旭丰源印刷有限公司联系调换
地　　址：天津市宝坻区新开口工业园天通路16号
电　　话：（022）82573686 邮编：301800
版权所有 侵权必究

THIRTEEN

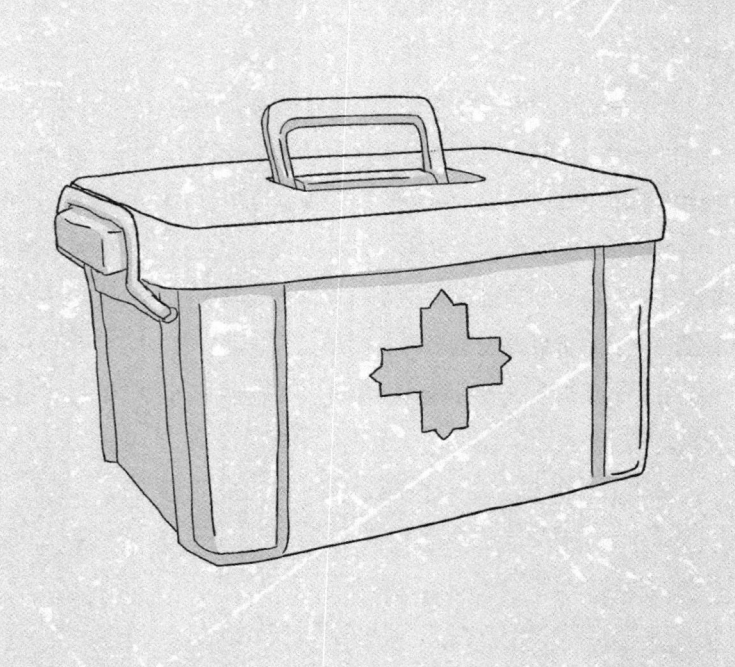

在一场震惊全国的谋杀案中,好莱坞巨星罗伯特·所罗门被控杀害新婚妻子与安保主任,两具尸体安静地躺在双人床上,只在舌下藏了一个说不出口的秘密———一只用1美金纸钞折成的纸蝴蝶。

所有杀人证据都指向罗伯特,随着审判的开始,参与案件审理的陪审员却纷纷厄运缠身,一个接一个地离奇死亡。这让艾迪·弗林起了疑心。他与前联邦调查局探员联手展开调查。真正的凶手就隐藏在法庭之中,他究竟是谁?艾迪·弗林是否能够查明真凶并将其绳之以法?……

CONTENTS
目录

序曲	六周后 星期一	星期二	星期三	星期四	星期五
001	011	087	143	263	331

序曲

THIRTEEN

冷冽的 12 月，下午 5 点 10 分，约书亚·凯恩躺在曼哈顿纽约刑事法院外面的纸箱上，考虑要不要杀个人。不是随随便便的某个人，而是特定的某个人。

没错，早前凯恩在搭地铁或看路人的时候，的确会考虑随机杀害某个只是碰巧出现在他视野中的他叫不出名字的人，也许是纽约地铁 K 线上读浪漫小说的金发秘书，也许是无视流浪汉乞讨还甩着雨伞经过的华尔街银行家，甚至可能是牵着妈妈过马路的小孩儿。

杀害他们是什么感觉？他们咽下最后一口气前会说什么？他们从这个世界离开的时候，眼神会有所改变吗？凯恩在思考这些事情的时候，会感觉到一阵愉悦在自己身上发散开来。

他看了看手表。

5 点 11 分。

白日缓缓走向暮色，尖塔的倒影投射在街道上。他望着天空，迎接着昏暗光线的到来。微弱的光线正合他意。渐暗的天光让他想要杀戮。

过去的六个星期，他躺在街上的时候，其实没有思考什么别的事情。接连好几个小时，他都盘算着是否该杀掉这个人。除了这个人的生死，其他的一切都精心策划好了。

凯恩不太喜欢冒险，这样才是明智的。如果不想让人注意到你，你就得谨慎一点儿。这是他很久以前就明白的道理。让那人活下来会造成风险，如果在未来命运让他们再次相遇呢？他会认得凯恩吗？他会不会想明白这一切呢？

如果是凯恩杀了他呢？这样的任务总是裹挟着很多风险。

但凯恩很清楚这种风险，他先前已经成功避开过好几回这种风险了。

一辆邮车停靠到凯恩对面的人行道边。身穿邮局制服的邮差下了车，是个看起来快50岁的大个儿。相当规律准时。邮差经过凯恩身边，从公务入口进入法院，他没搭理躺在街上的流浪汉。没零钱给他，今天不给，过去六个星期也没施舍过，完全没有。邮差规律准时地经过凯恩身旁时，凯恩又思索起是否该杀了他。

他有12分钟可以做决定。

邮差名叫艾尔顿，已婚，有两个未成年子女。他每周固定出门一次，老婆以为他是去跑步，其实他是跑到高档手工熟食铺大快朵颐。他读平装本小说，书是在翠贝卡的小店买的，一本1美金。星期四的时候，他会穿着毛毛拖鞋出门倒垃圾。看着他死去会是什么感觉？

约书亚·凯恩喜欢看别人表现出各种不同的情绪。对他来说，对方的失落、哀伤、恐惧让他飘飘然。

约书亚·凯恩和别人不一样，天底下再没有一个跟他一样的人。

他望向手表，5点20分。

该行动了。

他捋捋胡子，现在胡子已经很长了，不知道泥巴和汗水有没有替胡子增添色彩。他从纸箱上缓缓起身，伸展背部。活动身子让他闻到自己身上的气味。六个星期没换裤子和袜子，也没洗澡，臭气让他作呕。

他不能一直去想自己有多脏。脚边有一顶发霉的鸭舌帽,他翻了翻,里面只有两枚硬币。

眼看任务即将结束,自己的计划按部就班地执行,这令他相当满意。不过,凯恩觉得,加上一点儿运气的成分或许会更加刺激。艾尔顿不会知道,在这一刻,决定他命运的不是凯恩,而是将要抛掷的硬币。凯恩选了那枚 25 美分的硬币,向上抛掷,然后用手接住,平压在手背上。当硬币在他冰冷鼻息的雾气中翻滚时,他决定了,如果是人头那面朝上,艾尔顿就得死。

这是枚闪亮的 25 美分新硬币,与他肮脏的皮肤形成鲜明的对比,他望着它,脸上慢慢露出微笑。

距邮车 3 米外有一个热狗摊,小贩正在替一名没穿外套的高个儿男子服务。他看起来像刚被保释出来,打算用食物庆祝一下。小贩收下男人的 2 美金,然后朝他比画了一下挂在摊车下方的招牌。那里炙烤波兰香肠的海报旁边有一个律师的广告,还有电话号码。

> 你是否惨遭逮捕?
> 又是否惨遭起诉?
> 快找艾迪·弗林!
> …………

高个儿咬了一口他的热狗,点着头准备离开的时候,艾尔顿正好从法院大楼搬出三个装了邮件的灰色麻布袋。

三袋啊,那就是了。

就是今天。

艾尔顿通常只会拿两袋甚至一袋邮件出来，但每隔六周，艾尔顿就会抱出三个麻布袋。额外的那一袋就是凯恩期待已久的目标。

艾尔顿打开邮车的车厢门，把第一个袋子扔进去。凯恩缓缓靠近，右手伸了出来。

第二袋也上车了。

当艾尔顿拿起第三个袋子时，凯恩冲了过去。

"嘿，老兄，有零钱吗？"

"没有。"艾尔顿如是说，然后把最后一个袋子扔上车。接着他关上厢型车的右侧车门，然后又握着左侧车门把手，毫不犹豫地用力甩上。时机是关键，但愿硬币降临掌中。只见凯恩迅速伸手，车门顺势夹中他的手臂，甩门的力道毫无保留地施加在那条手臂上。

凯恩的时机抓得很准。他听到金属铰链转动并夹到手臂的声音。于是，凯恩握着手臂，发出惨叫声，跪了下去，然后看着艾尔顿双手抱头，双眼圆睁，诧异地张大了嘴。考虑到艾尔顿甩门的力道和车门的重量，正常情况下，凯恩的手臂应该是断了，并且是严重骨折，多处断裂，伤势惨重。

凯恩很特别，他妈妈总是这么说。他再次惨叫。凯恩觉得他应该好好演戏，至少得演好假装受伤这出戏。

"老天，小心你的手啊。我不知道你的手在那里……你……对不起啊。"艾尔顿气急败坏地说。

他跪在凯恩身旁，再次道歉。

"我觉得它断了。"实际上，凯恩很清楚，它没有。十年前，他身上多处骨头都换成了钢板、钢管和螺丝，仅存的骨头也加强过。

"该死、该死、该死……"艾尔顿环视着街道，不确定该怎么办。

很快，他又说："这不是我的错，但我可以找救护人员过来。"

"不,他们不会治疗我,他们只会送我去急诊室。我会在床上躺一晚,然后被他们打发走。我没有保险。差不多十个街区外有个医疗中心,他们会为流浪汉提供治疗。带我过去。"凯恩说。

"我不能带你去那儿。"艾尔顿拒绝了。

"什么?"凯恩问。

"我不能让人乘坐这辆邮车,如果有人看见你坐在前座,那我的饭碗就不保了。"

凯恩松了口气,艾尔顿还在努力遵守邮差的工作规定。只能指望这点了。

"让我待在后面。那样就没人看得到我了。"凯恩提议说。

艾尔顿望了望车厢,然后又看了看那扇没关上的门。

"我不知道……"

"我什么也不会偷,我只要手一动就想叫。"凯恩说着,又扶着手臂哀号一声。

艾尔顿犹豫了一会儿,说:"好吧,但别靠近邮件袋,好吗?"

"好。"凯恩答应道。

艾尔顿把他从路边拉起来。凯恩闷哼了几声,并且在他觉得艾尔顿太靠近自己的伤手时叫了出来。不久之后,凯恩坐在邮车的钢质地面上,随着车子往东边前进,一路跟着摇摆的幅度适当发出哀号声。车厢与驾驶座之间是隔开的,所以艾尔顿看不见他,大概也听不到他发出来的声音,但凯恩得以防万一,于是一路哀叫。这里唯一的光来自车顶的两面毛玻璃舱口。

车刚起步,凯恩就从外套里掏出美工刀,割断法院那三个邮件袋的绳索。

第一袋,不对,只是普通的邮件;第二袋也是。

第三袋就中奖了。

这个袋子里的信封长得不一样，很好认。每个信封下方都有一行红底白字，印着"立即拆阅重要法院传票"。

凯恩没有拆信，而是把信封摊在车厢地面上，边摊还边筛选出寄给女性的传票，放回袋子里。30秒后，他的面前就摆放了六七十个信封。他拿出塞在衣服内层的数码相机快速拍摄，一次拍五个信封，反正之后可以放大照片，再仔细看上面的人名与地址。

任务完成，凯恩把所有信件放回袋子，并用新的绳带把袋子一一绑回去。这种绳带很好找，法院和邮局用的是同一个品牌。

还有时间，凯恩瘫坐在地上，看着相机屏幕上的信封照片。他在里面能够找到完美人选。他知道，他能感觉到。这种兴奋感让他心跳加速，仿佛有电流从他脚底一路上蹿，直接涌入他的心脏。

经过曼哈顿时车子不断走走停停后，凯恩花了点儿时间才意识到邮车终于停了下来，于是他收起相机。后车门打开，艾尔顿把身子探进车厢，伸出援手。凯恩蜷着假装受伤的手臂，伸出另一只手握住艾尔顿伸过来的手臂，借力起身。其实可以很轻松、很快的，他只需要站稳脚跟，使劲一拉，再稍微施力，邮差就会被拖进车厢中。接着，一个流畅的动作，美工刀就能划开艾尔顿的脖颈，然后沿着下巴刺进颈动脉。

艾尔顿扶凯恩下车，小心翼翼地陪他走进医疗中心。

硬币掷出后朝上的是有字的那面，所以凯恩不能动艾尔顿。

凯恩感谢他的"救命恩人"，然后目送对方离开。几分钟后，凯恩离开医疗中心，走上街道，查看邮车有没有折回来看他是否无恙。

连个影子都没有。

THIRTEEN

这天傍晚，艾尔顿穿着他的慢跑服，离开他最爱的熟食铺，腋下还夹着吃了一半的鲁本咸牛肉三明治，另一只手抱着采购杂货用的棕色牛皮纸袋。一名胡子刮得干干净净、打扮时髦的高个儿男子出现在艾尔顿面前，挡住他的去路，害他必须在黑暗之中停下来，站在一盏破碎的路灯下。

约书亚·凯恩喜欢傍晚的凉爽、舒适的西装与干净的脖子。

"我又抛了一次硬币。"他说。

凯恩朝着艾尔顿的脸开枪，然后迅速消失在暗巷中。如此迅速、轻松的处决方式让凯恩感觉不到乐趣。最理想的状况是他会等上几天再对艾尔顿下手，但他实在没那个闲情逸致。

他还有好多事要做呢。

六周后 星期一

THIRTEEN

00:01

　　我身后的法院长凳上没有记者，旁听席上没有观众，没有当事方的家属，这里只有我、我的客户、检察官、法官、速记员和书记官。哦，还有一名坐在角落里的法警，正偷偷摸摸地用智能手机看洋基队比赛。

　　此时，我人在中央街100号，纽约曼哈顿刑事法院大楼八层的一间小法庭中。

　　没有别人在是因为没有人关心。事实上，检察官根本不在乎这个案子，而法官也在看完逮捕记录后没了兴趣，那上面写着"持有毒品及吸毒用具"。诺曼·福克斯已经担任检察官这个职务半辈子了，而且再过六个月他就要退休了，这件事明眼人都能看得出来。他衬衫最上面的扣子没扣，西装看起来像是在里根总统那个年代买的，而两天没刮的胡子则是他全身上下唯一一样看起来干净整洁的"东西"。

　　首席法官克利夫兰·帕克斯那张脸看起来像是个泄了气的皮球。此时的他正单手撑头，靠在法官席上。

　　"我们还要等多久，福克斯先生？"帕克斯法官开口问。

　　诺曼看看手表，耸耸肩，说："法官大人，抱歉，他应该马上就到了。"

　　女书记官整理了一下面前的文件。静默再次笼罩整个法庭。

　　"请容我郑重声明，福克斯先生，你是一位经验老到的检察官，我认为你应该知道，没有什么比迟到更让我恼火的了。"法官说。

诺曼点了点头。当帕克斯法官下巴上的肉开始涨红时，他再次道歉，手还不由自主地拉了拉衬衫的领口。帕克斯坐得越久，脸就越红，他就是这么生动的人。他从来不会提高音量或挥舞控诉的手指，只会坐在位子上生闷气。他厌恶迟到这件事是远近闻名的。

我的客户吉恩·玛丽，55岁，当过妓女，她靠过来压低声音问："艾迪，如果那条子①不出现会怎么样？"

"他会出现的。"我说。

我知道条子会出现，但我也知道他会迟到。

我已经确保他会迟到。

这种把戏只能在诺曼当检察官的时候使用。两天前的5点稍早一点儿，我提出申请要撤销罪名，排期人员②却已经下班回家了。不过，多年的执业经验让我知道他们处理文件、安排听审的速度有多快。排期人员会设法寻找空闲的法庭，但办公室里通常会有成堆的案子，所以我预测我们要到今天才能被安排上听审。一般来说，申请审理通常会在下午2点左右举行，但检察官和被告只能在庭审开始前几个小时得知该去哪间法庭。这不要紧。诺曼早上在传讯法庭有案子，我也是。我会询问书记官要在哪间法庭审理案件，书记官会在电脑上查询并告诉我当天申请的听审地点。得知确切的地点后，任何一个检察官都会拿起手机打给他们的证人，通知他们该去哪里。但诺曼不是这样，他从来不带手机，他不相信手机，觉得手机会带来有害的辐射。我早上特地在传讯法庭找到诺曼，告知他下午庭审的地点。如果我没有通知诺曼，他就得跟他的证人一样，去白板那里查看，他也只能希望证人会去查。

---

① 英语中"警察"的俚语，有不尊重的意味。
② 安排听审期的人。——编者注

THIRTEEN

　　这白板在法院大楼的 1000 室，也就是书记官办公室中。办公室里除了有好几排等着缴罚款的队伍外，还有一块白板，上头列着当天庭审与申请听审的场地。这块白板的存在是为了告诉目击证人、警察、检察官、法律系学生、游客和律师这座法院大楼工作时间地点的庭审动态。在申请开始前 1 个小时，我跑去 1000 室，背对书记官，在白板上找到我申请的场地，擦掉原本的场地编号，乱写了一个新的上去。这只是个小把戏，和我在漫长的十年骗子生涯里玩儿的那些冒险的手法大相径庭。当上律师以后，我允许自己偶尔使一下昔日的手段。

　　根据经验在这里等电梯需要花费的时间，我猜我的手段足以让诺曼的证人晚到个 10 分钟以上。

　　果然，迟到 20 分钟后，迈克·格兰杰警探走进法庭。我听到身后传来开门声的时候，并没有立刻转头。我只听到格兰杰踏在瓷砖地面上的脚步声，急如帕克斯法官手指在桌面不耐烦的敲击声。接着，我听见另一通脚步声出现，因此转过头去看。

　　在格兰杰身后走进法庭的是一名中年男子，他身穿昂贵的西装，在后方坐了下来。我立刻认出他，头发飘逸、一口为了上电视而装的白牙、成天坐在办公室的苍白面容。鲁迪·卡普是那种为了案子可以连续好几个月出现在晚间新闻、法院频道的律师，他的脸会登上杂志封面，而他在法庭上的技巧也名副其实。货真价实的诉讼明星。

　　我没见过这家伙真人，我们在不同的社交圈"狩猎"。鲁迪一年会跟白宫高层进行两次晚餐，我跟哈利·福特法官一个月会一起喝一次便宜的苏格兰威士忌。曾几何时，我臣服于酒精，但现在不会了，一个月一次，一次不会超过两杯。一切都在掌握之中。

　　鲁迪朝我的方向挥挥手。我回过头，看到法官正瞪着格兰杰警探。我又转回头去，鲁迪再次挥手。我这才意识到他是在跟我打招呼。我也挥手,接着转过身来,想重新汇聚起精神。我想不通他为何会出现在我办案的法庭上。

"欢迎你加入,警探。"帕克斯法官说。

迈克·格兰杰是一位经验老到的纽约警察,走路一副踱样。只见他掏出手枪,吐出口香糖,黏在皮制枪套上,然后把枪留在检察官的桌子上。法院不能持械,执法人员应该把手枪寄放在安保人员那边,但法院安保人员通常会对资深警探睁一只眼闭一只眼。不过再怎么资深,也不该带枪站上证人席。

格兰杰想解释他为什么迟到。帕克斯法官摇头打断他,让他把话留到证人席上说。

我听到吉恩·玛丽叹了口气。她染成金色的头发已经露出黑色的发根。她伸手掩嘴,手指都在颤抖。

"别担心。跟你说过了,你不会回监狱的。"我说。

为了出庭,她穿了新的黑色裤装,看起来很不错。这让她稍微有了点儿信心。

当我试图安慰吉恩时,诺曼上场了,传格兰杰上证人席,这场演出开始了。警探宣过誓后,诺曼要他简单描述自己逮捕吉恩的过程。

那晚,他经过37街和莱克星顿大道,看到吉恩站在一间按摩店外面,手里有个袋子。格兰杰知道她有卖淫的前科,于是他下了车,接近她,向她自我介绍并亮出警徽。他说,在那一刻,他看到吸毒用具从吉恩的牛皮纸袋上方冒出来。

"是什么样的吸毒用具?"诺曼问。

"一根吸管。那是瘾君子平常用来吸毒的东西。我看得清清楚楚,就是从她的袋子里伸出来的。"格兰杰说。

帕克斯法官对此一点儿也不惊讶,甚至还翻了个白眼。信不信由

THIRTEEN

你,近半年来,纽约警察以持有吸毒用具为名逮捕了五六个非裔美国籍年轻人,就因为他们持有汽水吸管,通常吸管还插在汽水杯里。

"你当时是怎么做的?"诺曼问。

"对我来说,看到一个人持有吸毒用具就已经构成了理由,玛丽小姐有相关前科,所以我搜查了她的袋子,在里面找到了毒品。袋子底部有五小包大麻。因此我逮捕了她。"

吉恩听起来要去坐牢了,一年内再次犯下与毒品有关的罪,这次可不会再缓刑。她大概会坐上两到三年的牢。事实上,我清楚她已经因为这次犯罪失去自由好一阵子了。她遭到逮捕后,在狱中待了三个星期,然后我才想办法找到保释担保人替她出具了一张保释保证书。

我先前问过吉恩遭逮捕的经过。她老实告诉了我,她每次都会如实相告。

格兰杰想在他的车后座占她便宜。吉恩告诉他,她已经不卖淫了。所以格兰杰下了车,抢了她的袋子。看到里面有大麻,他就提出,今后要从她的收入里抽取百分之十五,不然就逮捕她。

吉恩告诉我,她此前已经被迫答应把营收的一成交给十七分局的两名巡逻警察了,显然他们也没做好该做的工作。这些条子认识吉恩,通常会睁一只眼闭一只眼。吉恩虽然有前科,但她很爱国,她的产品是百分之百美国本土种植的大麻,都是从华盛顿州的许可农场直接送来的。吉恩的大多数客人都上了年纪,抽大麻是为了缓解关节痛或舒缓青光眼的症状。他们都是她的常客,不会惹麻烦。吉恩要格兰杰走开,所以他逮捕了她,并编了一个故事。

当然,我在法庭上完全没办法证实这种事。我连试都懒得试。

诺曼一坐下,我就起身,清了清嗓子并调整了一下领带。我让双脚与肩膀同宽,喝了一口水,然后站稳脚跟。我想让自己看起来自在点儿，一副准备好要跟格兰杰聊上至少两个小时的模样。我从我的位子上拿起一页档案，向格兰杰提出我的第一个问题。

"警探，你在陈述中说被告用右手拿着袋子。我们都知道这是一个大牛皮纸袋，一只手很难拿稳。我猜她应该是提着纸袋上方的提手的。"

格兰杰看我的眼神仿佛是说我在用愚蠢平庸的问题浪费他的时间。但他还是点点头，歪嘴露出微笑。

"对，她握着袋子的提手。"他说，然后充满信心地望向检察官，让对方知道一切还在他的掌控之中。看得出来，诺曼和格兰杰为了今天花了不少时间讨论吸管的合法使用方式。格兰杰准备得相当充分，他期待跟我好好理论吸管这一议题，无论是不是用来喝汽水之类的用途。

可我没再问下去，而是坐回原位。我的第一个问题也是最后一个问题。

我注意到格兰杰用狐疑的眼神看着我，仿佛他被小偷偷了东西，却又无法确定。诺曼确认他不想再次诘问证人，于是格兰杰警探离开证人席，而我则请诺曼让我展示三件证物。

"法官大人，本案 1 号证物是袋子，这个袋子。"我高举透明密封物证袋，里面有一个牛皮纸袋，正面有麦当劳的商标。我弯腰拿起我自己的麦当劳纸袋，高举两者进行比较。

"这两个袋子尺寸相同，都是 50 厘米深。这是我早上吃早餐的时候拿的。"

说完，我放下两个袋子，拿起另一件证物。

"这是被告袋子里的物品——我客户遭到逮捕那天所持有的东西。2 号证物。"

在这个密封证物袋里有五小包大麻。把它们通通倒进吃麦片的碗里都装不满。

THIRTEEN

"3号证物是一般的麦当劳汽水吸管,这根吸管长20厘米。"我一边说,一边高举吸管,"我今天早上拿的吸管跟这根一模一样。"我拿出我那根吸管,然后放在桌上。

我把大麻放进我的麦当劳袋子里,高举起来让法官看。然后我提着袋子的提手,用另一只手把吸管直直地放进袋子里去。

完全看不见吸管。

我把袋子交给法官。他看了看,把吸管拿出来,又放进去。他重复了好几次这个动作,甚至把吸管直直摆在大麻上。我知道会是这样,因为我实验过。

"法官大人,我尊重速记员记下的内容,但我的笔记本上写着,格兰杰警探对于吸管的证词为'我看得清清楚楚,就是从她的袋子里伸出来的。'辩方同意,如果袋子是往下折或向下卷的,吸管的确可能露出来。不过,格兰杰警探在证词中证实,我的客户提着袋子的提手。法官大人,这么说来,这就是压死骆驼的最后一根吸管了[1]。"

帕克斯法官举起一只手。他已经听够了我的说辞。他在座位上转过身,将目光移到诺曼身上。

"福克斯先生,我已经检查过这个纸袋了,吸管和其他东西会在袋子底部。我质疑格兰杰警探表示能够看到吸管从袋子上方伸出来的说辞。根据这点我认为,他的搜查并不构成正当理由,所有的搜查证据都不予以采纳,包括吸管。最后,对于近来某些执法人员将汽水吸管及其他无害用具归类为吸毒用具的风潮,我必须表达我的担忧。言归于此,你没有证据支持这项逮捕行为,我在此撤销所有罪名。福克斯先生,我相信你有很多话想对我说,但没必要,恐怕你们已经太迟了。"

---

[1] 在英文中,稻草跟吸管都是 straw。

吉恩抱着我的脖子，差点儿把我勒死。我轻拍她的手臂，示意她放开我。等她收到律师费账单的时候，大概就不会想抱我了吧？法官与工作人员起身离开了法庭。

格兰杰冲了出去，一路上还用食指指着我。但这并没有困扰到我，我早就习惯了。

"我要期待你们什么时候提出上诉吗？"我问诺曼。

"这辈子都不会。"他说，"格兰杰才不会无端逮捕你的客户，这种低级的毒贩。这次逮捕背后也许有什么你我永远都不会知道的原因。"

诺曼加快脚步，跟着我的客户离开了法庭。现在这里就剩下我跟鲁迪·卡普了。他鼓起掌来，脸上挂着看似真诚的笑容。

鲁迪起身说："恭喜，真是……让人刮目相看。我需要借用你 5 分钟时间。"

"干吗？"

"我想知道你是否愿意担任纽约史上最大谋杀案的助理律师？"

00:02

凯恩看着身穿素色衬衫的男子打开公寓大门，然后站在原地，惊讶到说不出话来。凯恩看到他露出困惑不解的神情，有点儿好奇这人在想什么。他猜衬衫男以为自己是在照镜子，仿佛有人搞恶作剧跑来按他家门铃，还在门口摆了一面全身镜。接着，男人发现这不是镜子，他揉搓着额头，从门口退了一步，想要搞清楚自己到底看到了什么。此时是凯恩与这个男人最接近的时刻。一段时间以来他都在观察这个

THIRTEEN

人，拍他的照片并模仿他。凯恩上下打量着这个男人，很满意自己的努力。凯恩和杵在门口的这个男人身穿同样的衬衫，染着同样的发色，还稍微修剪了头发、刮了鬓角、上了点妆，以复制出男人两边太阳穴旁后退的发际线。他们戴着一模一样的黑框眼镜，就连左边裤管下方的漂白水痕迹都如出一辙，距离裤脚 13 厘米，距离内侧裤缝线 5 厘米，还有同款靴子。

凯恩把视线焦点移到男人的脸上，默数 3 秒，然后男人才发现这不是在开玩笑，他望着的并不是自己的镜像。就算如此，男人还是望向自己的双手，确定自己手上空无一物。因为凯恩贴着大腿的右手握着一把上了消音器的手枪。

凯恩趁着猎物不解的时候，用力推着男人的胸膛，逼着他回到室内。凯恩踏入公寓，将门在身后踢上，听到大门甩在门框上的声响。

"现在去浴室，你有危险了。"凯恩说。

男人高举双手，嘴唇动了动却没有发出声音，他挣扎着想要说点什么，什么都好，却什么也没说。男人只能从走廊一路退进浴室，直到他的大腿后侧碰到珐琅浴缸才停下。他高举的手不断颤抖，目光扫视着凯恩，眼中交织着困惑与惊恐。

凯恩也忍不住仔细端详着浴室里的男人，注意到他俩外观的些许不同。仔细看，他比这个男人瘦了八九公斤。发色相近，但还是有点儿差异。还有那道疤，男人左脸嘴唇上方有一个小疤。凯恩五周前所拍的相片里没有捕捉到这道疤，男人驾照上的照片也没有。也许这道疤是在拍照后才出现的。不管怎么说，凯恩知道自己能够复制这条疤痕。他研究过好莱坞的化妆术，一种质地轻薄的快干乳胶溶液几乎能够复制出任何疤痕。凯恩点点头。他搞定了眼珠颜色，隐形眼镜帮了大忙。他觉得自己可能会需要一点儿黑眼圈儿，也许需要把肤色调浅一点儿。问题在于鼻子。

但这是能够解决的问题。

凯恩心想：不完美，但也不会差到哪里去。

"这是怎么回事？"男人问。

凯恩从口袋里拿出一张折好的纸，扔到男人脚边。

"捡起来，大声念上面的字。"凯恩说。

男人双腿颤抖着屈身捡起纸张，摊开后读了起来。他望回来的时候，凯恩拿着一台小型数码录音机。

"念大声一点儿。"凯恩说。

"你……你要什么……都……都给你，不要……伤害……伤害我。"男人遮着脸说。

"嘿，听我说。你有危险。没时间了，有人要来杀你。放轻松，我是警察，我是来替代你，顺便保护你的。不然你觉得我为什么要打扮得跟你一模一样？"凯恩说。

男人从手指缝隙间再次望向凯恩，眯着双眼，摇起头来。

"谁会想要杀我？"

"没时间解释，但那家伙必须相信我就是你。我们会送你出去，让你去安全的地方，不过我需要你先帮我。你看，我外表像你，但我讲话的声音不像。快读这张纸上的句子，我要听你说话的声音，学你讲话的节奏，搞清楚你是怎么发声的。"

男人开始大声朗读，紧握纸张的手颤抖不已。一开始他还有些犹豫，前几个字念得含混不清。

"停，放松一点儿，你现在很安全。你会没事的。现在再来一遍，从头开始。"凯恩说。

男人深呼吸，又试了一次。

THIRTEEN

"饥饿的紫色恐龙吃掉了漂亮好心的狐狸、喋喋不休的螃蟹,还有疯狂的鲸鱼,然后开始贩卖和嘎嘎叫。"他乖乖读完,脸上浮现出不解的神情,"这是什么玩意儿?"

凯恩停下录音机,举枪对准男人的脑袋。

"这个句子里有英文所有的发音,能够让我知道你讲话的音域范围。抱歉,我骗了你。我就是要杀你的人。相信我,我也希望我们能有更多相处的时间,这样会简单一点儿。"凯恩说。

消音器手枪中射出的一发子弹打进男人的上颚。这是一把口径0.22毫米的消音手枪。没有子弹射出来的孔洞,不用清理血液和脑浆,不用挖出墙壁里的子弹。干净利落。男人的尸体跌进浴缸。

凯恩把手枪扔进洗漱台,离开浴室,走去打开大门。凯恩查看门外走道,等了一会儿,没看到人影,看来没有人听到声响。

从大门出去后,走廊对面有一间小小的储藏室。凯恩打开储藏室的门,拿出他之前摆在这里的健身包和一桶碱液,回到公寓,进了浴室。如果他能杀人抛尸,他会在别的地方完成这件事,那样效率会高得多。然而情势不允许他那么做。他不能冒险移动尸体,就算分尸也不行。在长达五个星期的监视里,凯恩观察到男人出门的次数不超过二十趟。男人不认识大楼里的任何人,没有朋友,没有家人,没有工作,最重要的是没有访客。凯恩非常确定这一点。不过,大楼里的人都认识他,附近也有人认得他。他会跟邻居打招呼,会跟商店店员闲聊。虽然只是些点头之交,但还是交流了。所以,凯恩必须看起来像他,听起来像他,还要尽量保持男人生活上的"例行公事"。

不过有个例外,非常明显的例外。男人生活中的例行公事就要被彻底改变了。

在凯恩开始处理男人的尸体前,他得先对自己动手。凯恩花了点时间再次研究男人的脸，仔细研究。

鼻子。

男人的鼻子弯向左侧，而且比凯恩的鼻子要宽厚一些。他的鼻梁肯定几年前断过，大概没保险、没钱，所以没打算把鼻子弄好。

凯恩迅速脱下衣服，整齐折好摆进客厅，然后从浴室拿了一条浴巾，泡在洗脸台水池中的热水里，接着拧干。他对用来洗脸的小方巾也做了同样的处理。

他将湿答答的浴巾卷成7厘米粗的条状，把方巾盖在右脸上，确保盖住了鼻子。卷起来的浴巾长度足以让凯恩在头上打结。

凯恩站在浴室里，右手握着门把手，把门朝自己的脸拉近，让门边碰触到他的鼻梁。方巾会减缓门边尖锐的冲击力道，保护他的皮肤不会破裂。凯恩稍微向左调整头的角度，然后左手摆在左脸上。他感觉到脖子上的肌肉绷紧，推着左手，同时也推着自己的脖子。这意味着冲击力不会把他的头撞向左边。

凯恩数到三，先把门拉开，再反方向甩过来，门板边缘重重砸在他的鼻梁上。他的头没事，可鼻子就惨了，仅从骨头发出的声响就听得出来。他也只能根据声响来判断，因为他现在什么感觉也没有了。

绕在头上的浴巾让门不会撞击他的头部，造成眼眶底部破裂性骨折。那种伤会让他眼睛流血，大概需要手术修复。

凯恩解下头上的浴巾，拿开方巾，将它们通通扔进浴缸，盖在男人大腿上。他望向镜子，又看看男人的鼻子。

差了点儿。

凯恩捏着鼻子两侧往左边扭。他听到碎裂声，是骨头粉碎时发出的声音。听起来像是他把早餐麦片紧紧包在纸巾里，然后用力一捏。他再次望向镜子。

不错。肿胀也有帮助,他可以用化妆品遮住势必会出现在眼周及鼻子附近的瘀青。

他穿上事先放在健身包里的化学防护连体衣及其他护具,接着把浴缸里的男人脱个精光。扭开碱液的盖子时,一股白色粉末喷出,这是高浓缩的粉末形态碱液。浴缸水龙头的热水流得很快,浴室没多久就热到让人无法忍受的程度。高温让男人的皮肤发红,丝丝血流在热水里如红色的烟般漂浮舞动。凯恩量出三杯碱液粉末,倒进浴缸里。

当浴缸里的水漫到四分之三时,他关掉水龙头,从包里拿出一大片橡胶布,摊开来盖在浴缸上。他又拆开一卷封箱胶带,开始用长长的胶带把橡胶布封在浴缸上面。

凯恩知道各种销毁尸体而不留下任何与自己有关的痕迹的方法,眼前这种处理方式的效率特别高。这种方法的依据是碱的水解过程,这个过程会溶解掉生物的皮肤、肌肉、组织,甚至牙齿,直到分子水平。使用碱液粉末混合足量的水,只需16小时就能溶解掉一具尸体。然后凯恩就会有一浴缸的绿色及咖啡色液体,最后只要把浴缸里的水放掉就大功告成了。

留下来的牙齿和骨骼会被漂得洁白且脆弱,用鞋跟一踩就会变成一堆粉末。而解决骨粉最好的方案就是将它们加进一大盒洗衣粉里。洗衣粉与骨粉能轻易混合,况且任谁也不会想到要去检查洗衣粉。

浴缸里头最后只会剩下那颗子弹,凯恩可以把子弹扔进河里。

干净利落,他就喜欢这样。

凯恩对目前的工作相当满意,他对自己点点头,然后走到公寓短短的走廊上。紧闭的大门旁边有一张小桌子,上头摆了一沓开了封的信件,最上面的信封上有一行红底白字,这是几个星期前凯恩拍摄过的众多信中的一个。这是载明陪审员义务的传票。

00:03

我看到法院外头的中央街上停着一辆黑色豪华轿车,司机站在人行道上,拉开后座车门等着。鲁迪·卡普来找我吃午餐,而我饿了。

司机把车停在距离热狗摊不到3米远的地方,摊贩推车下方的广告牌还贴了我的照片,超大一张,仿佛我需要全宇宙提醒自己跟鲁迪有多不一样似的。我们上车后不久,鲁迪就拿出手机打电话。司机带我们到南公园大道的餐厅。我连店名都念不出来,看起来像是法文。鲁迪下了车,挂断电话后说:"我喜欢这个地方,全纽约最棒的熊葱汤就在这里。"

我连熊葱是什么都不知道。我相信跟熊应该没有关系,但我还是配合他的演出,跟着鲁迪走了进去。

服务生小题大做了一番,然后带我们到后面的桌位,远离繁忙的午餐人潮。鲁迪坐在我对面。这里是用餐巾、铺桌布的高级饭店,背景有现场弹奏的轻柔钢琴声。

"我喜欢这里的灯光……很有气氛。"鲁迪说。

这里的灯光有气氛到我必须就着手机屏幕的白光才能看清楚菜单上的字,全是法文。我决定了,不管鲁迪点什么,我也跟着点就是了。这里让我觉得很不自在,我不喜欢在菜单不标价钱的地方点餐。这不是我会来的地方。服务生接过我们点的菜单,倒了两杯水,然后转身离开。

"艾迪,咱们直说吧。我喜欢你,我已经注意你好一阵子了。这些年,你打了几场不错的官司。大卫·柴尔德那桩。"

我点点头。我不喜欢聊旧案,过往就留在我与客户之间吧。

"而且你那几件跟纽约市警局对着干的诉讼也很成功。我们做了功课，你的确有两把刷子。"

他说功课的口气让我想到，也许他知道我在参加律师资格考试前在外面有什么名号。不外乎是那些说我是骗子的流言，但谁也不能证明什么，我喜欢这样。

"我猜你知道我手上有什么案子。"鲁迪说。

我的确知道，想不知道可太难了。我每个星期都能在电视上看到他的脸，快一年了吧。"你是那个电影明星罗伯特·所罗门的律师。如果我没记错，下星期就要开庭了。"

"三天后就开庭，明天要选陪审员。我们希望你加入。你在准备的时候可以先接触几名证人。我觉得你的风格令人印象深刻，所以才来找你。助理律师，工作两个星期，你还能借此免费打广告，宣传的效果会超乎你的想象。我们可以付给你 20 万美金的费用。"

鲁迪用他那洁白无瑕的牙齿对我微笑。他看起来像是糖果店老板，承诺街头小孩儿可以巧克力免费吃到饱一样，表情非常亲切。但我越是保持沉默，鲁迪就越难维持他的笑脸。

"你说'我们'，这个'我们'到底指谁？我以为卡普法律事务所就你一个老板。"

他点点头，说："的确如此，但若要打与好莱坞明星有关的谋杀官司，场上永远会有另一个玩家。我的客户是电影公司，他们请我代表博比，他们会出钱。孩子，你觉得如何？想成为出名的律师吗？"

"我喜欢低调。"我说。

他的脸耷拉了下来。

"拜托，这是本世纪最大的谋杀官司，你不这么觉得吗？"鲁迪问。

"免了，谢谢。"我说。

鲁迪没料到我会是这种反应。他向后靠在椅背上，双手环胸，说：

"艾迪，全纽约的律师都挤破头想坐上这个案子的辩护席，这点你很清楚。是钱的问题吗？怎么了？"

服务生端来两碗汤，鲁迪挥手退回食物。他把椅子拉向桌边，身体靠向前，手肘撑在桌面上，等待我的答案。

"鲁迪，我不想当浑蛋。你说得对，大部分的律师都会为了这个机会挤破头，但我不是大部分的律师。就我在报纸及电视上看到的消息，我觉得罗伯特·所罗门杀了那两人。不管他多有名，不管他多有钱，我都不会帮一个杀人犯逍遥法外。抱歉，我的答案是'不'。"

他歪头看我，脸上还挂着那个灿烂的笑容，然后微微点起头来。"艾迪，我懂。咱们为何不把费用提高到25万呢？"

"这不是钱的问题，我不替凶手辩护。很久以前我走过那条路，但代价太惨重，完全无法用金钱弥补。"我说。

鲁迪暂时收回笑脸，换上了一幅如释重负的神情："哦，行，这样咱们就没问题了。听着，罗伯特·所罗门是无辜的，是纽约市警察局栽赃他，指控他谋杀。"

"是吗？你能证明吗？"我问。

鲁迪停顿了一下，然后说："不能，但我觉得你可以。"

00:04

凯恩凝视着他面前的卧室镜子。在镜子的边缘，玻璃和镜框之间，夹着几十张这个男人的照片，此时此刻，这位先生正在自家浴缸里缓慢溶解。这些照片是凯恩带来的，他还需要一点儿时间来研究他的目标。其中有一张照片，也只有这张照片，捕捉到的是男人的坐姿，他特别注意到这张照片。画面里的男子坐在中央公园的长椅上，朝鸟儿扔面包屑。他的腿跷起来交叉在胸前。

凯恩从客厅搬来的扶手椅比照片里的长椅还要矮上十几厘米，他吃力地要把腿跷对角度。他通常不跷腿，因为感觉不舒服，也不自然，但说到让自己变成另一个人，凯恩可是完美主义者。这是成功的关键。

他还在读书的时候就发掘了自己模仿的天分。下课时，凯恩会在同学们面前模仿不同的老师，同学们会笑到在地上打滚。凯恩从来不笑，但他喜欢别人的关注。他喜欢听同学们的笑声，却不明白他们在笑什么，也不懂他们的笑与他的模仿有什么关系。不过，他偶尔还是会模仿，这是他融入同学们中的方法。他小时候常常搬家，新学校、新城镇，几乎每年都要换新环境。无论是因为疾病还是酒精，他的母亲势必会失去工作。然后邻近地区会张贴起海报，又有谁家的小动物不见了踪影。

通常这时候就要搬家了。

凯恩发展出迅速认识别人的能力。他很会结交新朋友，因为他有很多练习的机会。模仿可以破冰。几天后，班上的女生不再以异样的眼光看他，男生则会找他聊棒球。没多久，凯恩不只模仿老师，也开始模仿名人了。

他坐直身子，再次把腿跨在另一条腿上，模仿照片中男子的坐姿。右小腿压在左膝上，右脚向前伸。然而右腿却从膝盖上滑开，他开始咒骂自己。凯恩花了点儿时间复诵录音机里男人所念的那句话——男人说完就吃了子弹的那句话。他念诵单词，低声细语，再慢慢提高音量。凯恩一而再再而三地播放录音。他双眼紧闭，仔细聆听。录音机的音质实在好得不得了，他听得出男人口气里的恐惧。男人喉咙深处的颤抖在某些字词上发散出涟漪。凯恩想要分离出这些词汇里的情绪，以充分的自信复诵，试着测试在不恐惧的状况下，这些话听起来会是什么样子的。录音机捕捉到的声音相当低沉。他降低八度，为了堵住声带还喝了点儿全脂牛奶。这个方法奏效了。经过几次练习，声调持续在他脑袋里播放，他终于能够充满自信地重复那句话。或者应该说，至少在不依赖奶制品让他生痰的状况下，他也可以模仿得相当接近了。

又继续播放录音练习了15分钟，凯恩的语气已经跟男人一模一样了。这次，当他跷起脚的时候，腿稳稳地跨在了该放的位置上。

凯恩满意地站起身，前往厨房，走到冰箱旁。他倒牛奶的时候看到冰箱里还有几个讨他喜欢的东西，培根、鸡蛋、装在气溶胶罐里的起司酱、一条奶油、几个看起来有点儿发软的西红柿，还有一颗柠檬。他认为培根与鸡蛋，也许再加上几片煎过的面包，能够帮助他摄取卡路里。凯恩需要胖几公斤，才符合受害者的体态。一切都得安排妥当，虽然瘦一点儿也许没关系，他还是可以填饱肚子，但凯恩做这种事就是做得相当彻底。如果吃了油腻丰盛的一餐能够让他今晚更接近目标体重，那他就会这样执行。

他用水槽下方找到的煎锅来做饭。用餐时，他读起摆在厨房餐桌上的《美国钓鱼人》杂志。吃完饭后，凯恩心满意足地把餐盘推开。下一顿得看今晚状况是否顺利，而他知道那可能是午夜之后的事了。

他心想：今晚有得忙喽。

00:05

熊葱汤值得等待，尝起来有青葱、大蒜与橄榄油的味道。这汤味道还不错，真的很不错。鲁迪让服务生把汤送上来之后，对话就暂停了。我们开始用餐，一言不发。等到确定他喝完后，我才放下汤匙，用餐巾擦嘴，全神贯注地望向鲁迪。

"我觉得你对这个案子有兴趣。也许再了解几项细节，你就能拿定主意了。我说的没错吧？"鲁迪说。

"对。"

"不对。"鲁迪说，"这是东海岸最热门的案子。两天后，我就要对陪审团提出开场陈述。我从这案子刚开始到现在，一直在竭尽全力地为辩方保密。在法庭上，惊喜的元素相当重要，这你很清楚。此时此刻，你还不是正式的助理律师，我对你说的一切都不受律师与当事人的秘匿特权保护。"

"如果我签保密条款呢？"我问。

"用来印条款的纸都比那值钱。"鲁迪说，"我都可以把保密条款当墙纸了，你知道这之中有多少人成功守住了秘密吗？可能都不够让我擦屁股的。这就是好莱坞。"

"所以你不会跟我透露其他的案件信息？"我又问。

"对。我只能告诉你一件事，我相信这孩子是无辜的。"鲁迪说。真诚可以假装。鲁迪的客户是很有天分的年轻演员，他知道该怎么在镜头前演戏。不过，鲁迪虽然虚张声势，具备各种说服人心的法庭技巧，但他对我没有隐瞒。我也许才认识他半小时，可能稍久一点儿，但这话听起来相当自然，感觉他是真心的。他说这句话的时候没有任何肢体或言语的停顿，有意或无意的都没有。简洁有力的语言就这样从他嘴里说出来。如果要我判断，我会认为鲁迪说的是实话，他相信罗伯特·所罗门是无辜的。

但这样还不够，对我来说不够。如果客户操纵了鲁迪怎么办？人家是演员。

"听着,我真的很感谢这份工作邀请,但我必须……"

"等等。"鲁迪打断我,"先别拒绝。花点时间,睡一觉,明早再告诉我。你也许会改变主意的。"

鲁迪付了账,还多付了一大笔名人级别的小费。我们走出幽暗的餐厅,来到街上。司机下车替我们打开豪华轿车后排车门。

"需要我送你去哪里吗?"鲁迪问。

"我的车停在巴克斯特街,就在法院后面。"我说。

"没问题。介意我们顺路绕到42街吗?我想让你看个东西。"他说。

"可以。"我说。

鲁迪从车窗望出去,他的手肘搭在坐椅扶手上,手指轻抚嘴唇。我思考起刚刚所听到的一切。花不了几分钟,我就明白了鲁迪要我加入案子的真正原因。我不确定,但只要提出一个问题,立刻就能搞清楚这一切。

"我知道你不能告诉我任何细节,但回答我一个问题就好。我猜能够证实罗伯特·所罗门是被执法人员栽赃的重要物证,并没有在过去两个星期里凭空出现吧?"

鲁迪一度没有说话,几秒钟后他又面露微笑。他知道我在想什么。

"你说的没错,没有新证据,过去三个月里什么新的东西都没有。所以我猜你想清楚了。别往心里去。"

如果他们是要请我对付纽约市警局,那辩方团队里就只有我一个人负责警方证人,只有我一个人负责对条子出击。如果成功,那很好。如果陪审团那边不满意,我就得拍屁股走人了。鲁迪可能需要花点时间向陪审团解释我是一周前临时加入的,而我对条子的任何指控都与我们的客户无关,是我在胡闹,偏离了剧本。在这种状况下,无论发生什么事，鲁迪和陪审团还是能保持良好的关系。我只是一枚可以牺牲的棋子，要么成功，要么成为替罪羊。

聪明，还真是聪明。

我抬头，看到鲁迪指着车窗外。我靠过去，循着他指的方向，看见一面告示牌，那是新电影《致命涡流》的广告。42街上的广告牌并不便宜，这部电影看起来也不便宜，是那种大成本大制作的科幻电影。海报下方印着主角的名字：罗伯特·所罗门与阿蕾拉·布鲁姆。我听说过这部电影。过去一年，只要打开过电视的美国人都会知道这部电影。这是一场价值300万的豪赌，主角是罗伯特·所罗门与他的妻子阿蕾拉·布鲁姆。好莱坞新星坏男孩的谋杀案肯定会引发媒体的疯狂关注。命案死了两个人：罗伯特的安保主任卡尔·托泽和罗伯特的太太阿蕾拉·布鲁姆。命案发生时，罗伯特跟阿蕾拉才新婚两个月，刚拍完第一季他们的真人秀。多数自以为是的评论者都说这场审判的规模会比辛普森杀妻案加迈克尔·杰克逊性骚扰案更大。

"这块广告牌是上周挂起来的。这是在声援博比，但这部电影已经被搁置快一年了。如果博比被定罪，那电影将继续被雪藏。就算经过漫长的诉讼过程，他全身而退，电影还是会继续被雪藏。唯一能让电影发行、让片商把钱赚回来的方法，就是告诉全世界罗伯特·所罗门是无辜的。博比和电影公司签了后面三部电影的合约，报酬相当丰厚。这是他们最叫座的系列。我们必须确保他能够履行合约，如果不行，电影公司砸的那一大笔钱就打水漂了，那将是好几百万美金，艾迪。我们必须尽快得到对我们有利的结果。"

我点点头，把头转回来。也许鲁迪是有一点儿关心罗伯特·所罗门，但他更在意的是电影公司的钱。不能怪他，毕竟人家是律师啊。

42街上的书报摊广告都宣传着即将到来的庭审。

我越想越觉得这个案子是场噩梦。光是听起来，就知道电影公司和罗伯特之间存在冲突。如果那孩子想认罪，或想跟检察官谈条件，但电影公司不答应怎么办？如果他是无辜的又该怎么办？

我们离开42街，继续往南，朝中央大街前进。我回想起新闻是怎么描述这个案子的——两名警察接到罗伯特·所罗门的911报警电话，罗伯特·所罗门告诉警方他发现自己的妻子和安保主任死了。

罗伯特·所罗门让警察进了屋，他们一起上了楼。

二楼阶梯平台上，有张小桌翻了过来，旁边是碎裂的花瓶。桌子位于窗户前面，窗口可以俯瞰屋后围墙内的小花园。二楼有三间卧室，其中两间空旷而又黑暗。主卧室在走廊的尽头，也是漆黑一片。他们在那里找到阿蕾拉和安保主任卡尔，或者该说是他们的遗骸。两人浑身赤裸地倒在床上，已经气绝身亡。

罗伯特身上有他太太的血。显然检察官手上掌握了更多鉴识证据，能够证实罗伯特的罪行，而且是铁证如山。

结案。

或者我以为这样就结案了。

"如果罗伯特没有杀那两人，那真凶是谁？"我问。

车子拐进中央大街，在法院外面放慢速度。鲁迪从座位上倾起身，说："我们要关注的是谁没有犯罪，这是警察的栽赃，根本就是教科书级别的案例。听着，我知道这是重大决定，也很钦佩你的道德立场，不过今晚还是好好想想吧。如果你决定接下这个案子，打电话给我。无论结果如何，我都很高兴认识你。"鲁迪一边说，一边掏出名片。

车子停了下来，我与鲁迪握手，司机下车替我开门。我站在人行道上看着豪华轿车开走。我没看过案件的档案，只能凭条子认定罗伯特就是凶手，铁了心要定他的罪。大多数警察只是想把坏人关起来。

越可怕的罪行，警察越有可能针对凶手歪曲证据。这不算犯法，在道德上也许说得过去，但警察不该干涉证据，因为下次，他们很可能用同样的手段对付无辜的人。

我认识一些警察，好警察。正直的好警察比辩护律师更厌恶干涉证据使其以符合他们需求的黑警。

我在巴克斯特街的转角处寻找我的蓝色福特野马轿车。然而在原本停车的位置处我没看见我的车，接着我看到拖车人员正把一辆车子拉上拖车。

"嘿，那是我的车。"我穿过马路朝着拖车跑去。

"兄弟，那你就该付停车费。"身材矮胖、穿着亮蓝色制服的拖车工人如是说。

"我确实付了停车费。"我试图解释。

拖车男摇摇头，给我开了一张罚单，然后指了指我那正被拖上卡车的福特野马轿车。一开始，我不知道那家伙在指什么，但后来我看见了。塞在雨刷器下面的是一个麦当劳纸袋，袋子里差不多有三四十根吸管冒出来。袋子上有用黑色马克笔写的内容。车轮落在拖车平台上，我跨上去，拿起纸袋，看清楚上面写着："你迟到了"。

我把纸袋扔进附近的垃圾桶里，拿出手机，拨打鲁迪名片上的电话号码。

"鲁迪，我是艾迪，我想好了。你要我对付纽约市警察局？去他妈的。我想以罗伯特律师的身份查阅档案，但有一个条件：如果在研究完档案后，我还是觉得他有罪，那我就不接了。"

00:06

我那间已在房东不知情的情况下被当成住家用的办公室位于西 46 街，靠近第九大道。如果是其他季节，从这里徒步走到鲁迪的事务所只需要 10 分钟。差不多 5 点半的时候，我围上围巾，穿好大衣，从办公室出发，还有时间在路上吃份意式腊肠比萨、喝罐汽水，从容不迫。太阳已经落山了，人行道结起冰来。如果我想安然抵达，我就得慢慢走。我的目的地是时代广场 4 号，昔日的康泰纳仕大厦，一座传奇的环保摩天大楼，总共四十八层，依靠太阳能运行。里面的人靠公平贸易、有机咖啡和康普茶生存。杂志出版社康泰纳仕前几年搬到了世贸中心 1 号大楼。他们离开后，律师纷纷进驻。

6 点 05 分，我走进大厅。入口到接待柜台之间大约有 3 米，铺的是白色抛光大理石瓷砖。天花板大概有 2.5 到 3 米高，由一层又一层铮亮的钢板组成，弯折得很像巨大胸膛上的盔甲。

如果上帝有一座大厅，我想，跟眼前这座应该相差无几。

我走向接待区时，鞋跟在地面上敲出有规律的节拍。环顾四周，我没看见沙发或椅子。看来要等就得站着等。整个空间的设计似乎是想让人觉得自己有多渺小。感觉过了很久，我找了位接待人员，把名字报给他，这是一位有着粉红色皮肤的纤瘦男子，他身上的西装看起来都要压碎他那脆弱的胸膛了。

"有人在等您吗？"他讲话带着英国口音。

"如果你是指我有没有预约，答案是有。"我说。

他紧抿双唇，应该是想表露出善意，却造成了相反的效果。他看起来像是吃到什么恶心的东西但努力不表现出来一样。

THIRTEEN

"等等会有人过来接您。"他说。

我点头道谢，然后接着在瓷砖上漫步。我的手机在外套口袋里振动起来，画面显示"克莉丝汀"，是我老婆。过去的一年半里，她住在里弗黑德，在一间小法律事务所工作。我们的女儿艾米在新学校适应得很好。我们分分合合了好几年，起因是我的酗酒问题，但最后一根稻草是我接了一连串将我的家人置于险境的案子。一年前，我跟克莉丝汀考虑过复合，但我实在不敢再冒险，至少在我结束律师生涯前不能这么做。我多次考虑放弃执业，不过总有状况让我继续下去。在我开始酗酒前，我曾经错信客户无罪而让他逃脱，结果发现他一直都是施暴者，在某种程度上我也知道这一点。判决过后他又再度伤人，给受害者造成了非常严重的伤害。我永远忘不了这件事，每天都想尽办法弥补。如果我选择放弃律师工作，不再帮助别人，我或许能撑个半年，但之后我又会良心不安。罪恶感是无法摆脱的重担，但只要我继续替这些我信任的客户奋斗，我就能慢慢摆脱这份重担。这需要时间。我只希望克莉丝汀能在尽头等我。

"艾迪，你明晚有事吗？我要做肉丸，艾米想见见你。"克莉丝汀说。

真稀奇。我通常只会在周末开车去看艾米，周中从来没有被邀请过。

"其实呢，我可能会忙一个新案子，大案子，但挤出几个小时没问题。要庆祝什么吗？"我问。

"哦，没什么特别的。7点半见？"她说。

"到时候见。"

"7点半到，不要8点或8点半才到，好吗？"

"我保证不会。"

她好久没有叫我去吃晚餐了，搞得我紧张兮兮的。我希望我们一家能够团圆，但我的工作惹了一堆麻烦上门。这几年，我一直在问自己该如何让自己的生活稳定下来，因为我接的案子总是会带来麻烦，而我的家人不该受到这种对待。最近我觉得自己比以往任何时候都更需要休息一段时间，我的女儿正在长大，我却没办法每天见证她的成长。

该改变现状了。

大厅中回荡的脚步声将我的注意力转向一位身穿黑色套装、表情严肃的娇小女性。她那被剪成利落波波头的一头金发随着脚步声而摆动，宣告着她的到来。

"弗林先生，请跟我来。"她讲话的口音隐约带有一点儿德国腔。

我跟着她前往等候我们的电梯。不一会儿，我们就到了另一层楼，更多的白色瓷砖带我们走向一扇玻璃大门，门上写着："卡普法律事务所"。

门后是作战情报室。

办公室很大，整个空间打通，右手边是两间玻璃墙隔出来的会议室。座位上是鲁迪的律师大军，正埋首在笔记本电脑屏幕前。这里完全看不到一张纸。我在一间会议室里看到一群西服革履的人对着十二名身穿普通服装的人指指点点。他们在模拟陪审团。某些大型法律事务所喜欢在模拟开庭过程里测试他们的诉讼策略，找一群以待业演员为主的人来扮演陪审员，他们必须签订又厚又吓人的保密条款，以换得一笔可观的日薪。演员和律师不一样，说到保密条款，他们通常都会被吓到。

我在另一间会议室看到了鲁迪·卡普，他一个人坐在长桌的主位上。那位小姐将我带过去。

THIRTEEN

"艾迪,坐。"鲁迪指了指他身旁的座位。我脱下外套,放在另一张椅子上,然后落座。这间屋子没有主会议室那么大,桌子只搭配了九张椅子,两侧各四张,桌子一端的那张是鲁迪的主位。我环视会议室,看到一座摆满奖杯的展示柜,里面有雕像、小人像,还有各种由权威机构(例如美国律师协会)颁发的水晶奖杯。我猜鲁迪让客户坐在这一侧的用意是让他们可以直接从座位上看到柜子里展示的丰硕战果。也许一部分原因是为了打广告,但我确定很大一部分原因是出于自我炫耀。

"案子的资料已经准备好了,你可以带回去晚上看。"鲁迪说。金发妞出现,从桌子另一角拿起薄薄的有着金属外壳的笔记本电脑,放在鲁迪面前。他把笔记本电脑转过来推向我。

"硬盘里有你所需的一切。我们不能让任何纸张流出这间办公室,记者一直纠缠我们的员工,所以我们必须格外谨慎。每个参与这件案子的人都有一台加密的笔记本电脑,这些机器无法连接外部网络,只能连接这间办公室受到密码保护的蓝牙服务器。你可以把电脑带走。"他说。

"我比较喜欢看纸质版。"我说。

"我知道你喜欢,我自己也比较喜欢纸质版,但在开庭前,我们不能冒险让任何一张纸流出去。你明白的。"他说。

我点点头,打开笔记本电脑,看到要求输入密码的提示。

"先别管那个。我希望你见一个人。坎纳德小姐,可以麻烦一下你吗?"鲁迪问。

把我带过来的小姐一言不发地离开了。

我的手指敲击着抛光的橡木胶合板会议桌桌面。我想快点进入正题。

"你为什么会觉得是警察诬陷了罗伯特·所罗门？"我问。

"虽然你会觉得很烦，但我不想说。如果我告诉你，你就会紧抓那条线索不放。我希望你能自己找出来。这么一来，我们便能达成同样的结论，告诉陪审团这件事，这样我会比较放心。"他提到"陪审团"三个字的时候，目光短暂地瞥向旁边会议室的模拟陪审团。

"听起来很公平。好，模拟陪审进行得如何？"我问。

"不妙。我们开庭四次，三次判决有罪，一次六比六僵持不下。"

"分歧点在哪儿？"

"三名陪审员觉得无罪。在模拟开庭之后的访问里，这三位陪审员表示他们无法相信警察，却也不认为他们会动手脚。我们必须小心行事，所以才找你来。如果你失败，你就完了。我们会抛下你，弥补伤害，继续前进。你明白这点，对吧？"

"我想也是。我无所谓。只不过我还没决定要不要加入，必须看过案子之后才能做决定。"

在我说完这句话之前，鲁迪站了起来，他的目光望向门口。两名身穿黑色羊毛大衣的大汉朝这边走来，头发短短的，手大脖子粗。之后又是两个同样身形、同样发型、同样粗脖子的人。后面跟着一位个子矮小的人，他戴着墨镜，身穿皮夹克。其中一位壮汉打开鲁迪办公室的门，走了进来，然后替小个儿继续开着门。他们团团围绕的男子走进办公室后，壮汉离开并带上了门。

就我对罗伯特·所罗门在大银幕上的印象，我以为他的身材应该跟我差不多，约莫一米八几，80公斤。结果我眼前的这个人只有一米六五，体重大概跟他保镖的一条手臂的重量不相上下。窄瘦肩膀上的皮夹克松松垮垮的，铅笔牛仔裤下的双腿看起来跟牙签一样。深色的头发披在脸上，大大的墨镜遮着双眼。他走到会议桌前伸出苍白、骨瘦如柴的手时，我连忙起身。

我轻轻与他握手，不想伤害到这孩子。

"鲁迪，就是这家伙吗？"他一开口，我就发现自己认出他来了。声音铿锵有力，毫无疑问，这个人就是罗伯特·所罗门。

"正是他。"鲁迪说。

"弗林先生，很高兴见到你。"他说。

"叫我艾迪就可以了。"

"艾迪。"他仿佛是在思索我的名字。他叫我的时候，我实在忍不住感到一阵窃喜。大家都说这孩子会是下一个莱昂纳多·迪卡普里奥啊。"叫我博比。"

至少他握手还挺有力的，甚至感觉还挺真诚的。他在我身旁坐下后，我们其他人才坐下。鲁迪拿出文件摆在我面前，要我过目并签名。我快速读了一下，是份很仔细的委托合约，要求我严格保密。我翻阅纸张的时候，注意到坐在右边的博比摘下墨镜，用手梳了梳头发。他很帅，有着高高的颧骨和目光锐利的蓝色眼睛。

我签好合约，还给鲁迪。

"谢谢你，博比，跟你说一声，艾迪还没有同意接这个案子。他要先看过档案才能决定。你瞧瞧，艾迪跟多数辩护律师不一样，他遵从着……啊，我想'道德准则'这个词太严肃了。这么说好了，等艾迪读完档案，如果他觉得你有罪，他就会拍拍屁股走人；如果他觉得你是无辜的，也许就会帮我们。这样的律师感觉挺不错的，你不觉得吗？"鲁迪说。

"我喜欢。"博比如是说。他把一只手搭在我肩上，我们对视了几秒。没有人开口，只有互望。我们两边都在试探对方，他想知道我是否怀疑他，我想知道他的说法，顺便检视他的双眼。"他是一位才华横溢的演员"这一看法从未离开过我的脑海。

"我很欣赏你做事的风格。你想先读档案,我没问题。等到一切尘埃落定,检方的证据就不重要了。对我来说不重要。我没有杀阿蕾拉,我没有杀卡尔。凶手另有其人,是我……我发现的他们,你懂吗……浑身赤裸地躺在我的床上,我每次闭上眼睛都会看到他们。那个画面一直停留在我的脑海里。他们对阿蕾拉做了什么。一切都……都……老天。没有人该死得那么惨。我想看到真凶接受审判。如果办得到,我希望能亲眼看到他们为自己的行为被火烧死。"

无辜的人遭到犯罪指控是一件很悲伤的事情。我们的司法系统里有太多冤案,这种事几乎天天上演。我看过很多无辜的人遭受指控,说他们伤害所爱之人。他们人数多得我能分辨出谁在说实话,谁又在说谎。说谎的人不会有那种表情,很难描述,那是失落与痛楚,还夹杂别的情绪,肯定有愤怒与恐惧,以及最后面对不公正的怒火。这种案件我经手过很多起,我几乎可以看到这股火焰在对方的眼睛里不断燃烧,仿佛野火。有人谋杀了你的家人、爱人、朋友,结果你却站上被告席,让真凶逍遥法外。天底下没有比这更不公平的事了,而这种表情普世皆然。同样的表情会出现在尼日利亚、爱尔兰、冰岛,无辜的人面对子虚乌有的指控,这种表情在什么地方都一样。只要看过,就一辈子也忘不掉了。这种表情很罕见,出现的时候,当事人额头上就跟刺上了"无罪"二字一样。我猜鲁迪看到了,所以他才要我见博比。他知道我看得出来博比是无辜的,而这比研读资料更能左右我的判断。

罗伯特·所罗门脸上就有那种表情。

而我知道我必须帮助他。

THIRTEEN

00:07

在博比的陪伴下,半个小时很快就过去了。一壶咖啡让他开了口,我一边听,一边也喝了两杯。他是来自弗吉尼亚州的农家子弟,没有兄弟姐妹。6岁时,母亲跟一个在酒吧里认识的吉他手跑了,抛下博比、他爸和农场。他小时候很轻松地就适应了那种生活,但没过多久他就发现,也许人生可以有不同的选择。这一发现是在他15岁那年的一个周六的午后。那天,他女朋友参加了一个戏剧课程,博比搞错了时间,在下课前1个小时就抵达教会礼堂接人。他没有在门外等,决定进去看看。

这一天改变了一切。

博比太受震撼了。他从来没有看过剧院表演,完全不明白其中的力量。这对他来说感觉很怪,因为他很喜欢看电影,却从来没有想过电影是怎么拍的,演员是怎么演的。他接到女友后,就展开了连珠炮般的提问攻势,急切地想知道关于演戏的各种知识。第二个星期他就去报名了,六周后,他第一次在社区剧院体验到了表演的感觉。之后,他就再也回不到农场了。

"我爸,他为我做了一件很特别的事。我17岁生日那天,他卖了一些牲口,把赚得的1000美金交给我。老天,那时我以为全世界的钱就那么多。我从来没有见过那么多钱,几乎都是10美金和5美金的纸钞,沾满泥土什么的。你知道,货真价实卖牲口得到的钱。"

我猜博比应该是百万富翁,这很好猜,也许不止百万。不过,当他提到父亲给他钞票时,他的双眼还是炯炯有神。

"我把钱折得整整齐齐,一半放进钱包,一半放在口袋里。然后,他说他替我买了一张前往纽约的公交车票，老天，这完全就是我人生里最棒的一天。当然也是最糟的。我知道这钱他攒了好几年，而且他一个人没办法照顾农场。不过，这一切对他来说都没关系，他只是希望我能出去闯一闯，你懂吗？"

我点点头。

"我能出去闯，都是因为我爸。开始的七年，我在餐厅打杂、当服务生，到处试镜。日子还算过得去，成功的概率小于五成。然后，就在天时地利人和的一天，我踏进了百老汇。前两年很难熬，老爸生病了，我必须两头跑。他撑到来看我的首演，看到我在百老汇戏剧里扮演主角。之后没多久他就走了，他没有熬到我接到来自好莱坞的电话。他要是知道了会很开心的。"博比说。

"他见过阿蕾拉吗？"我问。

博比摇摇头，说："没，没见过。他肯定会喜欢她的。"

他低头咽了咽口水，告诉我他的爱情故事。

他们在片场邂逅，那是一部独立电影，片名叫《过火》，是个关于成长的故事。他们在电影里没有对手戏，但在片场巧遇，并一起度过了每天拍完戏后所有的时间。那时阿蕾拉已经在六部主流电影中饰演一些小角色了，她的演艺生涯看起来前程似锦。那部独立电影是她第一次担任主角，她希望那部电影能够成为黑马，成为她的代表作。结果如她所愿。她的星运崛起，也顺水推舟推了博比一把。没多久，他们就成了一对年轻有为的夫妻，两个人领衔主演科幻史诗大片，还签下了真人秀演出合同。

"我们两个甜到不行。"博比说，"所以这一切才不合理。我跟阿蕾拉在一起很开心，事情非常顺利。我们刚刚结婚。如果我有机会上台做证，我会问检察官他们到底在想什么，我怎么可能会杀害我心爱

THIRTEEN

的女人？这完全说不通啊。"他说。

他瘫坐在椅子上，开始揉搓额头。关于为什么他这种地位的人会杀害新婚伴侣，我都不用思索，随随便便就能想出一堆理由。

"博比，你知道，我有可能加入这个案子，所以我们每次见面都是在为了出庭做准备。如果我听到你说不恰当的话，一定会点出来，这样你在法庭上才不会说错话，你明白吗？"我说。

"当然、当然。我说了什么？"他立刻挺直身子。

"你说你要问检察官问题。你出庭是去回答问题的，做证就是这么回事。最糟糕的状况是，你问了那种问题，而检察官还真的回答了。检察官也许会说你杀害阿蕾拉·布鲁姆是因为你从她身上得到了所需的一切；或是你不爱她了，你爱上了别人，却又不想离婚，那样会把事情搞得很复杂；或是你发现她另结新欢，而你又不想让离婚把你搞得很难看；或是你醉了，你愤怒了，忽然吃醋；要不然就是她发现了你最不为人知的秘密？"

我停顿下来。我一提到秘密两个字，博比的双眼就闪烁了起来，目光移去远处，然后才回到我脸上。

这个举动让我不安。我之前挺喜欢这孩子的，可现在我没什么把握了。

"我不希望我们之间有什么秘密。鲁迪，你也一样。"博比说。

我跟鲁迪都想警告他，别告诉我们什么可能危害到他辩词的事情，但来不及了。在我们阻止他之前，博比全盘托出。

00:08

一个月前，凯恩花了一整天的时间才占到这个车位。那天，他花了一整天的时间守株待兔，一直等到他想要的车位空出来，他才把旅行车开进去，然后将车留在那里。现在，他就坐在旅行车的驾驶座上，喝着壶里的热咖啡。他认为这一切都是值得的。这个位于时代广场八层的停车场，左侧有十个车位正对康泰纳仕大厦。从这里，不光可以看清街上的状况，也同样可以看清对面位于同一视线高度上的卡普法律事务所办公室，那里似乎从不熄灯。只需一副小型数码望远镜，凯恩就能看见辩方团队正在为庭审做准备。他看着鲁迪·卡普排练开场陈词，以及合伙人的指教，甚至还旁观了两场模拟开庭。

更重要的是，凯恩观察了卡普与陪审团分析师在会议室后方大板子上贴的好几张 8×10 的照片。那些照片是从候选陪审员名单里挑出来的。一周又一周过去，某些照片会换下，某些照片会贴上，因为辩方会调整，找出较为适合出庭的陪审员人选。那天傍晚，十二位人选终于出炉。

凯恩同步收听了鲁迪·卡普私人办公室里的战情会议。他用望远镜扫视事务所的内部装潢，加上短短几天的监视，就选定了藏匿窃听装备的最佳位置，虽然存在风险，但风险系数并不高。他那时看着鲁迪从秘书手中接过包装，打开盒子，检查奖杯——一团扭曲的金属，下方连着空心木头基座，基座侧面一个小小的青铜金属牌上写着：鲁迪·卡普，年度世界律师，EYLA。

附上的卡片说 EYLA 是欧洲青年律师协会的简称，还有回信地址。凯恩从装在假奖杯里的窃听器中听到的第一句话就是，卡普要秘书寄

THIRTEEN

一张感谢信发往布鲁塞尔的邮政信箱——那是凯恩杜撰的。

凯恩从街对面停车场的制高点,看着卡普的秘书把奖杯与其他的丰硕战果摆在一起。

那是三周前的事了。过两天就要开庭了,凯恩很有信心。模拟开庭的结果很有说服力。辩方团队争执不休。罗伯特·所罗门的神经看起来逐渐崩溃。重点在于,电影公司很不满意,他们给鲁迪施加了很大压力。好莱坞希望所罗门得到"无罪"判决,但截至目前,他们扔出来的钱还没办法买到这个结果。电影公司高层就是不懂哪里出了问题。

凯恩开心得不得了。

然后,他看到辩方最终选出来的十二名陪审员。这些人并不一定会成为最终的陪审员,他伪装的对象曾经多次出现在照片名单上,但今晚没有。

凯恩知道他必须动点儿手脚才能加入陪审团。

想到这里,他看见一位年轻的律师坐进卡普的办公室。卡普给了他一台笔记本电脑,要他签合约。现在这位律师正在跟罗伯特·所罗门交谈。新的律师。所罗门把自己的人生经历说给这位律师听,想要哄骗他,让他在意这个案子。

凯恩用力压着耳机,仔细聆听。

弗林,这个律师叫弗林。

新的玩家。他决定今晚好好调查这个弗林的背景,可他现在没时间做这件事。凯恩拿出手机,这是一支廉价的抛弃式手机。他按照手机里唯一储存的电话号码拨通了电话。

熟悉的声音在电话那头响起。

"我在工作,你要等等。"

接电话的人声音低沉浑厚,语气里带着威严。

"等不了。我也在工作。我要你监控今晚警方的活动。我要去找一位朋友,不希望受到打扰。"凯恩说。

凯恩聆听对方是否出现抵触或不情愿的情绪。两个人都明白彼此这种关系的本质:这不是合伙或团体关系。握有权力的人是凯恩,过去是这样,未来也会一直如此。

男人一度停顿,就连那短暂的静默延迟都让凯恩开始觉得厌烦。

"我们需要好好聊一聊吗?"凯恩问。

"不,不需要。我会去监听。你打算去哪里?"男人问。

"哪里都可能,我晚点儿会给你发位置。"凯恩说完便挂断了电话。

凯恩生性谨慎,他对自己的一举一动都评估过风险。就算如此,有时生活还是会给他带来一些难题。有人在他前往目的地的路上搞出什么路障,他通常都能自己搞定,但偶尔也会需要别人的协助,这个人要能进入某些数据库,搜集到一般人无法取得的信息。这种人很好用,而这位仁兄也证实了自己的价值。

他们不是朋友,凯恩与这个人的关系超越了友谊。他们交谈时,那个人只会假装跟凯恩有同样的信念,且装出一副他对凯恩的任务有多么努力的样子。凯恩知道这一切都是假的,这个人一点儿也不在乎凯恩的想法,他只在乎他的手法——也就是简单的杀戮,还有随之而来的快感。

"我不希望我们之间有什么秘密。鲁迪,你也一样,对吧?"博比如是说。这番话凯恩通过麦克风听得清清楚楚。他放下手机,注意力集中到会议室里。卡普背对着窗户。他看不见律师的脸。弗林坐在卡普的右手边,但也没有面向窗户,而是对着博比·所罗门。凯恩靠向前,仔细聆听着。

THIRTEEN

00:09

天底下没有坏案子，只有烂客户。我的恩师哈利·福特法官多年前如此教导我。后来一次又一次办案的经验证实他说的没错。我现在坐在博比·所罗门身旁的皮制办公椅上，想起哈利的忠告。

"阿蕾拉遭到谋杀那晚，我跟她吵了一架。所以我才冲出门，跑去喝酒。我……我……只是希望你们知道这点，免得有人提起。我们吵架，但天哪，我绝对没有杀她。我爱她。"博比说。

"你们在吵什么？"我问。

"阿蕾拉想要签第二季的《所罗门一家》，也就是我们的真人秀节目。我不喜欢镜头到处追着我跑，就是太……太过了，你们懂吗？我办不到。我们吵了一架，没有动手，我们不会动手，我从来没有对她动过手。不过我们吵得很大声，她很难过。我跟她说我办不到，然后我就出门了。"博比说。

他向后靠在椅背上，长长地叹了一口气，然后双手抱头。他看起来像松了好大一口气，随之而来的是流下来的泪水。我仔细端详着他。他脸上的表情说明了三个字——罪恶感。不过这种罪恶感是来自他跟老婆的最后交谈，或是争执，还是另有原因，我就分不清了。

鲁迪起身，张开双臂，示意博比过来拥抱。

两个男人拥抱在一起。我听到鲁迪压低声音说："我明白，我明白，好吗？别担心，我很庆幸你告诉我们实话。一切都会没事的。"

当他们终于分开后，我看到博比双眼泛着泪花。他吸了吸鼻子，抹了抹脸。

"好，我想我要说的就是这个，今晚先这样吧。"博比说。他低头看我，伸出手，说："谢谢你愿意听我说话。抱歉，我太情绪化了。听着，我的处境很尴尬。我真的很高兴你愿意帮忙。"

我起身和他握手。这次他握得相当有力，真是出乎我的意料。我握着他的手，花了点儿时间仔细端详这个人。他还是低着头，我能感觉到焦躁让他双手颤抖。除去保镖、时髦的服装、保养过的指甲与口袋里的钞票，罗伯特·所罗门只是一名很可能要面临牢狱之灾、受到惊吓的孩子。我喜欢他，我相信他，但还是有一丝疑虑挥之不去。也许这一切只是在演戏，只是要说服我。这孩子很有才华，这点也是毋庸置疑的，但他的表演才能足以让我上当受骗吗？

"我保证会尽力帮忙。"我说。

他的右手紧紧握着我的手，左手还叠压在我的手腕上。

"谢谢你，我只有这一个请求。"他说。

"谢谢，博比。今晚先这样吧。明早选陪审员的时候见。8点15分，车子会去酒店接你。你多睡一会儿。"鲁迪说。

至此，博比向我们挥手道别，离开了办公室。保镖立刻层层包围住他，真可谓滴水不漏。长长的克什米尔风衣方阵陪他走出事务所。

我转头面向鲁迪。我们坐回原来的位子。

"那么，博比和阿蕾拉因为真人秀吵架的事，你知道多久了？"我问。

"第一天就知道了。"鲁迪说，"我猜客户总会开口的。看来你对博比很有一套，他立刻就告诉你了。"

我点点头，说："你在一旁煽风点火也有加分效果，让他觉得他能摆脱一点儿重担，同时也能增加他的信心。"

鲁迪脸一沉，望向办公桌，双手交握。过了一会儿，他才抬起头，把笔记本电脑递给我。

THIRTEEN

"对博比不利的证据相当惊人。我们有机会,但那是很渺茫的机会。我会尽我一切所能让这些机会带来一点儿赢面。你今晚看看物证,你会明白我们要面对的是什么样的指控。"

我从他手中接过笔记本电脑,看了起来。

"要冷血杀害两个人需要异于常人的特质,特别是要杀害自己的妻子和认识的人。毫无暴力记录的人忽然做这样的事是很罕见的。博比有精神病病史吗?如果他的医疗报告里没有暴力倾向,也许可以把记录拿给检方看。"我提议道。

"我们不会用他的记录。"鲁迪不带情绪地说。他在电话上按下按钮,说:"我需要安排安保护送。"

我在鲁迪的口气里察觉到什么,他要么是不欢迎我对案子有这种看法,要么就是在隐瞒什么事情。无论是什么,我猜都不重要,或者检方根本不会去查,也不会拿出来用。现在就先算了。

笔记本电脑屏幕显示要求输入密码。鲁迪在便条纸上写好密码交给我。

"这是密码。我们必须确保你带着笔记本电脑安全回到你的办公室。所以,我会请我们的一位安保团队成员送你回去,希望你不介意。"

我想到寒风刺骨的室外,想到可能还要走着回办公室。

"安保人员有车吗?"我问。

"当然。"

我望着纸条,密码是"无罪1号"。

我合上电脑,起身,与鲁迪握手。

"我很高兴你正式加入我们了。"他说。

"我说过我会先研究案情,然后再做决定。"我说。

鲁迪摇摇头,说:"不,你告诉博比你会帮他。你保证过会尽全力。

你加入了。你相信他是无辜的，对吧？"

隐瞒这点似乎没什么意义了。"对，我想我信他。"

我心想：但我之前也有错信客户的经验。

"你跟我一样，遇到无辜的客户，一眼就看得出来。你感觉得出来。直到今晚，我才遇到也有这种能力的人。"鲁迪说。

"我不是罗伯特·所罗门，鲁迪，你不用拍我马屁。我知道你找他来是因为你要我见他。你要我看着他的双眼，测试测试他，做出决定。你知道我相信他。你这是在跟我玩把戏。虽然我相信他应该不是凶手，但我实在说不准他是不是在要我们。"

他举起双手。"我承认我在玩把戏，但这也改变不了我们眼前这噩梦般的场景和一个无辜的人。对，他是很能演，但他不可能靠演技逃过双尸命案。"

办公室的门打开了。走进来的男人推开左右两扇门，但他还是必须侧身才进得来。他看起来跟我一般身高，大光头，壮得跟会议桌一样。他穿着黑色长裤，黑色外套纽扣一路扣到脖子。他双臂交叠抱在胸前。我猜他比我大五六岁，还是个斗士。他的指关节像硬糖球一样突出。

"这位是霍尔滕。他会确保笔记本电脑以及你的安全。"鲁迪说。他弯下腰，从桌下拿出铝质公文包，摆在桌子上。霍尔滕走了过去，我们简单打过招呼，他直接走向公文包。他打开扣锁，掀开盖子，将笔记本电脑摆进电脑形状的凹槽里。我看着霍尔滕合上公文包，上锁，然后从外套口袋里拿出一副手铐。他把公文包铐在手腕上，然后拿起箱子，对我说："咱们走。"

我谢过鲁迪，正要跟霍尔滕走出门，鲁迪向我提出最后一个忠告："你看档案的时候，请记得今天在这里发生的一切。想想你的感受。记住你知道这个年轻人是无辜的，我们必须证明他的清白。"

THIRTEEN

00:10

凯恩听完罗伯特·所罗门的自白后就中断了连线。他锁上旅行车，换了另一辆灰色的福特轿车。他坐进驾驶位，面向停车场出口处的斜坡。从这个位置他可以看到下方的街道，看到卡普法律事务所用来载人的大型黑色 SUV。

福特车的引擎发动了起来。

凯恩一边盯着前方的道路，一边靠向副驾驶位打开置物箱。他掏出一把柯尔特手枪，拉开弹匣，手指摸到嵌在弹匣里的子弹。凯恩把弹匣卡回枪匣里，轻轻的撞击声在车内回荡。接着是金属机械转动的咔嗒声，第一颗子弹上膛了。

一辆红色雪佛兰科尔维特跑车经过前方的街道。

手枪收进凯恩外套胸口处的口袋里，那是它的新家。时钟显示现在是 7 点 15 分。

凯恩心想：随时可以行动。

他戴上贴合掌型的皮质手套。凯恩喜欢皮子的味道，这让他想起一位故人。那位小姐经常穿黑色的骑士皮夹克、白 T 恤衫和牛仔裤。凯恩想起她密实的黑色小鬈发、苍白的皮肤、欢笑时发出的喘气声，还有她双唇抿起来的感觉。最重要的是，他记得那件骑士外套浓郁的皮革味，以及鲜血似乎先凝结在皮革上，接着慢慢被吸收进去的画面，仿佛那外套是在缓缓啜饮。

凯恩握紧方向盘。

他听着皮革与皮革摩擦的声音——手套握着方向盘。他想起女孩那件骑士外套也发出过类似的声音，她那时正挥舞双臂，想要攻击他，真是可悲。她没有尖叫，一声也没有。她开口，但喉咙里没发出声音，只有外套拉链发出的叮当碰撞声，还有她朝他挥舞双手时，皮革相互摩擦的声音。凯恩当时觉得那种声音就像是一种呢喃。

轮胎在上了漆的混凝土地面上发出刺耳的刹车声，紧接着是车灯灯光扫过。凯恩抬头朝声音与亮光望去，看到一辆皮卡车开下斜坡。他不希望皮卡车挡住他的视线。凯恩将车开出去，朝下一条坡道移动，在出口处，他停下车，等待监控摄像头捕捉到他的车牌，然后停车场的出口横杆升起，他接着把车子往前开。

开上街的时候，一辆黑色SUV经过他旁边，停在康泰纳仕大厦外面。凯恩望望右边，又看看左边。没什么车。他缓缓将车开出来，尽量不引起周围人的注意。还有足够的空间可以开到停下的SUV旁，但凯恩不想这样做。他绕到后面，从车窗望出去，弗林和卡普法律事务所雇用的保安正走出大楼，朝车子前进。凯恩望着这两个人，觉得律师与安保人员差不多，足以构成肢体上的威胁。天色太黑，看不清楚他们的脸，但他能观察他们移动的方式。博比的安保人员阵仗太大了，实在分不清楚谁是谁，而且他们看起来都很像。眼前这位安保人员壮硕魁梧，行动却有点儿僵硬。这些人真的很难区分，他们身材相仿，行动模式也类似。不过呢，弗林行动的时候却像个舞者或拳击手，总是掌握平衡、充满自信。他又高又壮，年轻时一定经常健身。弗林的身段看起来像个斗士。

安保人员拿着那种公文包型的笔记本电脑盒。事务所对笔记本电脑的安全保护做得滴水不漏，没办法远程黑进去，要进入只能通过他们每位律师的个人密码，且密码会每天更新。如果他有时间处理电脑，他还是能黑的进去，重点在于，他必须先得到一台电脑，且不能让事务所察觉。凯恩在康泰纳仕大楼有眼线，有办法进入大楼，但他们都

THIRTEEN

没办法让他与笔记本电脑独处时不引起别人的怀疑。而且事务所办公空间每一寸都有监控摄像头监控着，要把电脑拿出来实在不可能。他就是想要这台笔记本电脑，里面有所罗门案的资料。

想到能够拥有里面的档案，凯恩的皮肤似乎爬过一股电流，麻麻痒痒的。他脖子上的汗毛都立了起来。凯恩发出颤抖的叹息。律师和安保人员上了车，车开进巷子里。

凯恩松开离合器，跟了上去。

此时此刻，这一边的曼哈顿车流已经成了龟速慢爬。这样的速度很适合凯恩，他想要那只公文包。

立在方向盘右手边基座上的是一部智能手机，当然是没有注册过的。凯恩进入谷歌浏览器，搜寻"艾迪·弗林律师"。他惊讶地发现前面几页都是新闻文章，是弗林过去的几个案子。凯恩扫视每篇报道，认为弗林在法庭上将会是个不容小觑的威胁。这个人很危险。他滑过好几个页面，似乎都是同一个案件的报道，只不过是发在不同的博客或媒体网站上。艾迪·弗林的事务所没有网站，凯恩最终在黄页网站上查到了地址和电话。

果然没错，20分钟后，SUV车靠向左侧，就停在西46街街边。这里就是凯恩在网络上查到的地址。凯恩把车停进左侧的停车位，熄火。他从基座上抓起手机，放进外套里，下车，打开后备厢。他先是到处张望，确保身后的街上没人。后备厢很干净，凯恩在毯子底下找到一整组他特制的厨房刀具，选了一把切鱼刀和剁肉刀。两把刀都装在皮制保护套里。毯子旁边有已经打开的背包。凯恩把两把刀子放进背包里，拉上拉链，然后背在背上。那两个男人就算死了，凯恩也还是需要公文包。他在许多年前就学会简单快速地肢解人体的方法，与其靠蛮力，不如靠熟练的屠宰技巧。如果他用剁肉刀剁断死去的安保人员的手腕，大概要砍个五到十下才能断开。手腕肌腱会吸收主要的冲击力道，这个方法大概要花上 30 秒。不过呢，凯恩计划用 5 秒钟清理掉手腕上的软组织，让骨头露出来，再用 1.5 公斤重的剁肉刀挥一下就能大功告成。所需时间预计在 15 到 17 秒之间。

凯恩戴上鸭舌帽遮住脸，然后关上后备厢，横过马路。

手铐着公文包的安保人员已经下车，正背对着凯恩站在街上，他的手伸得长长的，要拉开后座的车门。附近的路灯没有照到这么远，凯恩没办法仔细观察那名安保人员。凯恩与他的目标只有 15 米远。SUV 车的车门开了，弗林下了车。他的肢体动作很好认。凯恩将手伸进外套里，右手握住手枪枪柄，手指轻轻搁在扳机上。

12 米。弗林正在脱外套，准备走进办公室。

凯恩听到身后传来车门甩上的声音，他整个人神经紧绷起来。一位身穿蓝色西装的年长黑人绕过低矮的深绿色敞篷车，走上人行道，踏入街灯的亮光之中，就在凯恩前方不远处。这个男人也朝弗林办公室的方向前进。凯恩看不见他的脸，只能看到对方脑后灰白的头发。

凯恩正要掏出武器并将男人推开，同一时间，那男人挥手喊了起来。

"嘿，艾迪！"

弗林转头望向凯恩的方向，安保人员也跟着看过来。两个男人都在阶梯上，正要上去。凯恩低下头，他可以透过帽檐看到他们的躯干，却看不见他们的脸。他不想冒险与对方四目相接，他不希望被人认出来。安保人员转身时，掀开外套，握住手枪。安保人员和弗林现在都面向凯恩的方向。

突袭的优势没了。如果凯恩拔枪，他们会看见。在这种距离下，就平均反应时间来说，安保人员至少能够开两枪，但凯恩的首要目标就是他。

凯恩的靴底在石板路上发出声响。他心跳加速,血液冲上他的双耳。他几乎闻得到枪支开火后在空气中留下的硝烟味。甜美的战栗冲刷着他的脊椎。就是这一刻,这就是凯恩活着的目的,光荣的期待。他以流畅的姿态吐出了一口气,举起手肘,然后迅速将右手从外套里抽出来。

00:11

我踏上办公室大楼的第三级台阶时,听到街上有人叫我。我立刻感觉到霍尔滕神经紧绷了起来。开车过来的路上他都没怎么说话,只是问了问我是否舒服。对于我的闲来无事的问话,他只提供了简短、礼貌的回答。"鲁迪·卡普是好老板吗?""是。"霍尔滕是私人承包商,但和卡普法律事务所合作很轻松。"和事务所合作很久了吗?""对。""是棒球迷吗?""不是。""橄榄球迷?""不是。"好,我放弃,让他专心开车吧,我不该打扰他。我站在进入大楼的阶梯上,惊讶地发现他保护我的反应。他还什么都没做,真的没有,但他已经进入备战状态,做足一切准备。我朝着声音转身,看到哈利·福特法官在人行道上向我招手。他那辆经典敞篷老爷车就停在街上。

我准备向哈利挥手时,看见了他身后的男子。那人戴着鸭舌帽,压低的帽檐遮住了他的额头,在街灯强烈的灯光照射下,我仍旧看不清楚他的脸,帽檐挡住了他的五官。那时那刻,他的脸似乎没有那么重要。我对他的右手比较好奇。他的手伸进外套口袋里,好像准备拔枪。

我的眼角余光瞥见霍尔滕,他也注意到了那个人,手还移到腰际随身佩戴的手枪上。我口干舌燥,发现自己呼吸急促,身体僵住了。无论我内在有什么原始的生存本能,现在都聚焦在正在逼近的男子那只放在外套口袋里的右手上。我的身体不需要任何分散注意力的功能,比如说呼吸或思考,我的每一寸肌肉与神经末梢忽然都进入高度戒备状态,身上的所有能量现在全部灌注到生存模式之中。我停在原地。若那只手从外套里拔出来时握着一把枪,我想我已经准备好要扑向地面了。

气温下降。我看到人行道上结了冰,在钠光灯下,如同碎水晶般闪闪发亮。

男人走到哈利身边,右手从口袋里拔出,伸得长长的,指着我们的方向。他手里握着闪亮的黑色物品。我听到霍尔滕的手枪从皮套里抽出来的声音,而我内在的某个开关仿佛启动了,立刻吸了一大口气,整个人跪倒,用手护着头。

一阵静默,没有枪声,没有火药的闪光,没有子弹打在我原本头部位置后方的砖墙上。我感觉到一只大手拍了拍我的肩膀。

"没事了。"霍尔滕说。

我抬起头。哈利站在那个鸭舌帽男人旁边,他们正盯着男人手里的手机。哈利指向手机屏幕,然后顺着46街的方向指着西边。男人点点头,对哈利说了些什么,接着拿起手机。就算距离这么远,我也能看得到智能手机屏幕上显示出类似地图的东西。男人经过我的办公室所在的大楼,向西边走去。

"老天啊,霍尔滕,你差点儿害我心脏病发作。"我说。

"抱歉。小心为上。"他说。

THIRTEEN

"艾迪，你到底在干什么？"哈利问。

我站起身来，拍拍外套，然后靠在大门口阶梯的扶手上。

"显然是在展现我的小心谨慎。那人想干吗？"

"只是名游客，想问路。"哈利说。

我转头。那个男人继续往前走着，手机握在胸前。他背对着我。我看着他一路前进，然后将目光回到哈利身上。

"我们以为那人有枪。他走路的样子，看起来很果断。你之前见过那个人吗？"我问。

"不知道。他戴着帽子，看不清楚他的脸。就算我看见了，也没办法描述给你听，我没戴眼镜。"哈利说。

"那你是怎么开车过来的？"我问。

"小心地慢慢开。"哈利说。

霍尔滕拉着我的木头椅子，走到我的办公室外面，把椅子摆在通往阶梯平台的前门旁边，然后又进来，看了看我的办公室。哈利坐在沙发上，手里握着一杯上好的苏格兰威士忌，他很清楚这酒品质有多好，同时冷眼望着这位先生。

"弗林先生，这里没有安保人员，我今晚就坐在外面。早上我会请人送保险箱过来，你出门的时候，笔记本电脑必须放在保险箱里，这样可以吗？"霍尔滕问。

"你是说，你要整晚坐在我的办公室外面？"

"计划如此。"

"这个嘛，你也许注意到后面有张床。我没有公寓，我睡在这里。我大概会彻夜工作，所以你别担心，回家睡觉吧。我没事的。"

"如果对你来说没什么问题，我就待在外面。"

059

"沙发在那儿。你在沙发上休息会舒服一点儿。"

他朝沙发望了一眼。多年前，哈利跌在中间，压坏了几根弹簧。中间凹陷的沙发，仿佛一直提醒着我们那晚发生的事。后来哈利每次过来，都会坐在边上，但坏掉的弹簧总让他往中间歪斜，看似随时都会滑进中间的"山谷"中。我感觉霍尔滕会认为坐在硬邦邦的木头椅子上会更舒服一点儿。

"若有人闯进来抢电脑，在沙发上睡觉会很难让我立刻进入安保状态。我就待在外面，可以吗？"

我看了一眼办公桌上的公文包，手铐还挂在提手上。

"我没意见。"我说。

"两位，那我就不打扰了。"霍尔滕如是说，然后转身带上了门。

"他有点儿紧张啊。"哈利说。

"去掉'有点儿'。不过呢，我有点儿喜欢他。看得出来他很专业。"我说。

"那么电脑里有什么玩意儿，需要这种级别的安保人员？"哈利问。

"我大可以告诉你，但你今晚会喝得烂醉，记不清的，所以也许明早再聊会比较好。"

"为此可以来一杯。"哈利说。

我替自己倒了两指高的波本威士忌，坐进办公桌后方，一杯就好，稍微放松一点儿。我需要保持头脑清醒，好研读档案。不过呢，至少现在我可以轻松一点儿。角落里的立灯，还有办公桌上的绿色灯罩玻璃小灯，给我的小办公室带来温暖明亮的光线。我向后靠着椅背，一只脚放在桌子上，把杯子拿到嘴边。我现在可以偶尔跟哈利一起喝点儿小酒。我已经形成这种自制力了，但这是我花了不少时间培养出来

THIRTEEN

的，那时哈利也在一旁协助。

要不是哈利，我也不会成为律师。多年前，我因车祸跟人闹上法庭，上场替自己辩护——骗保出了乱子。哈利是当庭法官。我跟对方的律师理论，赢了案子。后来哈利来找我，建议我该考虑从事法律相关职业。果不其然，我拿到了法律学位，准备律师资格考试的时候，我还担任哈利的书记官。他赋予我新的生命，让我远离了街头行骗的勾当。现在的我在法庭上大显身手。

"家里都还好吗？"哈利问。

"艾米长得很快。我很想她。也许情况正在好转？克莉丝汀打电话约我吃晚餐。"我说。

"这很好。也许你们能复合？"哈利期待地问。

"不知道。克莉丝汀和艾米安顿在里弗黑德。感觉她们抛下我，继续前进了。我需要找一份不会让我送命的工作，一份稳定且无聊到不会给我或任何人惹上麻烦的工作。克莉丝汀要的就是那样正常的生活。"

我虽然这么说，但不确定是否依然如此。我们一直想要的是安稳的家。我的工作无法实现这个愿望，现在我则怀疑克莉丝汀的生活是否还有我的一席之地。我们之间有了距离，我只希望受邀去吃饭是再次拉近我跟她之间距离的方法。

哈利一边啜饮着他的苏格兰威士忌，一边揉搓着头部。

"你在想什么？"我问。

"公文包，还有坐在走廊上那个看起来跟摔跤手一样的家伙。我在想这个。如果你想要找份更稳定的工作，眼前这些看起来可不像。告诉我，你没有惹上什么麻烦。"

"我没有惹上麻烦。"

"我怎么觉得没那么简单。"哈利说。

我摇晃起玻璃杯中琥珀色的液体,拿到灯光下,接着喝了一口,再放回到办公桌上。

"我今天遇到鲁迪·卡普了。他请我加入罗伯特·所罗门的辩护团队。"

哈利起身,一口气喝完剩下的酒,然后把空杯放在我的杯子旁边。

"这样的话,我该告辞了。"哈利说。

"什么?怎么了?"

他叹了口气,双手插进长裤的口袋里,望向地面,开口解释。

"我猜你是今早见到他的,而你们之前都没有联系过,没有发过电子邮件,也没有通过电话。我说的没错吧?"

"对,你怎么知道?"

"鲁迪说了他找你的原因吗?"

"我大概猜得出来。我就是个消耗品。我对付条子,如果陪审团认为我没有加分效果,鲁迪他们就会抛下我,让一切恢复原状。我是鲁迪和陪审团之间的缓冲剂,这样就算事情不顺利,他还是可以在陪审团面前保住名声。这没什么,但我想帮这个博比。我知道他是电影明星,但我喜欢他,而且我觉得他是无辜的。"

"我猜鲁迪需要讲一套你会信的说辞。该怎么说呢?如果你相信这次合作你会吃亏,那就更有说服力了。这能解释他们为什么要在陪审员征选前一天才来找你。"

这话让我紧张起来。我坐直身子,专注地望着哈利。

"哈利,别卖关子了,快讲清楚。"

"柯林斯法官周五的时候给我打了一个电话,说她觉得不太舒服。我一点儿没觉得惊讶。过去这一年,她一直在处理所罗门案的诉讼筹

THIRTEEN

备工作。好几十场证据调查听证会、驳回申请，什么都有。两个星期前，她跑去住酒店，这样她才有空间好好工作。罗薇娜·柯林斯绝非圣贤，但她是不怕辛劳的法官。总之呢，我觉得是因为压力太大，这种案子很折磨人的。"

哈利没说下去，迷失在思绪里。我没开口。等到厘清头绪，他就会把剩下的告诉我。

"周六一早，从医院来了电话。就在我们通过电话后没多久，罗薇娜晕倒了。要不是有定时为她送三餐的客房服务，她很可能就那么走了。一名服务人员发现她倒在地上，呼吸衰竭。真是老天保佑，有人发现了她，急救人员救了她一命。她可能是心脏病发作什么的，情况严重，现在还在重症监护室，但病情稳定下来了。我今天才去看过她。她看起来不太好。

"其他的不说，光这件事就会影响到所罗门的官司。我找不到人能够在两周内放下他们手上的诉讼，所以我接了下来。我就是审理所罗门案的法官。"

00:12

哈利离开我办公室的时候相当生气。他不喜欢企图玩弄制度的律师。哈利是这么想的，鲁迪·卡普这是在质疑法官哈利的公正。法官与律师做朋友，这不成问题，法官不会因为接下某个案子，就立刻抛下他们的律师朋友。律师跟法官在法院外面照样能够保持友谊，某些检察官和辩护律师也一样。而当双方在法庭上相见时，他们就会一切照规矩来。这都可以接受，除了一种情况——如果他们站在对立面，那他们的友谊在案件审理期间就得先暂缓了。只要我是罗伯特·所罗门辩护团队的一分子，我就不能跟哈利一起喝酒或参加社交活动。这件事让他最为恼火。

我从公文包内取出笔记本电脑，打开电源，然后打电话给鲁迪·卡普。

"艾迪，你不会已经读完所有的档案了吧？"鲁迪问。

"还没打开。刚跟我的好朋友哈利·福特喝了一杯。"

静默。

我等待鲁迪开口，却只听到电话另一头传来的呼吸声。我有点儿希望他能直接承认，却也希望他继续保持静默，让尴尬延续下去。

"鲁迪，我也许不该接这个案子。"

"不、不、不、不，别挂断。听着，我的确是用了一点儿手段骗你接这个案子，但艾迪，你是杰出的律师。如果我们觉得你不够好，我们肯定不会找你。"

"我现在该怎么相信你的话？"

"听着，我之前说的都是真的。我们需要有人对付条子，从这个角度看，你能处理得很好。你之前就对付过他们。如果你失败了，我们还是会为了在陪审团面前保住面子炒你鱿鱼。如果你碰巧是法官的好朋友，哎呀，也许他不太会因为你的行为找我们茬儿。他的好朋友艾迪·弗林应该不会受到什么波及吧，对不对？"

高招。纽约不乏优秀的律师，许多律师都有整治证人席上警察的经验，但很少有律师是哈利·福特的好朋友。

"如果你认为哈利会因为我而让你的客户好过，那你的误会可就大了。"

THIRTEEN

"别担心，我并没有质疑法官的人格，他不会因此偏袒我们。我想说的是，如果陪审团不买账，福特法官也不会让这种情况波及你或我们的客户，但这种策略确实风险很高，我要说的只有这个。他不会持有偏见，这样他才能保持公平的态度。"

换我说不出话来了。我想告诉鲁迪，我不会接这个案子了，我会请霍尔滕把电脑带回去。这时，笔记本电脑屏幕显示要求我输入密码。在我思索该怎么回答的时候，我顺手键入"无罪1号"，屏幕画面转换，罗伯特·所罗门的照片出现在我眼前：博比和阿蕾拉，在他们上东区的豪宅里，身穿圣诞毛衣，站在圣诞树前面。照片上是两名明显相爱的年轻人，手牵手，彼此对望，眼神里流露出对未来的期待，对彼此的承诺。如果我就此离开，我就会因为莫名其妙的原因让博比失望。

"我不喜欢被人利用的感觉。你想让我加入这个案子，那就得加钱。"

"我明白这一切让你不高兴，但我们的预算有限。也许可以提高一点儿，这样才不会伤和气。再加百分之二十五，如何？"

"成为卡普法律事务所的合伙人如何？次级合伙人，福利全包，我只挑我想接的案子。接下来的六个月里，我不用烦恼钱的问题。我要的只是一份稳定的工作，没有什么风险就好。"

"这是狮子大开口。"鲁迪说。

"这是世纪大案。"我说。

他停顿了一下。我听得出他一边思索一边嘀咕。

"两年资深律师的合约如何？你向你的目标客户收取两年的费用，就跟其他的资深律师一样，然后就让你升任次级合伙人。艾迪，我能提供的就这么多了。"鲁迪说。

"我同意原本的金额跟这个条件。"我说。钱是有帮助，但我需要一份工作。克莉丝汀希望我能做朝九晚五的工作，不会给我及家人惹麻烦的工作。也许这样能让我们的关系维持得更长久一点，同时使我们在未来也有所保障。

"就这么说定了。"他说。

"好，关于这个案子，你还有什么没告诉我的？"

"没了，我发誓。你看一下档案。法官的事，我再次道歉。这种事不可能一直瞒着你，只要走进法庭，你就会发现。听着，我觉得博比是无辜的，我知道，我感觉得到。你知道这对我来说有多罕见吗？我愿意不惜一切代价让这孩子脱罪。看一下档案，你会明白案子的状况。明天早上给我打电话，我9点要去选陪审员。"

他挂断了电话。

我很想知道，鲁迪到底愿意付出多少代价来保证他的客户胜诉。

我的手指在触控板上滑动，桌面上显示出一排文件夹。没有网络浏览器，没有应用程序，这台笔记本电脑上除了文档，没有其他东西。总共有五个文件夹，名称分别为"陈述与证词""图片资料""鉴识资料""辩方陈述""辩方专家"。

我从桌上抓了一支铅笔，在指尖转起笔来。这种动作多少能够帮助我思考。转笔能够让我活动双手。我还不是律师的时候，干过各种骗人的勾当，具备某些需要偷人钱包、钥匙或手机的能力。我的父亲总告诉我，要一直活动双手，也就是练习维持我的反射和手速。所以我在想事情的时候，在指间把玩笔或圆片小筹码都会有帮助。

前三个文件夹是起诉案件的内容，注明"辩方陈述"与"辩方专家"的文件夹中的内容则是卡普法律事务所找来的资料。多数律师会直接查看起诉案件的内容，我打开"陈述与证词"，仔细研读每个字。每份证词都是一段案情，都是相关人员回忆的内容，加在一起就是整

THIRTEEN

体的描述。检方会想办法让陪审团相信这种描述。

但描述最大的缺点莫过于它们通常都不可靠。

我的手法不太一样。真正的故事在照片里。犯罪现场的照片不会说谎,它们不是目击证人,不会犯错,不会隐瞒真相,还能够让我想象检察官的起诉内容,以及,如果我是检察官,我会用什么方法来对付博比·所罗门。在谋杀诉讼里,知道该怎么辩护还不够,你必须知道检察官会采取哪些动作,并计划应对。

浏览器载入照片,但第一个文件不是照片,而是视频。我按下播放键。

屏幕转黑了一下,刚开始我还以为是视频没加载完,然后我发现那是一个安装在某户人家前门外面的监控摄像头摄取的画面。我看得到下方的街道。一名身穿连帽上衣、黑色牛仔裤的男人走上前门的阶梯。他低着头,但双眼无疑是盯着手里的多媒体播放器屏幕,他正在浏览屏幕上的列表,白色的线连接着耳机。男人在门口停了一会儿,待开门时,他微微抬起头,这动作足以让我通过粗糙的画面看到苍白的脸和厚重深色墨镜的边缘。接着男人从画面上消失,应该是进屋了。

时间戳记显示是晚上 9 点 02 分。

博比·所罗门在 9 点过后到家。

我关掉视频,回到照片上面。从前几张照片里,我看得出来地方检察官办公室派人去过命案现场,头几张照片拍的是前门,真聪明。

那是一扇普通的厚实木板门,最近才漆成深绿色。照片是事发当晚拍的,大门闪着新油漆的光泽,门一侧的中央有宽宽的黄铜门把。特写画面显示出门锁完好无损,周遭没有掉漆,门锁和门都没有受到任何损伤。

楼上的房间里躺着两具尸体,拍下完好正常大门的照片应该不会是纽约市警察局的重点项目,他们只想逮到凶手,他们在命案现场所待的每一分钟都是为了追缉真凶。检察官办公室的人则有另一套思维。他们想要确保凶手落网的时候，罪名必定能够成立。这种程序一部分是期待辩方能指出是一名不速之客杀害了阿蕾拉·布鲁姆与卡尔·托泽，但这些照片能够从根本上驳斥这种说辞。

前门和门锁都没有受损。

我打开后面的几张照片，故事就此开始。那是一系列在走廊、客厅、厨房、楼上卧室、空房拍的照片，也就是说除了那两具尸体所在的屋子，别的空间通通拍了。

整间公寓的装潢都采用同一风格，极简现代风，所有的东西都是白、灰、米黄色，偶尔出现一点不同的色彩，灰褐色的沙发上摆着紫色的靠垫，红色的抽象帆布画挂在厨房的墙上，灰蓝色的印象派海景画挂在客厅白色壁炉上方的墙面上。每一寸空间看起来都十分干净整齐，仿佛是从样册里买来的房子。完全没有生活过的痕迹，看不出两名年轻人住在这里。也许这是因为他们的职业让他们没办法常常待在家里。

我看了10分钟照片，解开了几个疑问。房子有后门，它是锁上的，钥匙还插在屋内一侧的锁孔里。后门外面有一扇装饰用的金属网格门，上面有挂锁。这两扇门也没有毁损的痕迹。

地毯几乎是白的，地上看起来像是积了一天那种密实的雪，软软的，毛毛的，你会想把鞋子脱在门边再进去。整间房子都铺了这种地毯，一滴血都看得清清楚楚，但上面并没有血。

真正显眼的是二楼楼梯平台的照片。一张翻倒的小桌，地上有只破碎的花瓶。小桌原本摆在周围有装饰凹壁的窗户下方。为了这种房子的原创巧思，人们可是肯花大价钱的。下一张照片跟接下来的二十几张照片都是命案现场的照片。血腥谋杀会将它的故事写在受害者身上，在他们的伤口、皮肤，有时也会在他们双眸中，留下印记。

THIRTEEN

我从来没有看到过这种场景。

纽约市警察局的调查人员先是站在床脚拍了第一张照片。阿蕾拉仰躺在床铺左侧,紧靠着面向街道的窗口。卡尔躺在她身边,在床铺右侧。羽绒被堆在卡尔旁边的地上。阿蕾拉只穿了裤子,其他什么都没有穿。她的双臂摆在身体两侧,双腿并拢,嘴巴和眼睛都是张开的。她的躯干是红色的,肚脐里有一小摊血。我看到她胸口上有好几处深色的斑痕,那是刺入的伤口。她下方的床单也是红色的。她的脖子上有斑斑血迹,脸和腿上则没有颜色。

卡尔躺在阿蕾拉右手边,全身赤裸,面向她。他双腿弯曲,躯体弯向前。从这个角度来看,他的身体可以说是呈现天鹅的形状。就目前来看,他身上完全没有伤痕,没有利器的伤口,没有瘀伤。他看起来相当平静。仿佛他就是躺在她身边死去的。等到我看到他后背的照片时,我才明白他的死因。他的后脑坍塌进去,后脑勺下方有一个小小的深红色印子,从伤口的形状来看,一击致命。这大概也能解释他身体呈现的姿势,双腿弯曲,有点类似胎儿的姿态,攻击力道让他的头顺着力量往前伸去。

刑事辩护律师就跟警察一样,看惯了生命可怖的结局,以及烙印在每具尸体上的暴行。这是人性。如果你常常从事某种行为,同样的意义就会逐渐递减,同样的冲击也不会有第一次那么巨大。

然而,目睹暴力死亡对我来说永远都不会成为家常便饭。我祈祷永远不会,因为那样,某部分的我也会随之死去。我需要保有这部分的自己,我愿意接受那种伤痛。有人夺走这一男一女的生命,他们这辈子所拥有的一切,以及他们的未来。我的脑海里闪过两个字。

无辜。无辜。无辜。他们没有做什么坏事,不该落得如此下场。

啪。

我望向自己的手，发现我已经不再继续转笔了。我一个不留神就折断了先前紧握的那支铅笔。

无论我的工作需要承担什么，我对阿蕾拉和卡尔都有责任。无论是谁让他们身陷这种地狱，都必须受到惩罚。如果凶手是博比，那他也必须面对法律的制裁。看着受害者，不知为何，我越来越怀疑博比有没有能力做出这种事情。

不过，我后来想起来了，内心深处，我们都办得到。

在我看来，死因并不像媒体报道的那样。报纸和电视都说凶手出于吃醋的心理，疯狂攻击，将两名死者碎尸万段。我在照片里没看到这种景象。卡尔身上根本连刺入的伤口都没有。我继续浏览后面的照片，看到卧室地板上的棒球棍特写。用来击球的那一端看来就是造成卡尔头部伤害的主因所在。

我的脑袋开始想象起当时的状况，却和我所看到的景象联系不起来。罪犯进入屋内。他偷偷溜进来，或用钥匙开门，跑到楼上卧房，在床上发现阿蕾拉和卡尔。卡尔应该是第一个受害者。先除掉最大的威胁，这样才合理。木棒敲击头部的力道足以打破脑壳，但会发出声音，非常大声。若想小点儿声，出手就得轻一点儿。阿蕾拉身上没有自卫的伤痕，双手和手臂都没有伤口。看来第一刀或第二刀就已经致命，或至少严重到让她无法动弹。

现场看起来怪怪的。

照片还没看完，还剩两组。其中一组是博比·所罗门的照片。他身穿红色连帽外套、白色T恤衫、黑色长裤。外套的袖子上有血，手上也有，其他部位则没有。

最后一组照片让我感到一阵焦虑，拍摄地点是停尸间。卡尔·托泽一丝不挂地躺在金属台子上。这是我第一次看到他脖子上有一道细

THIRTEEN

细的紫色伤痕，差不多7厘米长，可能是被细细的金属丝挂到，或是有东西突然绕住他的脖子，然后用力拉紧之类的。让我焦虑的不是这一点。这种紫青色的痕迹不至于要命，也可能是尸斑，就是心脏停止跳动后，血液卡在脖子周遭的脂肪上所产生的斑痕。

让我焦虑的是之后的几张照片，这一组照片是他嘴里的特写。

他舌头下方有东西。

调查人员转换成视频模式，捕捉到这最后的重点。我按下播放键，看着一把长长的金属镊子伸进卡尔嘴里，出来时，尖端夹着某样东西。我一开始没看清楚。无论那是什么，都摆在培养皿中，另一把镊子开始拉开它。看起来像纸片，折得小小的，上面绑着一个小圆锥体，大概跟笔尖差不多大。两把镊子摊开纸片，镜头拉近。

这件物证没有出现在报道里，绝对没有。

那不是普通纸片，那是一张钞票，1美金纸钞，折了好几次。1美金背面是美国国徽，四角是阿拉伯数字的"1"，背面则是英文字母拼出来的单词"1"，底下衬着像蜘蛛网一样的东西。这张纸钞折得相当精致，四角还有形状，有点儿像翅膀。中间是圆锥状，然后有四只翅膀向外摊开。中间的圆锥体折得很精巧，很像昆虫的胸廓及腹部。从虫身往四角伸出去的是前后翼。

凶手把一张1美金纸钞折成一只蝴蝶，放在了卡尔·托泽的嘴巴里。

00:13

凯恩放弃抢夺公文包后，绕着街区走了一圈儿。他回到车上时，呼吸已经恢复平稳。他双手不再感到沉重，指尖的脉搏跳动也已恢复正常。他把背包扔到副驾驶座位上，开始等待。

20分钟后，他看到身着剪裁合身西装的男子离开弗林的大楼，坐上敞篷车，驾车离开。脉搏又重新在凯恩的指尖跳动，他忽然注意到外套口袋里的手枪。只剩安保人员和弗林了。现在安保人员应该会很谨慎。凯恩刚刚在最后一秒决定不要朝着街上的男人拔枪。他迟疑太久才伸手，是安保人员逼他这样做的。最终，他掏出手机问路。凯恩心想：这样也好，不然安保人员会先朝他开枪。

那台笔记本电脑现在就在弗林所在的大楼里，这个念头让凯恩咬牙切齿。凯恩再次望向大楼，看不出里头安装了什么样的监控摄像头，或里面有多少人。也许还有坐在柜台里的前台接待人员呢。

汽车引擎发出干咳，努力对抗低温。凯恩发动车子，缓缓沿着西46街出发。

下次吧，等他准备好。凯恩对自己许下承诺，他会回来的。

现在，他还有别的事。

他往东开，朝着河流前进。沿着46街，经过第二大道，然后是罗斯福路。路上车辆很多，他开得很慢。凯恩不是土生土长的纽约人，完全不是。不过，就算如此，他也几乎没看卫星导航系统。曼哈顿就像一副棋盘，就算初来乍到，只要研究5分钟地图，就会知道该怎么走。地图上的曼哈顿岛看起来像电路板，只需电力就能运作。凯恩觉得这个"电力"不是人，不是提供电路板城市所需能量的曼哈顿居民，不是汽车，也不是地铁，而是金钱。

曼哈顿靠绿油油的钞票运作。

卡在车阵里的时候，他查看后视镜里自己的映影。他的鼻子鼓起来了，也许有点儿太鼓了，让他整张脸看起来有点儿肿。他提醒自己，

THIRTEEN

之后要稍微冰敷一下，好让鼻子不这么肿。而且，他需要多化点儿妆。皮肤瘀青的颜色已经从薄薄的底妆透出来了。这种瘀青任谁都会痛苦不堪，但凯恩不会。他很特别，他妈妈都这么说。

他跟自己的身体不熟，他与身体之间有着隔阂。

凯恩 8 岁的时候，发现自己跟其他人不太一样。有一回他从院子里的苹果树上摔下来，摔得可惨了。他爬得很高，然后从最高的树枝跌落地面上。他倒在草地上，没有哭。他从来不哭。过了一会儿，他起身，想再爬回树上，却发现左手没办法握住树枝。他的手肘好像肿起来了。这很奇怪，于是他走进厨房，问妈妈为什么他的手看起来这么奇怪。等到他进屋时，他的手腕已经肿成平时的三倍粗，仿佛有人塞了一只乒乓球在他的皮肤底下。直至今日，凯恩都还记得他妈妈注意到他手腕时那扭曲的神情。她打电话叫救护车，最后等烦了，便用两袋冷冻豆子包住他的手腕，然后让凯恩坐上他们那辆老旧的汽车，一路开往医院急诊室。

他妈妈开车从来没有那么快过。

关于那段路程的回忆凯恩记得很清楚。收音机里放着滚石乐队的歌，他妈妈脸上泪光闪闪，焦虑使她的声音尖锐又激动。

"没事的、没事的，别担心。我们会把你治好的，亲爱的，你疼吗？"她问。

"不疼。"凯恩说。

到了医院，他照了 X 光片，确认多处骨折。在打石膏前，手腕还需要先治疗一下。医生解释了这有多紧急，还说他们会想办法用气体麻醉，以减轻治疗过程中的疼痛。年纪小小的凯恩不肯吸从管子里冒出来的怪味儿气体，还多次扯下呼吸面罩。

治疗过程中，他没有哭叫。当医生拉扯他的手腕时，他保持静止不动的姿势，傻傻地听着骨头碎裂时发出的低低的咔啦声。护士在他的 T 恤衫上贴了一张贴纸，上面说他是勇敢的小病人。他告诉护士，他不需要治疗，他好得很。

医护人员一开始的惊讶是有原因的，但凯恩的妈妈知道还没结束。这不一样。她逼迫医院给她儿子进行检查。他到今天都还不知道他妈妈哪儿来的钱支付那些检查费用。一开始，多位医生觉得他脑子有问题，他们用针刺他皮肤时，他没有哭喊。他听到他们说"肿瘤"这个词，却不懂这是什么意思。没多久，他们就排除了大脑组织增生的可能。凯恩的母亲因此非常高兴，但她依旧担心，于是就有了更多的检查。

一年后，约书亚·凯恩确诊，他有罕见的基因问题，也就是先天性痛觉不敏感。他大脑的痛觉神经完全不起作用。凯恩从来没有痛过，也永远感觉不到痛。凯恩回想起坐在医生办公室里的那天，他妈妈听到这个消息时觉得既开心又害怕。开心的是她儿子永远也不会感到疼痛，但也因此害怕。凯恩想起他妈妈坐在医生办公室的那张椅子上，望着他。她穿着他从树上摔下来那天穿的那件蓝色服装，眼里闪过同样害怕的神情。

而凯恩享受这些过程里的每一分每一秒。

身后传来催促他前进的喇叭声，将他的思绪拉回到现在。1 个小时过去，凯恩抵达布鲁克林。他熄火下车，将他所在位置的信息发给他的联系人。

任何人打给纽约警察局报警，凯恩都会提早收到通知。

他经过好几排看起来一模一样的中产阶级三层楼住宅。起居空间就在车库上方的一楼。新刷的油漆遮盖住遭遭围篱的铁锈。他抵达登记在沃利·库克名下的房子。

沃利的脸出现在卡普法律事务所的白板上，他多次获选为他们的首

THIRTEEN

席陪审员。他是活跃的自由派分子，会从他的私家侦探事务所拨款捐赠给美国公民自由联盟，周末的时候还会去指导少年棒球联盟打球。

凯恩不能指望检察官反对沃利加入陪审团，可是就这么让他留在名单上实在太他妈的危险了。再说，他霸占了辩护律师挑选凯恩的一个名额。

一辆轿车车与厢型车停在沃利屋外的车道上。一楼窗外有灯光洒落出来。一个30多岁的棕色长发女子抱着婴儿走近。沃利走过去，吻了吻女子，然后消失于视线外。凯恩抽出切鱼刀，朝大门前进。

00:14

不到两个小时我就看完了所罗门案剩下的档案。很多都只是浏览而已。警方的证词确认了证据链、内容繁多的鉴定报告、证人证词。还有不少关键物证。

博比·所罗门的报案电话是在凌晨12点03分打去的。我手边不只有文字记录，还有电话录音。博比的语气听起来非常惊慌，他因为泪水、愤怒、恐惧及失去所爱而哽咽不已。一切都记录在他的声音里。

接线员：911紧急报案中心，你好，你需要消防、警力还是医疗协助？

所罗门：救命啊……老天……我在西88街275号。我老婆……我觉得她死了。有人……哦，天哪……有人杀了他们。

接线员：我这就请警察和紧急医疗小组过去。先生，冷静点儿，你有危险吗？

所罗门：我……我……不知道。

接线员：你在房子里吗？

所罗门：对，我……我刚发现他们。他们在卧室里。他们死了。（啜泣声）

接线员：先生？先生？请你深呼吸，我要你告诉我，你家里现在还有没有其他人？

所罗门：（打破玻璃和某人绊脚的声音）我在。啊，我没看家里……哦，见鬼……拜托快点儿派救护车来。她没呼吸了……

（所罗门扔下电话）

接线员：先生？请拿起电话，先生？先生？

博比告诉警方，那天下午他就出门喝酒去了，同时也嗑了点儿药。他不记得自己去了哪里，但记得几间酒吧，见了一些人，但想不起他们的名字。他在某间夜店外面打了辆出租车，午夜才到家。走廊里的灯没开，卡尔不在厨房，也不在客厅里。他上楼找他，然后看见阿蕾拉房间的门大开，灯也亮着。他走进去，发现阿蕾拉和卡尔都死了。

电话录音、所罗门的说辞，乍看之下都很合理。博比嗑药的时候，曾犯过一些无伤大雅的轻罪，他在酒精及药物的影响下经常会失忆或不知道自己干了什么。

作为不在场证明，这种说辞实在不够充分。不过我们确实没有理由怀疑他的说辞。

直到我读了肯·艾格森的证词。他住在西88街277号，43岁，是一位对冲基金经理。他表示那天晚上他9点到家，然后与他隔壁那

THIRTEEN

位知名的邻居博比·所罗门打了声招呼。他看着博比走上自家门前的阶梯。艾格森很清楚时间，因为他老婆星期四晚上都会晚到家，而保姆9点就会离开。艾格森家23岁的保姆康妮·布鲁科夫斯基，在确认了艾格森先生9点到家后就离开了。

我原本思考该怎么扭转这种局势，寻找可以攻击的点。然后我想起了那段视频，屋外的监控画面。命案当晚的时间戳记显示，博比的的确确是在晚上9点多进的屋。

摄像头有动态感应。之后一直到凌晨0点10分警方赶来都没有其他画面。

博比说他午夜才到家，但没有他到家的画面。等到凌晨0点10分，博比开门让警察进屋，阿蕾拉和卡尔早已断气身亡。

结论是什么？博比·所罗门对他到家的时间没有从实招来。

鉴定报告会确定博比的命运。博比的棒球棍上有卡尔的血迹，上面还有博比的指纹。博比的衣服上有阿蕾拉的血。最关键的来了，卡尔嘴里那张1美金折成的蝴蝶上有博比的指纹和DNA。博比告诉警方，他这辈子从来没有见过纸钞蝴蝶，他很确定自己没有折过这玩意儿，更不要说还将其放进卡尔口中。

玩儿完了。

鲁迪立刻接起我的电话。

"他完蛋了。"我说。

"我同意。"鲁迪说，"但你没有看仔细。纽约市警局的鉴识人员在纸钞上植入了博比的DNA。"

"你怎么这么确定？"我说。

"因为他们的检验报告显示出不止一组DNA图谱。"

"等我一下。"我一边说，一边打开鉴定报告。没错，有份报告成功比对了 1 美金纸钞上的 DNA 图谱，分别标示为 A 组与 B 组；A 组图谱是博比的 DNA，B 组图谱则符合数据库里的一份已存样本——名为理查德·佩纳的男子。

"等等，鲁迪。流通的纸钞上肯定不只一组 DNA，我很讶异他们没有发现上头有二十组呢，但这样也不代表纽约市警局植入了博比的 DNA 啊。"

"不，真的有。那组符合理查德·佩纳的 DNA 证实实验室动过手脚。"鲁迪说。

"怎么讲？"

"我们调查了一下这个理查德·佩纳。他的资料深埋在档案鉴定库里。他是已被定罪的连环杀人魔。1998 到 1999 年间，他在北卡罗来纳州杀害了四名女性。媒体称他为'教堂山杀手'。他被捕、被定罪，上诉失败，最终在 2001 年伏法。"

我没有等鲁迪说下去。我点开拆开的纸蝴蝶照片。第一张照片是纸钞的背面。我注意到美国老鹰的图案上有点儿变色，看起来像是和笔一起塞在口袋里而涂上的。我没有看得太仔细，我想看看另一面。我再次点击，这次找到了我想看的画面。在钞票正面，就在乔治·华盛顿头像右手边有一组序列号。一个新的序列号只会出现三次。首先是纸钞新设计出炉的时候，其他改序号的原因也跟钞票的变革有关。每张纸钞上都有两组签名，华盛顿的头像在中间，签名一左一右。左边的是美国财政部司库的签名，右边则是财政部长的。卡尔嘴里的纸钞有罗莎·古马塔奥托·里奥斯和杰克·卢的签名。序列号对应上了杰克·卢授命成为财政部长时的年份——2013 年。

鲁迪替我开口："理查德·佩纳不可能碰过那张钞票。印钞时，他已经死了十二年了。"

"而且没有佩纳的指纹,只有 DNA。"我说。

"没错。"

"如果纸钞上只有博比的指纹也就算了,但上面有博比和佩纳的 DNA……我在想鉴识人员是先把钞票弄干净,然后才植入的博比的 DNA,结果不知怎么着,不小心同时植入了佩纳的 DNA。"我说。

"你说到重点了,只有这个解释说得通。家用清洁剂就能杀光 DNA,要弄掉并不难。再说,2013 年之后有多少人碰过这张纸币?没有几千也有几百人吧。他们想要栽赃博比却搞砸了。他们先把纸钞弄干净,却在植入博比 DNA 的过程中出了错。不知什么原因,佩纳的 DNA 出现在实验室里。只有这个解释,咱们逮到他们了。"鲁迪说。

说是说得通,但我还是觉得怪怪的。某种程度上讲,蝴蝶算是一种象征,可能对某人很重要,也许是对凶手或受害者来说很重要。而警方破坏了这件物证。纽约市警局想利用这只蝴蝶嫁祸博比,植入他的 DNA,结果却弄巧成拙了。

"佩纳应该是在别的州比对 DNA 的,样本怎么会出现在纽约市警察局的实验室?"

"不知道,反正就是出现了。"

我听着鲁迪在电话里批评起警察的腐败,说这件物证可能引发多大的媒体风暴,并且指出这会是博比辩白的关键契机。30 秒后,我放空了,脑中开始回想在卡普法律事务所时,坐在博比身边,听他抗辩自己的清白。我想知道那一刻我是否允许自己相信博比。他是位才华横溢的演员,这一点毋庸置疑。不是每位电影明星都会演戏,博比是有天赋的,他演技精湛。还有另一件事让我不安。在多数案子里,如果警方针对嫌犯植入证据,通常都是因为他们相信嫌犯有罪。我是看不出来在动态感应监控摄像头下,怎么可能有人进出屋子而不入镜,再加上邻居的证词。

"鲁迪，我相信博比的说辞。我实在没办法骗你或骗我自己。他说他是无辜的，这我相信。我不能让其他的状况影响这个判断。如果你允许的话，我想找我的调查员进行调查。我们还是没找到杀害阿蕾拉的凶器。告诉我，博比怎么解释打死卡尔的棒球棍？"

"他说他把棒球棍摆在门厅里。没错，他是有安保团队，但他老爸总会在大门旁边摆根棒球棍。博比有样学样。那是他的棒球棍，因此上面到处都是他的指纹。"

"但无法解释为什么上面会有血。我必须好好研究研究这点。"我说。

"你的费用已经汇进你的账户了。如果你想花点儿钱进行调查，随你便。我要忙选陪审员的事情了。明天早上给我打电话。有时间就睡会儿觉。"他说完就挂断了电话。

我在手机上浏览起联系人，直到我找到备注为"少废话"的电话号码。我按下通话键。我没有特别看时间，我找的这个人习惯随时接电话，因为工作需要。电话接通，手机那边传来一个女性的声音，沙哑，还带有一点儿中西部的口音。

"艾迪·弗林，法律界的骗子。我还在想你什么时候会打电话给我呢。"

声音的主人是前联邦调查局探员哈珀。她从来没跟我说过她的名字。想到这里，我不确定我有没有再追问过她。我跟哈珀于一年前相识，之后她跟伙伴乔·华盛顿一起离开了联邦调查局。他们在曼哈顿开了一间私人安保和侦探事务所，总体来说经营得不错。我们第一次见面时，她把我的脑袋压在我的车顶上，几个月后，我们追捕同一个罪犯，她不只救了我一命，也救下多位探员同事的命。我是可以自己研究博比的案子的，但我想要哈珀的协助。她第六感很强，我相信她

THIRTEEN

的判断，如果她认为博比有罪，那我也许会再考虑一下。

"跟你聊天我也很高兴。抱歉我没有保持联系，我一直在等待适合的案子。我需要调查员，知道有谁比较合适吗？"

"介绍个屁，你的客户是谁？"

我还没开口就料到她的反应了。但我还是告诉了她。

"我加入了博比·所罗门的辩护团队。我们要证明纽约市警察局在陷害他，你得帮帮我。"

她大笑起来，然后说："真会编故事，下次你就会说要替杀人魔查尔斯·曼森辩护了吧？"

"我是认真的。1个小时后，卡普法律事务所的安保人员会带一台笔记本电脑去你公寓。你研究文件的时候他会在旁边等着。东西很敏感，如果资料在开庭前外泄出去……"

哈珀的笑声消失在她的喉咙里。

"艾迪，少来这套。你是认真的？"

"我是认真的。看来我们只有一两天能够好好研究这件事了。你看一下文件，然后给我打电话。明天早上咱们从命案现场开始，除非你要从别的地方着手。"

"看完文件我再打给你。就我在电视上看到的，一切证据都指向所罗门，证明他就是凶手。这你知道，对吧？这案子看起来稳输。"

"报纸我都看了，也听了CNN[①]上的法律专家分析案情。他们认为开庭前结果就确定了。也许他们说得没错，但我跟博比谈过，鲁迪·卡普也见过博比。我们都觉得他不可能杀人。我们要做的就是说服陪审团的十二个人，让他们觉得我们是对的。"

---

① 美国有线电视新闻网（Cable News Network）。一个全天候提供新闻节目的有线电视网络，由特德·特纳于1980年创办。

00:15

凯恩手腕一翻，反手握刀。他走到停在车道上的厢型车旁，弯下腰，把刀捅进驾驶座后方座位下方的轮胎中。空气从轮胎中嘶嘶排出，厢型车随即歪向一边。凯恩把鸭舌帽向下压，将刀子收回口袋里，踏上前门阶梯，按下电铃按钮。

过了一会儿，沃利前来应门。这是凯恩第一次认真地看他。仔细看，这位先生可能将近 40 岁。太阳穴附近头发稀疏，脸部涨红。凯恩在对方的鼻息中闻到酒气，上唇的红色印渍说明这位先生刚喝了一大杯红酒，因此也解释了为什么他看起来坚毅的面容上带着红通通的神情。

男人看到凯恩后表情放松了下来。无论他在等谁，都不符合凯恩目前的外貌。

凯恩操起南方口音，他常这样。不知道为什么，南方口音会让凯恩说的话具有可信度，别人都会相信他。

"抱歉，打扰了。"凯恩说，"我刚好经过，看见你厢型车的轮胎没气了。也许你已经知道了，但怕你没注意到，我想我就当个好邻居吧。"

凯恩转身。他非常小心，围巾围得很靠上，遮住自己的脸，目光也压得很低。这招似乎见效了。

"哦……好，谢谢。"沃利说，"啊，你说的是哪个轮胎？"

"这里，我带你去看。"凯恩说。

沃利走出家门，跟着凯恩走向厢型车车尾。他蹲下来，将轮胎看个仔细，此时，凯恩站在他身边。附近没有路灯，屋里的灯光也照不到车道后方。

"老天，什么玩意儿把轮胎戳爆了。"沃利说。

THIRTEEN

他把手指伸进破洞里，轮胎感觉是被坚硬锐利的东西划破的。他正要起身，说："嘿，谢谢你……"然后就愣在了原地。他弯着膝盖，双手高举，十指分开，望着凯恩的枪。凯恩把枪对准沃利的脸，确保沃利没有错过这一幕。

凯恩再次开口，温暖蜜糖般的南方口音消失，仿佛从来不曾存在过。他的语气现在平板而严厉。

"别说话，别乱动。我叫你过去时，我们就一起走到我的车上。我会问你几个问题，然后你就能回家了。如果你给我找麻烦，或者不回答，我就必须去请教你太太了。"

沉重的呼吸在枪口上方凝结成雾气。沃利很慌张，他的双腿开始颤抖，目光紧盯着凯恩。他望着凯恩隐藏在阴影里的面孔。凯恩幻想着眼前的人能看到那道看似从自己眼里射出的光，只有这个人能看到黑暗中的两个小光点。

"站起来，咱们走。"凯恩说，"还是我去请教你老婆？这问题不难。朝你的脸开枪，跟一刀插在你孩子的眼睛上，哪个会更让她伤心？"

男人站直了身子。他宽大的喉结上下滚动，用力咽下自己的惊恐。凯恩示意他走在前面。沃利乖乖听话。

"车道走到底右转，沿着街道前进，走到那辆福特车的副驾驶侧车门旁边。我离你只有五步。敢跑你就死定了，你的孩子也会陪葬。"

他们静静地走向街道的尽头，凯恩在外套下紧握手枪。街上没有其他人，这么冷，又这么晚了，谁也不会出来散步的。沃利转向右边，乖顺地前进着。他停在凯恩车子的副驾驶侧门边。

"你想干什么？"沃利问，恐惧有如鼓捶，在他的胸膛里不停捶击。

凯恩打开车门，要沃利慢慢上车。两个男人同时上车，凯恩现在坐在驾驶座上，枪口依旧对准沃利。两个男人同时关上车门。沃利望着前方，浑身颤抖，大口喘着气。

"手机拿来。"凯恩说。

沃利的目光往下移了半秒钟，凯恩注意到了。沃利望着凯恩左手握着的枪，手枪低低靠在他的腹部，枪口对准沃利，此时沃利正弓着身，好从裤子口袋里掏出手机。

"慢一点儿。"凯恩说。

沃利从口袋里拿出手机，手指滑过屏幕，屏幕亮了起来，但他还在发抖的手使得手机掉到地上。他弯下腰，车内没有开灯，所以凯恩只看得到车内地板上手机屏幕的亮光。屏幕的光线足以让凯恩看到沃利的腿抽搐了一下。凯恩身子僵直，想要伸手，但来不及了。沃利猛地一下子坐直，用力将弹簧刀斜插进凯恩的右腿侧。沃利扭转刀刃，伤口开始流血，不过凯恩还是握住沃利的手腕。凯恩握得很用力，这让沃利没办法把刀子拔出来。

凯恩用枪管撞击沃利的头顶，第二下用枪托重击对方的太阳穴。沃利终于松了手。凯恩看着男人气若游丝，努力吸气。多数私家侦探都会携带防身用具，凯恩在让沃利上车前，竟然没想到要给他搜身。凯恩把枪口对准沃利的侧脑，用冷淡的神情低头望向大腿上的刀子。

"这条裤子就这么毁了。"凯恩说。

"你……你……有什么毛病啊？"沃利如是说。他扶着头顶，痛苦地把空气大口吸进胸腔里，想要搞清楚眼前到底是怎么回事。凯恩对大腿上的刀子没有反应，没有痛苦挣狞的表情，没有尖叫，没有咬紧牙关。他根本一点儿也不在乎这个严重的伤势。

"你在想我为什么没有惨叫？手机拿来，不然我就会让你叫得很惨。"凯恩说。

这次，沃利缓缓弯腰，捡起手机，交了出去。凯恩放下手枪。沃

THIRTEEN

利斜眼看着凯恩,他的手遮在脸上,等待手枪扣下扳机。

"可恶,我花了不少工夫才把裤子弄得跟真的一样。"凯恩说,"别担心,我不会对你开枪的。"他把手枪收进外套里,又说:"但刀子就不还你了。来,我的给你。"

凯恩的动作快到沃利看不清楚。他还是很害怕,仿佛已经料到凯恩会出击。凯恩的刀子在他脑壳上刺出一个大洞,鲜血直流。凯恩发动车子,把沃利的头推到置物箱的下方,然后把车开走。凯恩打开前灯,仪表板亮起时,灯光在凯恩腿上插着的金属刀柄上映出橘色的光芒。他不敢把刀子拔掉,担心自己会失血过多,他得找个安静的地方包扎伤口,顺便处理沃利的尸体。

15分钟后,他抵达商业区,附近有铁路机械厂与修车厂。这里晚上都关门了,某些地方甚至已经关了好几年了。凯恩把车开到一处空地上,旁边是废弃的工厂,他一直开到后方围起铁丝网的地方。这里没有街灯,没有监控摄像头。他下了车,更换掉车牌。通常换车牌只要5分钟,可今天不一样,大腿上的刀子让他很难蹲下,而且那条腿使不上力。凯恩将沃利手机上的指纹擦干净,扔在铺着石子的停车场上。他把沃利的尸体拉下车,拖到手机旁边。车厢里有一桶汽油,他把汽油倒在尸体和手机上,点火,花了几分钟欣赏火焰燃烧。他四处张望,这里没有其他人。这附近要到河边才有风景,尸体在这里可能要躺上一个星期才会被人发现。警察来时,至少也要再等一个星期才能从牙医记录中比对出死者的身份。这些时间足够让凯恩完成工作了。

警方会知道沃利要行使担任陪审员的义务吗?也许吧。明天他没出现,他就会收到传票,要求他解释为什么没有出席,行使陪审员的义务。这些事情至少也需要几天的时间,也许会更长。

1个小时后,凯恩把车开回卡普法律事务所对面的停车场。他等了几分钟，静待感应灯的灯光熄灭，地面恢复黑暗。他先从后座拿出一个急救箱，用里面锐利的剪刀剪开长裤，露出深插在大腿里的刀子的刀柄。凯恩每次看到自己身体受重伤都会非常好奇。他一点儿感觉也没有，但他知道肌肉深处可能受伤了。他刚更换车牌的时候，走路有点儿跛，但他不知道是不是因为刀子还没拔掉的缘故。说来幸运，他知道这一刀没有伤及大动脉，不然他在回曼哈顿的路上就会因失血过多休克了。

他知道他得加快动作。引擎还没熄火。凯恩关掉车灯，把汽车点烟器按下去加热。

纱布和绷带已经准备好，凯恩拔出刀子，用绷带压在伤口上，血流很稳定。他很庆幸。如果血流跟他的心跳节奏同步喷射出来，他知道自己就得去医院了，还要被问东问西。

点烟器向上弹起。

凯恩接下来要做的事情会让正常人扭动、尖叫、痛苦到咬紧牙关，然后晕倒。不过，凯恩就只需要集中注意力，确保他把点烟器压进伤口里时，它不会失去控制。他固定住点烟器，等到血流停止，才把点烟器放回原处，然后开始穿针引线缝合伤口。他的动作很专业，这不是他第一次缝合自己的皮肤，感觉都一样，皮肤有点儿痒痒紧紧的感觉，但没有感到不舒服。最后他用很多纱布和绷带包扎伤口。他下车的动作启动了感应灯。他用外套遮着腿，上了他的另一辆车，脱掉染血的破裤子，换上放在座位底下的干净黑色牛仔裤和运动衫，戴上纽约尼克斯队的鸭舌帽。

等到凯恩回到公寓时，他已经累了。他在镜子前面缓缓宽衣，检查那条腿，还好没有流多少血。希望到了明天，血流就会止住。

明天可是他的大日子啊。

星期二

THIRTEEN

00:16

"热脆烘焙屋"就在西 88 街与百老汇街的交叉口，咖啡不错，松饼更棒。我的车还在违章停车扣留场，所以我一早就搭地铁出门，避开上班人潮，因此有了吃早餐的时间。我吃了一沓松饼配酥脆的培根。为了等哈珀，还喝了两杯咖啡。8 点 15 分，已经出现工地工人、办公室上班族和观光客的排队人潮，正等待着他们的早餐贝果。

我没看到哈珀，倒是先看到了霍尔滕。他从前门进来，看到我便向我走来，走到一半我才瞧见他身后的哈珀。这并不是因为哈珀个子娇小，而是霍尔滕的关系。他若站在一辆 1952 年的别克汽车前，你会根本看不到车。哈珀比平均身高矮一点儿，纤瘦苗条，头发扎成马尾。她穿了牛仔裤、绑带短靴，皮夹克拉锁一路拉到脖子。霍尔滕还穿着同一身西装，提着同样的公文包，链子铐在手上。

"我 9 点半要换班。到时候雅尼会过来。今晚我来值班前，他都会看着这个手提箱。"霍尔滕说。

"你也早安。"我说。

"艾迪，别怪霍尔滕。他睡在我的沙发上。换作是你，也不会说什么好话。"哈珀说。

"你是说，他真的会睡觉？我以为他就只是关机，然后把自己插进插座充电。"

"相信我。"霍尔滕说,"如果鲁迪·卡普觉得那样做可行,那我的屁股就会连着一条充电线。"

霍尔滕真的热络了起来。我猜这是哈珀的功劳。他们都曾是执法人员,有很多共同点。

哈珀坐在我对面,霍尔滕坐在她旁边,两个人都点了贝果。我觉得我咖啡还没喝够。

"这么说检察官答应我们这次的小调查任务了?"哈珀问。

"对。我跟助理检察官谈过,他摆平了纽约市警察局。媒体对那栋房子很感兴趣,对影迷来说,那栋房子已经变成某种纪念馆了。警察局局长特别指派了一组人员,在屋外24小时轮班。不然大家肯定会闯进屋内,将物品抢走当纪念品,顺便替八卦杂志拍照片。值班警察知道我们要过去。"我说。

哈珀点点头,然后用手肘顶了顶霍尔滕,这位先生则对她微笑。我看得出来霍尔滕对哈珀有意思,那傻乎乎的笑容就跟高中小男生一样。

"跟你说过进去不成问题。你该更有信心一点儿。"哈珀说。霍尔滕则高举双手,表示认输。

我读过文档中的报告,哈珀也看过了。经验告诉我们,无论看过多少张命案现场的照片,效果都没有身临其境来得好。我需要身处命案现场、地理位置、房间布局之中。再加上我想确保鲁迪与条子没有错过任何蛛丝马迹。

"那么,这个案子,你怎么看?"我问。

哈珀的脸立刻沉了下来。她的目光在桌面上飘忽,同时清了清嗓子。

"这么说好了,我没有你那么确定。我觉得我们的客户要解释的事情太多了,他可能也说不清楚,而且他还没有诚实地说出一切。"她说。

"你觉得,关于命案,他说了谎?"

这时,他们的餐点被端上了桌。我们没有说话,直到女服务生离开,哈珀才说:"他隐瞒了什么重要的东西。"

他们吃早餐时,我们没有交谈。他们吃得很快,霍尔滕几乎一口气就吞下了他的贝果,哈珀则吃得好像只是为了眼前的辛苦旅程添加燃料一样。他们都没有品尝食物。我喝着咖啡,等他们吃完。

哈珀用纸巾擦了擦嘴,然后向后靠在椅背上。她想到了什么。

"我满脑子都是那只蝴蝶。"她说。

"我知道,博比的指纹和两组DNA。鲁迪认为DNA证据是警方栽赃的。我觉得他说的可能没错。"

她和霍尔滕一起点头。她说:"对,但不确定纽约市警察局的实验室里怎么会有佩纳的DNA,这是个棘手的问题。我更在意的是蝴蝶本身。我昨晚想折一只,显然还真有用美金折纸这么回事。网上有好几部教学视频。我趁着在看档案的间隙研究了一下,学了45分钟,还是折不出来。不管是谁折的,肯定花了不少时间,还是在命案前就折好的。摆弄尸体,发出某种信息,这是很冷血的行为。"

"我也想过这点。我不知道检察官会如何解读蝴蝶的意义,但我猜他们会说这说明博比不是因为吃醋一时愤怒才动手杀害卡尔和阿蕾拉的。跟你说的一样,这是冷血的行为,展现出杀人的意图与预谋。"我说。

"折蝴蝶很奇怪,好像是什么仪式一样。感觉重点在于凶手,而不是受害者。也许我把这件事看得太重要了,但我还是联系了我在调查局行为科学部门的好朋友,他会查一下数据库。调查局对仪式谋杀都有记录,有一个组专门研究行为模式。也许折蝴蝶符合某人的犯案模式。"哈珀说。

霍尔滕点了几张纸钞,用指头分开。他把公文包摆在大腿上,点钱的时候,长长的链子发出碰撞声。

"鲁迪已经试过了。我们一整组人花了好几天追查类似的作案模式,却没有结果。调查局不肯跟我们谈,我们只好在新闻报道和警方联系人里寻找,什么也没找到。也许你跟你的朋友运气会比较好。"霍尔滕说。

女服务生收走盘子,留下账单。

"我来付。"我边说边放下一沓纸钞。

哈珀跟霍尔滕都唱起反调,霍尔滕的抗议尤其大声。当过警察的人还是不习惯让辩护律师请客。只不过呢,看来那仅限他们吃公家饭的时候。

"我来出。"霍尔滕说着,一手把哈珀的 20 美金纸钞塞回给她,"早餐算卡普法律事务所的,我可以报账。"

他把我的那沓钱整理好,扔下他的钞票,然后把我那面额不一的钱还给我。霍尔滕留在桌上那沓钞票最上面的 1 美金纸钞吸引了我的注意。华盛顿的肖像那面朝下。钞票背面是美国国徽,全知之眼在金字塔顶端;纸钞另一面则是盘踞在星条旗盾牌上的老鹰,它一只爪子握着橄榄枝,另一只爪子抓的则是弓箭。此时,我的脑袋深处开始运转。纯粹的直觉告诉我,卡尔嘴里的那张纸钞就是整个案子的关键。

我们三个人转过街角,走上西 88 街。这条路会一路抵达河边,但我们没准备走那么远。我们经过一座教堂、两家五金行和一栋旅馆。然后,我们看到街对面的那栋屋子。三层楼的褐石别墅。显眼的犯罪现场封锁线围在门口。屋外有一名身穿制服的警察,正在前门阶梯上休息。警察比霍尔滕矮,但也是个壮汉,大光头,脖子粗壮。街上大

THIRTEEN

概有十几个人，都身着黑衣，有人把 T 恤衫、鲜花与阿蕾拉的照片摆在屋外的栅栏上。这群人准备了折叠椅和雨衣，他们会在这里待上一整天，也许好几天。屋子对面的树下摆了蜡烛。真人大小的阿蕾拉海报包裹着树干，用绳子与胶带固定着。

我们走上阶梯，警察起身，点了点头，手指压在嘴唇前面。他的目光远眺到我肩后，向我使了个眼色，说："警官，请进。"

我点点头。外面的影迷都在悼念阿蕾拉，我没看到博比的 T 恤衫或海报，如果警察让群众知道我们替博比辩护，场面可能会变得很难看。警察拉开封锁线，稍微打开大门，让我们一次一人侧身挤进。有影迷跑过来，在阶梯上发出急切的脚步声，大家都想一窥屋内的状况。

"退后。"警察说。我们都进了屋后，警察在身后关上门。"该死，这些孩子都疯了。"他说。

哈珀走向警察，伸出手，面露微笑，说："嗨，我是哈珀。"她在调查局待太久了，对执法人员还是很有好感的。

可那警察将手插进外套口袋，不客气地说："婊子，退后。谁也不准碰这里的任何东西。半小时后就给我离开这里。"

"哈珀，欢迎来到辩护律师的世界。"我说。

00:17

这天早上，凯恩在离开公寓前，拉开了盖在浴缸上的防水布。他伸手扯掉浴缸排水口的塞子，打开淋浴喷头。不到 1 分钟，他就开始冲洗易碎的白骨。他把骨头及牙齿收集好，用毛巾包起来，将它们砸得粉碎。之后，他将粉末倒入洗衣粉盒里，盖上盖子。他把子弹放进口袋里，打算之后扔到河流或排水沟里。大功告成。他冲了个澡，给腿上的伤口更换了新的绷带，穿好衣服，化好妆，检查冰袋是否足以舒缓他脸部的肿胀，然后穿好外套，上街去了。

没多久，凯恩就加入了等着排队进入中央大街刑事法院接受安检的长龙中。队伍有两溜，凯恩排的这一溜，人手一个信封，信封上有红色的边条，警告他们必须行使陪审员的义务。

两溜队伍都移动得很快，不一会儿，凯恩就从冷风中走进了室内。虽然被人捅了一刀，但他没有跛行。既然不痛，他就不用改变走路的姿态。有人对他搜身，要他把外套放进 X 光扫描机里。他今天没有带包，没有带任何武器，这实在太危险了。安检过后，有人引导凯恩前往电梯区，要他去他的楼层找负责的法警。人挤人的电梯总让凯恩感到不适。人很臭，须后水、除臭剂、烟味、体味。他低着头，把鼻子埋进厚厚的围巾之中。

他感觉到内心的期待波涛汹涌，他压抑住自己的情绪。

电梯门打开，一出来是一条白色的大理石瓷砖走道，凯恩跟着人群走到接待柜台旁那位圆脸女法警面前。他装出一副有点儿困惑的模样，等待着对方叫他出示传票和证件。他四处张望，用手指敲击皮带扣。法警请凯恩前面的那位女士去柜台右手边宽敞的接待室。凯恩的脖子后方开始出现电流般的酥麻感，好像有人拿着发烫的灯泡靠近他的皮肤一样。这种美好的焦虑感对凯恩来说是额外的甜头，他喜欢这种刺激。

"先生，传票与证件。"法警说。她涂了亮红色的口红，门牙也沾染到了颜色。

凯恩把证件与传票递过去，目光越过法警的肩膀，望向她身后右

THIRTEEN

方的空间。她扫描了传票上的条形码，检查了证件，只看了凯恩一眼，就把证件还给了他，说："去那边找位子坐。马上就会播放教学视频。下一位……"

凯恩拿了证件，放回钱包里。证件不是他的。这个纽约州驾照属于昨晚消失在自家浴缸里的那位先生的。凯恩抑制住想要在空中挥拳欢呼的欲望。证件检查不是一直都这么顺利，凯恩的目标选得很好。有些时候，就算有乳胶、染发、化妆的加持，凯恩还是没办法成功复制目标的长相。北卡罗来纳州就有一例。证件上的照片是十几年前拍的，就算是目标本人，长相和证件上的照片也有差距。那次法警看着凯恩，又看着驾照，比对了整整两分钟，甚至还找来了主管，最后才让凯恩过关。今天幸运之神在纽约光顾了凯恩，真是谢天谢地。

接待室看起来很老旧，天花板上还有烟垢，这是当年陪审员还能一边抽烟一边等待命运安排时留下的痕迹。凯恩所加入的候选陪审团差不多有二十人，每个人都坐在椅子上，座位扶手可以拉出连着的小桌板。另一位法警走过来，交给他两张纸，一张是问卷，另一张则是陪审员须知，也就是陪审员工作中常见的问题。

墙上有一台75英寸的大电视，屏幕朝向座位。凯恩填完问卷，发现自己可能填写得太快了。他望向其他人，他们还在咬着笔的尾端，思考如何回答呢。这份问卷是用来筛选陪审员的，认识出庭被告的人以及证人等相关人员会通通出局。上面也有一些一般的问题，用来判断答题者是否带有偏见。这些问题对凯恩来说都不成问题，他已经练习过多次了，能在纸上呈现出中立的态度。

就在凯恩放下笔没多久，电视打开了。他坐直身子，双手放在大腿上，仔细看着教学视频。视频只有15分钟，多位法官与律师向他们介绍诉讼的概念，让他们知道谁会出现在法院里，各自的角色是什么，当然也期许典型的纽约陪审员要作出公平的决定。他们必须保持开放的心胸，除非结案，不然不能跟任何人讨论案情，要留意物证。每位陪审员每天能够领 40 美金的报酬，由法院或他们的雇主支付。如果诉讼超过三十天，法院则会酌情每日增加 6 美金酬劳。这里提供午餐，但不报销差旅费或停车费。

在视频教学旁白暂停以转换场景的时候，凯恩望向坐在身边的男男女女。他们很多人都专注在自己的手机屏幕上，有些人的确在看视频，有些人则已经打起了瞌睡。凯恩又望向屏幕，这时，他看到了那个人。

那个人身穿米黄色的西装，站在进入接待室的凹室下。他秃头，脑袋周围剩下的头发已经慢慢变白。他超重了，但不是非常胖，也就比标准体重多出 10 到 15 公斤。一副眼镜挂在他的鼻尖上，好像马上要从脸上滑落似的。他低着头，用肥肥的拇指滑过屏幕，手机的亮光打在他的双下巴上，让他看起来更像 20 世纪 50 年代恐怖电影里的反派。凯恩也因此能够看到男人深色的双眼，那是很深的咖啡色，接近黑色了。那双眼睛小小的，冷酷无情，而且目光根本没有停留在手机屏幕上，反而轮流扫视可能入选的陪审员，在每个人身上停顿 4 秒，最多 5 秒，专注地审视，然后再打量起下一个人来。

也许只有凯恩注意到了他。凯恩之前就看过他了，也知道他叫什么名字。接待室里的其他人都没有注意到这个人。这个人喜欢这样，凯恩很清楚。男人身穿一套没有特色的西装、白衬衫、浅色领带，看起来已经很久没有买过新衣服了，西装穿了有十年以上。他的面容也毫无特点。你可能在地铁上跟这位先生面对面坐了 1 小时，却在出车厢 10 秒后，就完全想不起来他的外貌特征了。

他叫阿诺·诺瓦萨利奇。卡普法律事务所请他担任所罗门一案的

THIRTEEN

陪审团分析师。过去一个月来，夜复一夜，凯恩坐在停车场中，看着阿诺萨利奇在卡普法律事务所办公室的软木板上移动候选陪审员的照片。一整组人马负责调查名单上的每一位预备陪审员，给他们拍照，打探他们的生活，研究他们的社交媒体账号、银行账户、家庭背景以及信仰。被凯恩偷窃身份的男子就出现在那板子上，昨晚他在厂房后面停车场焚烧的男人也是。

怎么说阿诺萨利奇都是凯恩最严峻的考验。如果天底下有谁能在陪审员人选里看出凯恩是盗走别人身份的小偷，那肯定就是阿诺萨利奇了。他一个个地观察候选陪审员，看哪些人严肃看待这份任务，哪些人不当一回事。

忽然，凯恩留意到阿诺小小的眼珠子马上就要望向他了。这个想法让他深吸了一口气，觉得好热。汗水是凯恩的大敌，妆容可能会花掉，露出他眼周的瘀青。凯恩专注地看着屏幕，心不在焉地拉下围巾，解开衬衫领口的扣子。

然后他感觉到了，阿诺的目光停留在他身上。他想回望，确认一下，凯恩全身上下的神经与本能都想叫他转头看阿诺，但他没有转头，而是保持脖子与头部的僵直，看着屏幕。他用眼睛的余光瞥向阿诺，他不确定，但他觉得阿诺好像放下了手机，严厉地望着他。

凯恩在座位上变换坐姿，他觉得自己好像在警察的泛光灯下一样，僵住不能动，自己的全部都被暴露在外。凯恩希望视频立刻结束，这样他才能转过头去，才能查看阿诺到底在做什么。每一分每一秒都是煎熬。

终于，视频结束了，凯恩望向阿诺。他却看着凯恩右边的人，他已经审视起下一个对象了。凯恩从衬衫口袋里拿出蜜桃色的纸巾，轻点起额头。出汗的状况没有他想象的那么厉害，纸巾上只有一点点粉，

097

而且擦落的妆跟纸巾颜色差不多。这次他可是有备而来。

凯恩听到那个女法警从身后走到前面，脚步声回荡在镶木地板上。她转身面向大家。在她身后，凯恩看到另一排陪审员人选等着要进来。

前面的法警向大家开口。

"各位先生、女士，感谢你们的配合。请各位将自己的编号写在问卷上方，投入后面的蓝色盒子里，跟着我的同事吉姆前往法庭。各位在离开前请记住，这里是候选陪审员集合厅，如果你没有获选成为陪审团的一员，请回到这里等待法警的通知。就算没有入选也不能擅自离开。谢谢。"

凯恩立刻收拾东西，快步往后走。通常排得越靠前，入选陪审员的概率就越高。他把问卷投入盒子，站在一位身穿厚重绿色外套、留着一头棕色鬈发的中年女子后方。她转头对凯恩微笑。

"好兴奋啊，对吧？"她问。

凯恩点点头，就是这一刻了。他可以策划，可以努力，甚至在陪审员筛选过程中动手脚，增加辩方挑选自己的概率，但现在只能指望一点儿好运了。他之前曾经走到这一步，但还是失败了。他提醒自己，好运是他创造的，他比集合厅里任何一个人都要聪明。

集合厅的后门开了，凯恩看到里面有一条走廊。那条走廊可以通往法庭。终于，在历尽了千辛万苦之后。

他的时刻终于到来。

THIRTEEN

00:18

大门到铺满整间房子的白色地毯之间有 3 米的硬木地板。我们花了一点儿时间在门口地垫上把鞋底抹干净。警察靠在门上看着我们。我们进去前,我先用小小的黑色相机照下大门 2 点钟方向的位置。之后我在门厅到处查找,却没找着防盗警报的面板。

"这儿。"哈珀说。

她没找到面板,但找到了原本警报器摆放的位置。大门右边墙上有四个螺丝孔,护墙板上还有一层薄薄的粉末。

"警报器在哪儿?"我问。

"大概是警方拆走拿去检查了吧。"哈珀说。我记在心底,之后见到鲁迪要问问他。

就算我们之中还有霍尔滕,门廊也宽到可以三个人并肩行走,直到经过摆在左侧墙面的桌边时,他才不得不停下。我跟哈珀让他先走,然后一起绕过桌子。那张桌子看起来很像古董,也许是花梨木材质,上头有盏没开的台灯,室内电话旁是网络路由器和一沓未拆的信件。阶梯在右边。

霍尔滕左转,我想他是去厨房了。空间比我看过照片后所想象的还要大,从这里完全看不出房子里曾发生过什么事。我望向客厅,沙发和座椅被扯烂,一些填充物散落在外面。警方报告里少了一件物品,警方也一直在质问博比这个问题,因为他们找不到用来杀害阿蕾拉的凶器。

一楼有书房、一个堆满箱子的房间,以及浴室和两间客卧,没什么特别的。整片的落地窗使我能清楚地看到后院。后院不大,有围墙,杂草丛生。我没看到梯子，但不管怎么说，后门都是从内部上锁的，凶手不可能从那边离开命案现场。

主卧室位于二楼。我们上楼，哈珀打头阵。

二楼少了摆在阶梯平台窗下那张翻倒的桌子。我在命案现场照片上看过，旁边还有倒地的破碎花瓶。

所有的秘密都藏在主卧里。哈珀进去后停住脚步，从外套领口里拉出T恤衫盖在自己鼻子上。

"里面都是灰尘，灰尘会逼死我的鼻窦。"她说。

我再次看到极简风格的家具。床边桌上有一盏台灯，然后是梳妆台。这两件家具都是白色的。梳妆台的镜子上还有一圈儿40瓦的灯泡，很像剧场化妆室里的那种。这张床有古董圆形床头架，锻铁漆成白色，旋扭成花朵装饰的部分则是红色的。

床垫还在原位。阿蕾拉失血过多而死的那侧床铺上有红色、咖啡色的圆形痕迹，而卡尔那边我没看到有血迹。哈珀忍住了打喷嚏的冲动。这地方空了一整年，屋里弥漫着霉味儿，空气中飘浮着很多灰尘，还有另一种味道，闻起来像锈味或坏掉的起司，也就是血的味道。

我闭上双眼，无视哈珀的存在，在脑袋里回想鉴识人员拍摄的命案现场照片。我想起掉落在地板上的床单、角落的棒球棍，还有阿蕾拉与卡尔躺在床上的姿势。

"警察没有找到凶器，对吗？"哈珀问。

我闭着双眼说："没有，他们比对过屋里所有的刀，上面都没有血迹；伤口也与刀伤不符。他们检查过院子、阁楼，一度差点儿把房子都拆了。我猜测他们甚至在水沟里打捞过。找不到就是找不到。我们也因此有抗辩的机会。我们可以声称杀害阿蕾拉的凶手离开时把凶器一起带走了。"

THIRTEEN

我听到哈珀走过卧房的声音。地毯下的地板发出声响。我睁开双眼，缓缓巡视着床铺周围。地上一滴血也没有，唯一的血迹位于角落，是从棒球棍上流下来的。

哈珀拉下 T 恤衫，从牛仔裤后口袋里掏出一小瓶水。她扭开瓶盖喝了一口，忽然打了个喷嚏，咳嗽起来。她肯定是被呛到了。她想用手挡住从嘴里喷出的水，水却从她的指间流了出来。

"该死，真抱歉。"她道歉，同时把衣服拉回去遮住嘴巴。

"你没事吧？只是水，别担心。"我说。

我走过去，看到地毯上有一小块湿掉的痕迹，床上还有几滴水。我蹲下来，用手帕压着地毯，把水擦干。

"艾迪，抱歉。"她说。

"没事的。"我说着，正要起身抹去床垫上的水滴，却又停下动作——那颗水珠很完整，没有被床垫吸掉。哈珀立刻用手掌抹去水滴。我摸了摸床垫，完全是干的。

我们一起望向床上的血迹，然后互相看着对方。

"真他妈的。"哈珀骂道。

我点点头。她又从水瓶里倒了一点儿水在床垫上。好几大颗水珠聚在床上。

我们静候。

30 秒后，水珠还在原位。哈珀点开手机，我听到按动数码相机快门的声音。

"我们需要床单。"哈珀说。

"我早就想到了。"我边说边打开衣橱。两个内嵌式衣橱里摆的全是阿蕾拉的衣服，第三个衣橱里则是乱塞的亚麻床单、被套。我想它们原本应该折得很整齐，但警察为了寻找杀害阿蕾拉的凶器，把东西翻得乱七八糟。我拉出一条床单，铺在床垫的血迹上，然后对折。哈珀躺下来，我躺在她身旁，四目相对。她面露微笑。一年前的案件结束后，我再没见过她。我跟她曾经长时间相处，工作、交谈；她开车时，我坐在副驾驶座上，觉得自己小命不保。

那段日子里，我都没有注意到她的双眼这么美。

"啊，嗯哼。"一个声音说。我坐起身，看到霍尔滕站在门口清嗓子。

"我打扰两位午睡了吗？还是别的什么活动？"他调侃道。

我们从床上滚开。哈珀把床单拉开，揉成一团，经过我身边，把它塞回橱柜里。她涨红了脸，但嘴角扬起微笑。

"我们正在研究怎么拯救博比·所罗门。看来他可能还真是无辜的。"哈珀说。

她的手机响了，于是走到阶梯平台接电话。她打电话的时候，我跟霍尔滕尴尬地对看了几眼。哈珀打完电话，回到卧室，正要开口，霍尔滕却抢先说话。

"我不累，我想我可以打电话给雅尼，跟他说我能继续值班。只是想确定一下我们之后还能一起喝一杯吗？"他问。

哈珀后退了一步，伸手抚摸头发，但她的头发已经整齐地绑在脑后了。

"当然。"她说，"两位，刚刚乔·华盛顿打来电话，他跟调查局的一位联系人谈过了，可能有收获，我们现在得走了。"

"去哪儿？"霍尔滕问。

"联邦广场。虽然概率不大，但我们也许会找到这桩命案的另一个嫌犯。"

THIRTEEN

00:19

凯恩跟着队伍走进法庭。陪审员候选人从侧门进入,他立刻看到空荡荡的旁听席及长凳。候选人可以坐在那边,这部分的程序还不会有观众及媒体。凯恩看到鲁迪·卡普坐在辩方那桌边上,旁边是博比·所罗门。阿诺·诺瓦萨利奇坐在鲁迪身旁的角落。所罗门一脸茫然地坐在那里。

检察官脸上挂着笑容。凯恩仔细研究过这个人,阿特·普莱尔。凯恩看过他这半年来举行的记者会,他比想象中的还要高。浅蓝色的定制西装肩部有点儿松,白衬衫、黄领带,从外套胸口口袋里露出来的是同样花色的黄色手帕。他的发色为浅咖色,脸被晒得黝黑,双手细皮嫩肉的,绿色的双眼中闪着光芒,看起来是个很有趣的人。他举止缓慢优雅。这种人会轻吻老奶奶的脸颊,且在冰冷嘴唇碰触到她皮肤的那一刻,将灵巧的手指伸进她的钱包里。他是土生土长的阿拉巴马人,主要在南方工作,而且总是负责起诉。虽然有人多次施压,但他从来不参加地方检察官、州长或市长选举。普莱尔没有政治野心,他喜欢的是法庭。

凯恩觉得自己排进队伍的时机抓得刚刚好。前二十位候选人坐在第一排的位子上,凯恩坐在第二排开始的地方。坐第一排会看起来太积极。他知道律师会怀疑那些急着想成为陪审员的人,通常这种人都有自己的计划。凯恩不能让任何人知道他的目的。

他就座,第一次仔细望着法庭的前方。他尽力了,但他还是发现自己难掩诧异。原本应该负责本案听审的金发女法官没有坐在法官席上,出现在那里的反而是昨天在艾迪·弗林办公室外从绿色敞篷车上走下来的那个男人。凯恩一度僵住了。他不敢动,免得法官看到他。他不喜欢惊喜,这是他无法忍受的。要是法官认出他来怎么办?他想到昨晚的交谈。凯恩问路的时候用的是自己讲话的声音,而不是他所练习的声音,不是他现在的声音。而且他也尽力用鸭舌帽遮住了脸。

候选陪审员一一入席,法官看着他们,目光落到凯恩身上。凯恩回望,心跳直冲天际。凯恩看着法官转向律师的方向,显然没认出他来。他微微打了个冷战,想让神经放松下来。

只有一步之遥了。

选择陪审员的过程从开始到现在已经有两个小时了,法官才进行到第二排。问题在于,法官不是从凯恩那一侧开始的。陪审员从观众席选入陪审席的方式主要都是看法官喜好。凯恩看过好多次不同的流程,不过只要是随机进行,就不会吸引法官太多的注意。某些法官会从名单里随机挑选陪审员候选人的证件号码点人,还有某些法官认为陪审员人选本就是随机入座观众席的,所以按照座位点名选人其实已有很大的运气成分在里边的。自我介绍为哈利·福特的法官采用的就是这种方式。

法官先介绍起陪审团的角色,并解释了刑事法庭是如何进行裁决的。凯恩已经听过相关内容,但依然觉得解释得非常清楚。

接着开始筛选。候选人先发难,有半数的人说自己已经安排好了假期,也付了钱,或要去看病、有生病的家人,因此,这些人被跳过了。

接着换律师上场。

检方与辩方一一向他们问话,然后接受或否决人选。辩方可以有十二次在不说明理由的情况下反对陪审员的机会,之后,他们必须说明某人不适合做陪审员工作的原因。辩方完全没有提问就拒绝了一位

THIRTEEN

女性，多位候选人似乎都面临着这种命运，而此时辩方只剩最后一个无理由回避的机会。检方只剔除了一个人，因为这个人是博比·所罗门多年的影迷。

凯恩把指甲嵌进皮肤里，不是想追求痛楚，他不会痛，而是这个动作能让他停下慌乱的双手。他不想显现出焦虑，现在不行。

此时，检方与辩方已经选好了十位陪审员，只剩下两个席位。陪审席还有四个空位，其中两个是正式的陪审员，另两个则留给候补人选。一名男子站上证人席接受提问，他说他是布莱恩·戴尔，已婚，没有小孩儿，星巴克经理，六年前从佐治亚州的萨凡纳来到纽约。鲁迪·卡普没有提问，阿诺已经研究过布莱恩，而鲁迪接受他加入陪审团的行列。凯恩注意到这可是头一遭。之前的候选人，辩方都是先提问才接受的。凯恩心想：他们肯定很希望布莱恩加入。他回想起自己镜头下布莱恩的照片，这个男人与凯恩身高相仿，体重也差不多，纤瘦、健壮，身高一般，骨架也相似，尤其是鼻子。凯恩最后在布莱恩及他现在所扮演的角色之间作出了选择。

"检方有问题吗？"福特法官问。

"法官大人，只有一两个问题。"普莱尔如是说。他站起身，扣好外套纽扣。凯恩喜欢听普莱尔的声音，那声音听起来就像淋在手枪枪管上的蜂蜜。

"好的，戴尔先生。我看到你有幸迈入了神圣的婚姻？"

"对，我结婚有十六年了。"布莱恩说。

凯恩看着普莱尔大步走向证人席。他的步伐里带有一丝得意，但看起来很不错，不是傲慢，而是应有的优雅。

"真棒，天底下最重要的关系莫过于夫妻关系了，请问怎么称呼你太太？"

凯恩压抑着想扬起的笑容。他知道普莱尔早就掌握这点了。这是一支舞，普莱尔准备好要带着布莱恩跳华尔兹，一路跳出陪审团，而布莱恩对此还浑然不知。

"玛莎·玛丽·戴尔。"

"我必须说，真是个好名字。好，想象你今天回家见到玛莎·玛丽。你一踏进家门就闻到了美味的家常菜，玛莎·玛丽在炉子前面忙了个把小时。你洗把脸，跟她一起坐在餐桌旁，而这时玛莎·玛丽问你今天去哪儿了。请你想象一下，如果你不回答玛莎·玛丽，戴尔先生，你能想象到这种场景吗？"

"可以，但我一定会告诉玛莎·玛丽我去了哪里。我们的婚姻里没有秘密。"

"那我要先祝福两位了。不过请你想一下，你没有回答玛莎·玛丽的问题，你觉得她会对你的沉默起疑吗？"

"哦，会的，先生。"

"如果玛莎·玛丽指控你跟另一位女性有不恰当的接触该怎么办呢？如果你不消除她的恐惧，她可能会设想出最糟糕的情况，对吗？"

凯恩看着布莱恩点点头。

"她肯定会觉得有不好的事情发生了，情有可原。"布莱恩说。

"她当然会。如果有人遭到指控，犯下某桩骇人的罪行，而他不肯开口，选择不对陪审员坚称自己清白，你会觉得这个人很可疑吗？"

"普莱尔先生，我当然会。"布莱恩说。

普莱尔魅力无边，他迈着步子直接走到证人席，拍拍布莱恩的肩膀，说："戴尔先生，感谢你的回答，请替我向玛莎·玛丽问候。"

他转过身，一边走回检方的座位，一边转头对法官说："法官大人，我有理由质疑戴尔先生，他无法做出公正的判决。"

"准许。"法官说。

凯恩觉得普莱尔是他见过的最厉害的律师。他眼睁睁地看着普莱尔用辩护律师的手法干掉了辩方最中意的人选。选择陪审员最重要的条件就是公正。

"我做错了什么吗？"布莱恩摊开双手，一脸尴尬。

"戴尔先生，请去等候室稍作休息。我相信法警会跟你解释的。"法官如是说，"在此提醒在座的候选人。我一开始就解释过了，被告无须证明什么。如果被告选择不做证，这是他们的权利，各位不能因为这个决定而得到任何暗示。"

一名法警接近布莱恩，好声好气地哄他离开证人席。凯恩小小地松了一口气。他差点儿选择了布莱恩的身份，还好他没选，真是如释重负。到头来，成为决定因素的是玛莎·玛丽。她身高将近一米八，体重差不多有140公斤，布莱恩在她身边根本就是个小矮人。

凯恩知道他没办法把这对夫妻一起塞进浴缸里。

"下一位陪审员人选请按照顺序上来。"法官说。

凯恩起身，跟着法警走上证人席。

00:20

在前往联邦广场联邦调查局纽约调查部的路上，哈珀告诉我们她的搭档乔·华盛顿偶然间找到的信息。霍尔滕开车，哈珀坐在副驾驶座上，我坐在后座。我靠向前，听哈珀说话。要说服陪审团，让他们相信你的客户没有杀人是一回事，不过如果你能让他们知道你的客户没有杀人，同时指出真凶另有其人，这样可就简单多了。

哈珀正在向霍尔滕解释情况，我只有听的份。

"我离开调查局的时候不是很愉快。我的搭档乔则是好聚好散，他比较懂人情世故。所以，他联系了之前的朋友，请对方搜索暴力犯罪缉捕计划和国家犯罪情报中心的相关材料，结果什么也没查到。他朋友忽然灵机一动，聊到行为分析二组，刚好有位探员可能帮得上忙。"

联邦调查局的行为分析二组专门研究成年人连环杀人犯。这个部门是全球执法机构里对连环杀人魔了解最深的单位。暴力犯罪缉捕计划跟国家犯罪情报中心可以连上全美各个执法单位未破案件的数据库。

"那位探员是谁？"我问。

"她是一名分析师，名叫佩吉·德莱尼。乔说她这个月在纽约调查部，正在协助当地探员分析康尼岛杀手。"哈珀说。

"她跟咱们的案子有什么关系？"我问。

"也许没有，也许有，命案现场太干净了，我不喜欢这点。如果是所罗门下的手，那他可真是第一次杀人就是行家里手了。尸体上没有DNA，受害人身上没有抵抗的痕迹，所罗门身上也没有抓伤或刮伤。他杀了两个人，然后把一张有他指纹和DNA的钞票放在卡尔嘴里？我无法相信，这实在是太怪了。但话说回来，我也不是全然接受咱们客户的说辞。"

"案子有诸多疑点，想想作案凶器吧。"我说，"博比居然能够在不离开房子的情况下把凶器藏起来，却把他杀害卡尔的棒球棍留在了卧室里，上面还有他的指纹，然后打电话报案说他发现了尸体？这说不通，对不对？但检察官不会这么想。那是博比的棒球棍，本来就会有他的指纹。他们会说他不希望命案现场看起来太完美，不然就像精

THIRTEEN

心策划的一样。而蝴蝶大概只是为了故弄玄虚,或是他想传递什么病态的信息。他搞砸了,留下自己的 DNA,一个小失误。不管怎么说,他们都会强调是博比计划好的。"

哈珀把头靠在座椅靠垫上,抬头望着天花板,思索了一下。

"艾迪,这也有可能。但若是如我所说,检察官已经抓到凶手了呢?咱们先看看佩吉怎么说吧。我把凶手的作案特征列了一张表,联邦调查局注意到了清单上的几项,不然他们也不会答应跟我们见面。"

霍尔滕在联邦广场让我们下了车,停好车后跟我们在雅各布·K.贾维茨会议中心大厅见。他决定在大厅等我们,让我带着笔记本电脑。霍尔滕觉得里面应该是安全的。在经过重重的搜身,我的鞋子和笔记本电脑都用 X 光扫描后,我和哈珀才终于能前往第二十三层。我让哈珀带路。她曾有两年时间驻扎在此,知道这里是怎么运作的。

就算如此,我们在接待处等她联系的对象时,还是引来了两名探员的白眼。我们等了又等,等了又等,20 分钟后,就在我已经准备要抛下哈珀时,一位身穿灰色褪色牛仔裤、黑色针织衬衫的女人朝我们走来。佩吉·德莱尼看起来 50 岁出头,保养得还不错。她身材很好,头发随着年纪的增长变成浅色。她戴眼镜,向上扬起的嘴角让她始终带着愉悦的神情。

她跟哈珀握手,望了我一眼,辩护律师最终都会得到这种目光。我们跟随她沿着窄长的走廊前往会议室。一台合上的笔记本电脑摆在桌子上。我和哈珀在同一侧入座,德莱尼则坐在对面电脑的前方。她摘下眼镜,摆在桌面上。

"私家侦探的生活过得如何?"德莱尼问。

"自己当老板挺不错的。"哈珀说。

我没开口，这不是我的世界。执法人员之间有他们自己的联结方式。我让哈珀施展她的魔法。

"乔·华盛顿要我跟你打声招呼。"哈珀说。

"他一直很懂礼貌。我很庆幸你们一起工作。乔是好人。好，我猜你们没有多少时间，咱们直接切入正题。我看了一下你列出来的特征。"德莱尼打开电脑，把屏幕转向桌子中央，这样我们双方都能看到哈珀的信件。

"多数特征都无法作为搜寻条件。"德莱尼说，"我们尽可能核对了各个犯罪现场的细节，但仅查阅了明显类似的地方。凶手使用某种特定武器，或在尸体上留下特定痕迹、写下信息，或似乎是依循某种脉络形式，这些都可以算是特征。我们可以通过凶手重复作案的特征鉴定出他们的受害者。有时，特征是故意留下的，就好比说凶手在展现什么幻想。在其他状况下，特征是无意识的行为。如果发展出模式，或能提供假设性的观点，我们就会将其列为可能的特征，登录进暴力犯罪缉捕计划系统之中。"

"暴力犯罪缉捕计划查不到我们案子所需的资料。"哈珀说。

"系统不是完美的，不是每个执法单位都会使用这项计划，有些警察天生就不是干行政的料。这个系统依赖执法人员输入资料，且在遇上新案件的时候要主动来查询系统。而且，当然，凶手可以改变行为模式。对了，如果破了案，资料就不会进入系统。这套系统是设计用来协助警方逮捕暴力罪犯、调查身份不明者及失踪人口用的。我们不会把定罪逮捕后的罪犯细节立刻登录上去。这就是系统最大的缺点。"

哈珀双手环胸向后靠，说："这怎么会是缺点？结案的命案肯定跟此案没有关系。"

"系统里没有冤案的空间。"我说。

THIRTEEN

这是我们坐下来之后,德莱尼第一次注意到我的存在。她愣了一下,然后点点头。

"他说的没错。国家免罪登录中心的研究告诉我们,在美国每二十五名遭到定罪且判死刑的人里,就有一人是无辜的。每年翻案的谋杀案就有五六十起。很多案子都没有进入我们的数据库,很多特征都没有继续追踪,这还没算很多无辜之人只是因为没有律师而无法翻案。乔联系的那位探员认识我,他觉得我也许会对你寄来的内容感兴趣。我现在还不知道,但我很庆幸你们来了,这里有个问题:你清单上的最后一个特征——1 美金钞票?"

她没说下去。我有种感觉,她想继续说,但她知道自己该住口了。这两个女人之间剑拔弩张。如果哈珀对案子有什么想法,她就会实地走访,看看理论能够通往何处。她思考迅速,不管做什么,似乎都充满能量,就跟火一样;而德莱尼显然比较像是深沉的思想家,静静思索,就跟硬盘一样,嗡嗡嗡运转解决问题。

哈珀保持沉默,我也没有说话。我们都用沉默催促德莱尼继续说。她没开口。我知道她会想尽办法什么都不透露,而是从我们这边得到各种信息。哈珀也清楚这一点。这是联邦调查局的典型做法。

"我得看看你提到的纸钞。"德莱尼说。

"我们只有照片。"哈珀说。

"你们把它带来了吗?"德莱尼问。

哈珀点点头,为了强调她的立场,她双手平放在桌面上。我坐在原位,想要置身事外:这是哈珀的游戏,她知道该怎么玩。

没有人动,也没有人开口。

最后,德莱尼摇摇头,脸上露出微笑。

"可以让我看看吗?不然我帮不上忙。"她说。

111

"咱们先说好。我们会让你看照片,如果和案情有联系,你就把你手上的信息分享给我们。大家都把手里的牌摆在桌子上。"

"我办不到。我的信息涉及高度敏感的调查工作,还有……"

我起身,椅子腿刮在瓷砖地板上发出巨大声响。哈珀才离开椅子3厘米,德莱尼就举起了一只手。

"等等,我不能透露全部,但能提供部分细节,前提是我觉得和此案有关。我不知道你们正在处理什么样的案子,如果美金特征不符合,那我也不用了解更多信息。请坐下。让我看看照片,如果是我在寻找的东西,那我会尽量让你们参与。"

我跟哈珀对望一眼,一起坐下。我打开公文包拿出笔记本电脑,按下电源,找到1美金纸钞折成的蝴蝶照片,把电脑转过去,这样大家都看得到。

德莱尼看了整整5秒钟,然后说:"不,看起来无关。你们有钞票摊开的照片吗?"

我的心情微微下沉。我眼睁睁地看着哈珀成了泄了气的皮球。她垂头丧气,下巴靠在桌子上。

我叹了口气。我一度还抱持微小的希望:也许这一切能告诉我博比·所罗门是无辜的呢。

"当然。"我点击控制板,点开后面两张照片给德莱尼看。

哈珀咕哝道:"抱歉,至少我们排除了一个可能。"

我点点头,然而德莱尼的反应吸引了我的注意。她眼周及额头的肌肉紧绷了起来,嘴里念念有词,整个人越来越靠近屏幕。接着她伸手,朝桌子后方倾身,待她恢复坐姿时,手里拿着一本画家的素描簿。老旧的素描簿看起来颇有些年头,几页边角都卷起来了。她翻开本子,在中间找到一页,然后急切地望回屏幕。

THIRTEEN

"我必须了解你们正在调查的案子,所有信息,现在就告诉我。"她急切地说。

哈珀问:"什么?你发现了什么?"

她没搭理哈珀,而是从包包里拿出一支铅笔,在本子上动起笔来。她仔细望着屏幕,然后将注意力放在本子上,开始画画。她没回答哈珀,反而提出问题:"你们对连环杀人犯有什么专业的认知?"

我感觉到皮肤上起了一层鸡皮疙瘩。

"只有从报上读到的,没有什么。"我说。

"通常是白人男性,25到50岁,独行侠,有社交障碍,智商不足,一般都有某种精神疾病。"哈珀说。

这符合我仅有的认知。我从座位上稍微起身,看到德莱尼在本子上草草记下美国国徽的橄榄枝叶。她再次抬头,我看到她的铅笔停在一支箭上,嘴里喃喃自语,她在数数。她的铅笔碰触到纸张,又继续画了起来。

"你所说的一切都是错的。"德莱尼说,"行为分析小组称他们为重复型罪犯,他们可以是任何种族的人,任何年龄都有可能。他们中很多人都结了婚,家庭人口众多。社交技能拙劣及智商不足的确是很合理的假设,但不见得都如此。他们大多因为受害者的选择而长时间没有落网。多数重复型罪犯犯罪的受害者之前都没有见过他们。就算是最拙劣的重复型罪犯,落网之前也可能作案了好几年。不过,还有那百分之一,他们拥有高超的社交技巧,智商高于常人,无论是哪种脑内结构让他们杀人,这些征兆连他们最亲密的朋友都察觉不到。我们不常逮到这种人,最好的例子就是泰德·邦迪。跟你们在电视上看到的不同,这些凶手完全不想落网,完全不想。某些凶手会竭尽全力地确保自己能够逍遥法外,包括掩盖自己的杀戮行为。其他的凶手,虽然也不想落网，却暗自希望有人能够注意到他们的作品。"

德莱尼将屏幕转过去。她放大纸钞背面的照片，聚焦在国徽边上。我先前以为是变色、没放在心上，现在霸占了整个屏幕，国徽上有三处看起来像染到墨水的痕迹，箭、橄榄叶，还有老鹰头部左上方那团星星。

"我们在看什么？"我问。

德莱尼把素描本转过来推向我们。她画的是国徽，上面有橄榄叶、箭头、老鹰头上的星星，其中几处还用铅笔强调了颜色。

我望回屏幕。卡尔嘴里纸钞蝴蝶上的一枝橄榄叶、一根箭头、一颗星星都染上了红墨水。

"我三次在1美金上看到过这种标记。我把它们标示在这张素描里。"德莱尼说，"我们找到的第一张折得小小的，塞在死者的脚趾头之间，她是两个孩子的妈妈。第二张摆在廉价汽车旅馆中厢型车销售员尸体旁的床头柜上。最后一张握在断气的餐厅老板手里。我觉得这是一种模式，'百分之一凶手'的特征。无论你们调查的是什么案子，也许都跟行为分析小组正在调查的一个恶魔有关。我觉得这个凶手可能是调查局办案历史上遇到的最精明的对手，没有人见过他，我们只有纸钞上的印记，所以一些分析师觉得他根本不存在，但还是有人相信他存在，而他们称他为'1美金杀手'。所以，你们最好快点儿把掌握的案情告诉我。"

00:21

凯恩将右手压在圣经上，读着卡片上的誓词，仿佛他字字句句都

THIRTEEN

是真心的。书记官把圣经拿走,凯恩按照吩咐说出自己的名字,然后坐在证人席上。

卡普与他的陪审团分析师诺瓦萨利奇凑在一起窃窃私语。最后,法官清了清嗓子,卡普才站起身提问。对凯恩来说,问的问题是什么并不重要,他知道该如何回应卡普。他清楚辩护律师要找的陪审员该有哪种特质。

"就你所知,有没有什么事情会妨碍你加入陪审团服务的行列?"卡普问。

这是个没用的问题,凯恩心知肚明。他觉得卡普也知道这点,他们只是想观察他的反应。

凯恩把目光移向一旁,停顿了一下,眨了几下眼睛,然后才望回卡普,说:"没有,我想没有。"回答并不重要。重点在于,凯恩让辩方看到他在思考。凯恩知道辩方喜欢会思考的陪审员,检方也不见得会讨厌这种人。

"谢谢。辩方接受这位陪审员。"卡普说。

普莱尔在座位上转身,与身后的助理检察官短暂交谈后,起身望向正在听其他人交谈的凯恩。陪审团是活生生、会呼吸的生物。当然,他们是不同的个体,但凑在一起就成了野兽。凯恩必须驯服这头野兽。

普莱尔起身后,大概停顿了三四秒。对凯恩来说,这跟几分钟一样长。场内鸦雀无声,窸窸窣窣的纸张声消失,人群发出的噪声静止下来。普莱尔审视着凯恩。他们的目光交错,时间之短连半秒钟都不到,但在这电光石火间,他们之间有所交流。凯恩觉得他们好像达成了某种共识。

"法官大人。"普莱尔说,"检方没有问题,我们也接受这位陪审员。"

法官要凯恩去陪审席找个位子坐。他起身，离开证人席，走向留给陪审员的位子。他坐在第一排几乎是最后的位置上。

1个小时又过去了，辩方与检方又选出另外十五位可能的陪审员人选。普莱尔跟面对凯恩的时候一样，又对七位陪审员保留了席位。凯恩转头望向陪审席，加上额外的座位，总共坐了二十名陪审员。

普莱尔拒绝了一位人选，这人曾是童星，也许跟博比·所罗门有什么遥远的联系。

普莱尔没有坐回位子，反而望着坐满的陪审席。他仔细审视这二十个人，然后拿起笔记本，走向法官。

"法官大人，检方感谢麦基太太、马科尔太太、威尔逊先生及奥康纳先生的贡献，他们的协助到此为止。检方很满意我们现在的陪审团。"

一个头发花白的男子从凯恩右边的第四个位子上起身，开始沿着座位往外走。这位先生擦过其他娇小女性陪审员的膝盖，但凯恩必须起身，走到座位外面，好让他出来。凯恩左手边的高个儿女性站在一旁，让凯恩及解散的陪审员从前排出来。

"所有的陪审员请尽量往右手边移动，各位，挪一挪。"福特法官说。

男人离开后，凯恩回到陪审员席，却发现自己的位子被那个高个儿女人占了。她在凯恩之前回到横排座位上，然后跟着其他听从法官指令的陪审员一起往右移。凯恩坐进她暖了半小时的位子，她则抬头望向他，露出客气的微笑。凯恩没有回应这个笑容。她看起来50多岁，赤褐色头发，身穿浅蓝色毛衣。普莱尔拒绝的几位女性从凯恩后方那排离开了法庭。

"各位先生、女士，你们就是我们的陪审团。"法官说，"前排和后排的前六位是正式陪审员。"

凯恩转头张望。

"从你们的右边开始算。"法官说,"其余四位,后排的小姐及两位先生,还有前排的先生,你们是候补。"

高个儿女人占走的不只是凯恩的座位,也抢走了他在陪审团的一席之地。她看起来很开心,而凯恩现在成了候补。他会旁观诉讼过程,却不能进入陪审团评议室,也不能在陪审团里投票。这一切都是因为他身边这位高个儿小姐。

凯恩看着书记官带着陪审员宣誓,给他们分发号码。凯恩得到13号,其余的候补人选则是14、15、16号。

法官警告他们,别看报纸,别看新闻,生活里所有的媒体都不要看,然后请陪审团管理人进来带着他们发誓,确保他们会遵守规矩。陪审团管理人通常都是负责照看陪审团的法警。

抢了凯恩席位的高个儿女子,也就是第12号陪审员,转过头对凯恩低语:"太有意思了,对不对?"

凯恩只有点点头。

她操着新泽西口音。凯恩在她的鼻息间闻出她早上抽了多根香烟,这让他想起自己的母亲。他想专注于回忆,回忆什么都好,好让他不要一直去想自己失败了,没有进入陪审团,想到自己所有的准备……

现在全部烟消云散,就跟风中的灰烬一样。

法官开口了,打消了凯恩内心升起的愤怒。

"检辩双方,我们先前计划筛选陪审团需要两天时间,现在提前结束。我建议咱们不要浪费出庭的时间,明天一早就开始。"福特法官说。

"法官大人,我们准备好了。我的客户急着想要洗刷污名,这样警察才能去找出真正的凶手。"卡普说。

法官扬起眉毛，望了卡普一眼。凯恩知道所罗门的律师会把握任何机会，向陪审团灌输其客户是无辜的信息。凯恩猜测如果陪审员听得足够多，也许某些陪审员就会开始相信这些话。

担任陪审团管理人的法警带他们一一走出法庭，进入寒凉的米黄色走廊中，凯恩排在高个儿女子身后。女性法警沿着队伍，给陪审员分发表格与手册，说明他们该如何在履行陪审团义务时让雇主满意，以及他们该怎么申请陪审员的酬劳。

身穿浅蓝色毛衣的女子靠在墙上，用虚假的笑容对着凯恩，且伸出手。虽然笑容很假，但凯恩还是感觉得到她散发出来的无限但显得很低级的能量。她就是那种会替老人烤蛋糕，然后告诉老人她花了多少心力，老人应该心怀感激的人。

"我是布兰达，布兰达·科沃斯基。"她说。

凯恩和她握手，把自己的假名字告诉她。

"这是我第一次担任陪审员，很兴奋。我知道我们不该讨论案情，但我只是想跟别人说，我能够替这个城市尽一份义务，这种感觉真是太好了。你懂我的意思吗？我觉得担任陪审员就是尽了好公民的部分责任。"

他点点头。

法警把手册及表格交给布兰达，然后也交给凯恩。

"对表格有问题可以问我。我们不会支付或报销停车费。请明天早上 8 点半来这里集合。祝各位今天愉快。"法警说。

凯恩接过手册与表格，临走时还向布兰达挥手道别。对于凯恩来说，今天实在是太漫长了，事情如此顺利，结果他居然还是无法进入陪审团。他今晚想用刀子割腕，不是要自杀，只是想切东西，想在刀锋划过他的皮肤时，感受那诡异、瘙痒的感觉。不会痛，只会感觉皮肤上的血温温的。

"今天先这样啦，咱们明天见咯。"布兰达说。

凯恩停下脚步，转回头面向布兰达。他扬起灿烂的微笑，使了个眼色说："说不定在那之前就再见了呢！"

00:22

我跟哈珀久久无法言语。如果德莱尼说的是真的，那博比·所罗门就是无辜的了。而阿蕾拉与卡尔其实是连环杀人魔的手下冤魂。

媒体会爱死这条新闻的。

想到这里，我就心跳加速。我们可以请求法庭允许德莱尼出庭做证。她可以展现她的1美金魔法，让陪审员看到其中的模式。她是经验老到的高阶调查局分析师，这会是博比无罪释放的门票。我想立刻打电话给卡普，但我脑袋里有个东西把我固定在座位上，时候未到，还要再多问一点儿。我需要冷静一下，但我实在太兴奋了。哈珀也难掩笑容。她动用的人脉使案件有了新进展，真不错啊。

"我们可以把一切都告诉你，但有个条件。我们的客户这个星期就要开庭，我们要传唤你出庭做证。我们需要你出庭做证，把你刚刚告诉我们的话再说一遍。"我说。

"这恐怕办不到。"德莱尼说。

"为什么？"激动的哈珀用力拍打桌面，电脑都弹了一下。

一开始，我以为调查局只是有所保留，她的确需要我们的信息，而我们需要她出庭做证。我以为这只是个交易。后来，我发现这不是交易。德莱尼没办法出庭把刚刚说过的内容告诉陪审团，我们根本无法申请要求她做证。

"因为还在调查，对不对？"我问。德莱尼瘪了瘪嘴，然后点点头。

"你不能出庭讨论案情，我们也无法逼你出庭，否则你就是在庭上直接对凶手宣布你们掌握的案情信息。"我说。

"对。好，现在我需要了解你们正在调查的案子。"德莱尼说。

她什么信息都没有提供给我们，没有名字，没有细节，只有纸钞上的几滴墨水印，这样不够。我确定还有更多信息能够联系起这些命案，肯定不止这几滴墨水。就算德莱尼能够出庭，这些也不足以说服陪审团。结果就是，我们手上的信息足够登上头版头条，但凑不出完整的报道。

"我们不能透露客户的信息。"我说。

"放屁。如果你们的案子与我的调查有关，那么我也许就是你们客户无罪释放的唯一希望。向我有所保留，对你的客户一点儿好处也没有。"

"你能保证你会协助我们的客户吗？"我问。

"不能，但你们只有这个选择。"

"不，是你只有这条新的线索。我以为我们说好了，你需要一个名字，我们需要三个。"我说。

德莱尼用手肘顶在桌子上，手掌捧着脸，然后叹了口气。

"我不能让你们看我的案件档案，但我可以把速写稿放在桌上1分钟。"她说。

我伸手去口袋里拿出一沓纸钞，抽出一张1美金纸钞，直接在钞票上开始复制速写稿上的墨水印记。

"我不能让你们看安妮·海塔尔、德里克·卡斯或……最后那个叫什么名字来着？"她一边说，一边望向天花板思索。

我明白了。

"是不是博比·所罗门？是吗？"我问。

她猛然把头转向前，嘴巴张开，直直盯着我看。我觉得我好像看到她嘴唇在颤动。她一度忘了我们的小游戏，正在思考这个名字所带来的重量，以及环绕这个名字的聚光灯。

她终于合上嘴，摇摇头，说："不，不，是凯伦·哈维，是这名字才对。我不能让你们看这些人的档案资料。"

我在自己的纸钞上复制出国徽染色之处，折好，收起来。之后又拿起笔记本电脑。我跟哈珀起身，与德莱尼握手。哈珀先握，那只是出于礼貌，是那种正式的握手，简短又专业。

德莱尼带着我们离开会议室，穿过走廊，回到接待处，然后她转身离开了。等电梯的时候，我端详着刚做了记号的那张纸钞。

"刚刚那是怎么回事？"哈珀问。

"我不知道。如果她说的没错，那就是还有个变态正逍遥法外。他们在玩儿某种游戏。我们必须仔细研究，想办法在博比的案子上请求法庭允许德莱尼出庭做证。"我说。

哈珀变换了下站姿，一手叉腰，用不解的眼神望着我。

"你听到她说的话了，你自己也附和她，我们无法逼她做证。案子还在调查中。"

电梯门开了，我们走进去，哈珀按下一楼的按钮。

"我们有办法逼她做证。"我说。

"逼个屁，根本不可能。说啊，给我惊喜。我跟你打赌你绝对办不到。德莱尼肯定不可能拿她的案件情报出来做证。"

"她不能做证的唯一原因是她办理的案件还在调查中，我们要做的就是替她结案。"

驱车前往卡普法律事务所的路程不长，没有人开口。霍尔滕开车，我跟哈珀坐在后排座位上，各自在手机上研究起新闻报道。

2001年11月，有人在安妮·海塔尔位于马萨诸塞州斯普林菲尔德市的家中客厅里发现了她的尸体，她的喉咙伤口深可见骨。她的孩子应该要去跟孩子的爸爸奥马尔·海塔尔一起过周末，结果却跑去距离老妈家两个街区的奥马尔姐姐家待着。奥马尔告诉法庭，他那时发了一笔横财：他在球赛中下注赢得了近百万美金，甚至还登上了当地的报纸。他花了点儿钱买毒品，那天下午嗑昏了头，他姐姐夏安发现小孩儿在奥马尔家的客厅里玩儿微波炉，于是把小孩儿带回家过夜，让奥马尔好好睡一觉。所以当晚的命案奥马尔没有不在场证明。他欠安妮差不多1000美金的赡养费，她已经请律师追讨。在安妮脚趾之间找到的纸钞有奥马尔的指纹。我想起国徽上的老鹰，爪子里握着橄榄叶与箭。开庭时，奥马尔的律师表示，那个星期，他的客户已经把钱还给安妮，而真凶则用那笔钱来嫁祸奥马尔。

陪审团不信。

2008年的一篇文章证实奥马尔在狱中遭到谋杀。

德里克的案子也同样简单明了。德里克是个顾家的男人，和妻子有三个孩子，在特拉华州威尔明顿市中心的自家场地展售厢型车。他偶尔需要出差，去见客户或供应商。在路上，德里克会化身德蕾亚。2010年夏天，就在新泽西纽瓦克3公里外的一间酒吧里，化身为德蕾亚的他惹上了麻烦。修车厂兼职员工彼得·蒂姆森发现他的约会对象是个男人，非常不满，威胁要勒死德蕾亚。他尾随德蕾亚回汽车旅馆，在床上勒死了"她"，还在床边桌上留下有自己指纹的纸钞。目击证人做证他们看到蒂姆森威胁人的举动。结案。

THIRTEEN

"凯伦·哈维的案子不太一样。"哈珀说。

"我还没查到她，怎么说？"我问。

她用拇指滑过屏幕，拉到报道的开头。"她的状况跟其他人不同。她是新罕布什尔州曼彻斯特一家餐厅的老板。50多岁，离婚，事业有成。1999年死于看似抢劫的事件。他腹部中枪，头部近距离中了两枪。收款机遭到破坏，但没有被打开。唯一遗失的是半张1美金纸钞。尸体被人发现时，她握着一半。另一半出现在罗迪·罗德斯的公寓里，他是当地乐团的贝斯手。此人嗑药，还有持械抢劫的前科。当地警方收到匿名举报，突袭了他的公寓，发现了那撕了一半的纸钞，还有作案用的点45马格南手枪。罗德斯的指纹没有出现在纸钞上，但他还是难逃法网。"

"他认罪了？"

"二级谋杀。二十五年后才能出狱。"

我想到博比的指纹出现在卡尔嘴里的蝴蝶形纸钞上。

霍尔滕把车停在卡普法律事务所外面。我跟哈珀下车进入室内，霍尔滕可以在大厅等候。我们还在调查部的时候，鲁迪给我发了一条信息，他说陪审团遴选已经结束，明天就会开庭。办公室里闹哄哄的，秘书、律师、律师助理……每个人看起来都很忙碌，到处奔走。

会议室里有鲁迪、博比和一个背对我坐着的男人，我只希望我这辈子都不用再见到这位先生。上次遇见他还是几年前，他害我跟联邦调查局惹了不少麻烦。光从背影我就认出他来了。我到哪儿都认得那颗丑陋的大秃头，阿诺·诺瓦萨利奇。分析陪审团是一场肮脏的游戏，而阿诺最为龌龊。我曾经玩儿过阿诺的游戏。

"嗨，阿诺。"我说。

他站起身转过头，看到我，下巴都合不上了。这家伙还是比健康体重肥上 20 公斤，还是穿单色西装，还是靠在司法游戏里作弊赚黑钱。

"你还是会读陪审员的唇语吗？"我问。

他没有回答，反而向鲁迪抗议。

"我拒绝跟这个人合作，他是……他是……"

"骗子？你好意思讲这种话？"我反诘道。

"够了。阿诺，请你坐下。艾迪，阿诺是我们这次出庭的陪审团分析师。他想尽办法测试这些人，得到了不错的结果。他是怎么得出这些结论的我没问，也跟你无关。让阿诺做他的工作，你做好你的工作，努力就会有收获。现在没时间吵架，明天就要开庭了。"鲁迪说。

哈利肯定把日程提前了。很好，我很期待开庭。我把注意力从阿诺身上移开，向大家介绍哈珀。

鲁迪拍拍博比的肩膀，从桌子中央给他拿了一瓶水。博比接过去，扭开瓶盖，猛灌起来。他今天总算尝到法庭的滋味了，虽然我不在场，但还是看得出这场官司对他来说变得真实了。他看起来很紧张，浑身都在颤抖，蜷缩在桌旁，紧握着空水瓶，拧起了瓶子。

我从笔记本上撕下一张纸，列了张物品清单。

"这案子你有思路了？"鲁迪问。

我与哈珀对望一眼，决定先开口。

"哈珀会跟大家报告我们的发现，但没错，事情的确更清楚了一点儿。我们有很多工作要做，如果成功，我们也许就能赢。首先，我需要你让律师助理去帮我买点儿东西。"我把清单交给鲁迪。

他接过清单。我看着他望向清单，眉头逐渐紧缩。

"上面有很多奇怪的东西。365 厘米宽的塑胶膜？玉米糖浆？艾迪，这是在搞什么？"鲁迪不解地问。

"很难解释。我们觉得凶手另有其人，也许有线索。哈珀刚刚带我去见了联邦调查局的分析师。这个案子与调查局正在调查的连环杀人案之间有联系，我们还没有得到太多具体资料，二者之间的联系还很微弱，称不上是合理怀疑，但我们正在研究。同一时间，我要你帮忙传唤一个叫加里·奇斯曼的人。我等下会把他公司的地址给你。把他列进证人清单里，交给检察官。别担心，我不需要真的叫他来做证，只要他出现在旁听席就好。"

哈珀在脑袋里梳理了半天这个名字，但怎么也想不起来，于是问道："这个加里·奇斯曼是哪位？"

"他是伊利诺伊州甜蜜家园有限公司的老板。"

"他跟这个案子有什么关系？"鲁迪问。

"没关系，这就是最好的地方。相信我，加里·奇斯曼会让检方的说辞露出破绽。"

00:23

傍晚7点左右，气温下降，凯恩呼出的哈气在他面前凝结成白雾，但他觉得身上很温暖。他花了1个小时，在废弃修车场把雪佛兰索罗德皮卡车清洗干净，搞得满身大汗。他倒是没花多少时间就撬开了门锁，拉开铁门，把车停进来，然后拉下铁门。顶多5分钟吧。他大腿上的伤口感觉紧紧的。

角落里有一个生锈的大油桶，先前的主人用它来点火，上方还有一个铝质网架。他从车上抽了一点儿汽油，倒进桶里，点了一根火柴扔进去。

凯恩站在燃烧的汽油桶前，脱下衬衫，将它扔进火焰之中。他检查了下裤子口袋，掏出1美金，然后脱下裤子，扔进油桶之中。他凝视那张1美金钞票好一会儿，随即也将其扔进火焰中。在皮卡车后座的袋子里有一套新衣服。凯恩没办法确定这是不是真的，但他觉得自己在火焰中看见了绿光，也许是因为桶底的铜，或其他什么化学物质。他想起菲茨杰拉德笔下的盖茨比，他会隔着黑暗的水面望着绿色的灯光。美国梦，遥不可及，随着每一波烈焰离他远去。

凯恩知道这个梦，他妈妈常常提起，她一辈子就为了追求这个梦，最后还是失败了。在他认清事实之前，他也同样追逐过这场幻梦。美国梦跟钱无关，美国梦追求的是自由，是真正的解放。

他不喜欢大腿紧绷的感觉。他检查了一下包扎伤口的纱布，松开了一点儿，吞下了两倍的抗生素，用电子体温计测量了下体温：37℃，正常得很。

对于一个从未感受过疼痛的人来说，凯恩对疼痛可谓是了解甚多。痛感是重要的生理功能和预警系统。大脑的信号会用头痛、肌肉酸痛、感染告诉你身体出现了问题。如果凯恩不密切关注自己的身体，很可能会毁了它。

他听到抛弃式手机振动起来的声音，他接起电话。

"几个孩子发现了你扔在布鲁克林的尸体，已经报警了。别担心，认尸还需要一点儿时间。"对方说。

"我需要把日程表往前提吗？"凯恩问。

"他们不会立刻把尸体跟候选陪审员联系在一起，也许永远都不会。他是个自由派的私家侦探，现在大概会出现很多更适合的嫌犯及动机吧。不过，你还是加快动作比较好。我看你今天下午也挺忙的。也许你该冷静点儿。"

"我会牢记在心的。"凯恩说。

然后他听到电话另一端的男人叹了口气。

"已经在全州范围内发布对那辆雪佛兰的通缉令了,你处理好车、换好车牌了吗?"

"当然,你才该冷静点儿。他们追踪不到车子的。关于今天下午的事情,你听说了多少?"

"我认识一个局里重案组的人,他会告诉我情况的。我会持续监控无线电。如果他们有什么进展,我会让你知道的。"

"你最好把知道的告诉我。如果我知道你有什么瞒着我……你知道后果的。"凯恩如是说。

00:24

我需要两个小时冷静一下,让我的脑子思考一下眼前的状况。卡普法律事务所的会议结束后,我看得出来,所有人都需要休息一下。大家刚才都在仔细聆听,鲁迪也听了,但这个说法还是让他挑起眉毛。最后,大家都同意,我们没有足够证据将这个案子推给身份不明的连环杀人魔,不过这还不够,但鲁迪喜欢我另一个论点,所以他派了两名律师助理带着公司信用卡及我的购物清单去曼哈顿采购。这已经够好了。会议当中一直没有开口的人是博比,我读不懂他的心情。他大多数时间只是望向窗外的时报广场。我猜他大概是想尽量多看看风景吧:他仿佛知道接下来的三四十年自己会待在监狱里,再也看不到如此美丽的风景了。

会议结束，大家同意明早开庭前再见，这段时间要研究鲁迪对陪审团的开场陈词。

我同时也向哈珀承诺，等她跟霍尔滕约会结束之后会给她打电话。

一开始，她不承认那是约会，最后，她点了点头，说："对，是约会。我知道和他约会这件事很不专业，但我想说那又怎样？如果鲁迪不爽，那他可以开了我。"

"你不要乱说，霍尔滕会多想的。"我说。

我们笑了一会儿，感觉真不错。没过多久电梯门就开了，我们仿佛瞬间又扛上了100公斤的背包，回到了现实世界中。

"我会联系几个附近关系比较好的执法人员。乔认识很多条子，我跟附近警察的关系比我跟调查局的人要好得多，所以我也会打几通电话。警长、警员、警探，他们之间负责的范围大概可以横跨半个美国。我想把1美金钞票的细节告诉他们，看有没有什么漏掉的信息。"哈珀说。

手机响了，是克莉丝汀。

"嘿，听着，我在城里。我过来找几个老朋友。我今晚不想做饭，我们改去吃中国菜怎么样？"她问。

"当然好，我不知道你要来曼哈顿。"

"我今天没上班，所以我想去见几个人。艾迪，我用不着向你报备行程。"

"抱歉，我不是这个意思。我……中国菜听起来不错。我只是以为今晚可以见到艾米。"我说。

"这个啊，你就只能见我了。1个小时后老地方见？"

我知道还是别跟她吵比较好。克莉丝汀主宰着我与艾米共度的时间，而且我也实在不想跟她吵，争论只会让事情恶化。不，我今晚必

THIRTEEN

须营造出好印象来。我终于有办法远离之前的生活,在鲁迪那边有一份稳定的工作,不接风险高的案子,不会有神经病客户,没理由担心什么疯子会为了对付我,朝我的家人下手。这就是克莉丝汀一直以来想要的,也是我想要的。

"当然,到时候见。"我说。

我还有时间去领车。我不想把车留在拖车场里,我本来决定今晚开车去里弗黑德,跟艾米、克莉丝汀共进晚餐。

我打了辆出租车,车向北边行驶而去,在高峰时间段往76号码头,也就是曼哈顿拖车场前进。到了拖车场,我找到管理员,把罚单给他,付了罚款,他将钥匙、一个编号及地图交给我。我终于找到了我的车,雨刷器夹着另一个麦当劳纸袋。我扯下纸袋,扔进后座,然后咒骂起格兰杰警探来。

浑蛋。

半小时后,我开车前往中国城。我停好车,跑了两个街区,抵达宰也街。南华茶室从外面看很不起眼,里面其实也很普通。红色丝绒包厢,福米加板桌面,餐具一排排地摆放着,唯一的不同就是没有刀叉,只有筷子。看起来真的没有多特别,但特别的是食物,还有历史。中国城在这里慢慢扩张,茶室在20世纪20年代开张,整个纽约找不到跟他们一样的饺子和点心。

我迟到了,克莉丝汀已经坐在包厢里,点了茶水。她看见我的时候没有微笑,只是挥挥筷子,然后把注意力放回她的蒸饺与酱油上面。我因为刚刚跑了一段,有点儿上气不接下气。我的胃感觉好紧,我这才发现自己很紧张。我想告诉她卡普法律事务所的工作,却不知道该如何开口。我口干舌燥,这感觉跟我们第一次约会时一模一样,这是恐惧的滋味。我第一次邂逅她的时候,就知道她很特别,我不能搞砸。

唉，如今，把事情搞砸就是我的强项。这可是我最后的机会了。

她剪了头发，长久以来我所熟悉的柔软深咖啡色秀发现在剪成了波波头。她看起来不一样了，晒得比平常还要黑。我坐在她对面，服务生问都没问，就给我送上了啤酒。

"听说你又喝酒了。"克莉丝汀说。

"等等，很抱歉我迟到了。但点啤酒的人是你，不是我。"

"哈利跟我说了，他说你已经可以控制自己了。他觉得偶尔在他的监督下跟你喝点儿小酒，好过你因为觉得自己再也不能喝酒而发狂。"她稀松平常地说着，一边讲一边吃起白色的蒸饺。

我高举双手，做出投降的姿势。

"嘿，我迟到了，我道歉。我们可以重新开始吗？"

克莉丝汀喝了一大口茶，靠向椅背，用纸巾擦嘴，瞪着我看。然后她挥挥手，说："我只是今天有点儿烦躁。最近如何？"

我把所罗门案说给她听。一开始，她很生气。她眉头紧皱，脖子涨红。我知道她这些迹象代表着什么。

"我以为你该结束这一切，远离公众视野。这种案子会吸引别人的注意。我们都知道你吸引来的人大多都会带来危险。"她说。

这话不假，这也是我们分开的确切原因。我的工作会带来麻烦，而我的家人对我来说实在是太重要了。如果她们因为我的原因出了什么事，我真不知道该怎么办。之前有过千钧一发的状况，遭殃的是我们的女儿。

"这个案子不危险，还让我得到了一个好机会。我马上告诉你，但听着，你还没告诉我艾米的近况。你得通通告诉我。"

"艾迪，她很好。她一直担心的数学考试也考过了。她在西洋棋社交了几个新朋友。其中有个男孩儿，但他们只是朋友，目前还是朋友。

THIRTEEN

她很开心,而且她似乎挺喜欢凯文的……"

凯文,克莉丝汀跟她老板走得很近。他协助她在里弗黑德安顿下来,把她介绍给镇上有头有脸的人物。他甚至还当起了她公寓的水电工。我没见过那家伙,但我想对他的脸做点儿什么。

"好,我很庆幸她很好。她还会读书吗?"

"每晚都读。她甚至读了几本你送给她的廉价侦探小说。"

我点点头,感觉真不错,我敢打赌凯文只会读法律程序和关于空调历史的书。我跟艾米对书的品味一直很像。

我吃了点儿东西,但没碰啤酒。我在争取时间,想要鼓起勇气谈谈我们的关系。我们已经分居很久了,在那之后没多久,双方就不会再说要让事情好转的话,因为都太痛苦了,但我的生活真的要变好了。这是我弥补一切的机会。这种工作是我们梦寐以求的,稳定、安全,每晚下班回家,可以不用担心谁会来踹我家大门。

我不知道该怎么开口。食物让我觉得反胃,我能感觉到自己的额头上满是汗水。

"我有了一份新工作。"我忽然脱口而出,"在卡普法律事务所,接一些普通的诉讼案和一些犯罪官司,没有危险,不会有什么争议,朝九晚五工资高。克莉丝汀,我走出来了。所罗门案是最后一个大案子。我要你跟艾米回家,我们可以搬回皇后区的老地方……"

她开始双眼泛泪,双唇颤抖。

"或者我们可以找个新地方住,重新开始生活。我现在可以养活你和艾米了。你甚至不用工作。这就是我们一直希望的生活。我们又可以是一家人了。"

她抹去脸颊上的一滴泪,把纸巾扔向我。

"我等过你,你扯出一堆破事,酗酒、戒酒,我都等了。然后是那些案子，艾迪，你已经做出你的决定。你的工作把我们推上风口浪尖。现在那些事结束了，我就该跑过来迎接你，是不是？"

"不是这样的。是他们来找我的，他们需要协助，我不能置之不理。如果我让他们进监狱，那我算什么人？如果我让这种事发生，我会良心不安。这不是一个选择，这种事从来就没有选择的余地，我没得选。"我说。

"但我可以选。我不想要这样……这种生活。我不希望我的丈夫不能跟家人住在一起，免得家人受伤。艾迪，我试过了，我等过了，我已经等腻了……"

"你不用再等了。我说了，我有工作，很安全，事情可以恢复成原来的样子了。"

"回不去了，我已经想清楚了。我本来今晚想要你来家里看看艾米，但下午我知道我必须跟你说这些话。我已经演不下去了，所以我决定跟你约在这里，因为我不希望艾米看到我们这样。艾迪，我受够了，我等得够久了。我跟凯文已经交往一阵子了，他要我们搬过去跟他一起住。"

这一刻，我不是跟克莉丝汀一起坐在包厢里，我不在茶室，甚至不在中国城。这一刻，我看见自己害怕的画面，这是我这几个月以来的梦境。我躺在帝国大厦路边，克莉丝汀站在观景台上，距离我有八十六层楼之遥。她从包包里拿出婚戒，扔过围栏。我躺在人行道上，我知道戒指正在朝我扔来，越来越快，越来越快。金色的指环直直向我飞来。越来越近，近到我都能看到它了。但我无法动弹，无法呼吸，我只能把指甲紧紧嵌在石板之间的空隙中，在原地硬撑。

戒指重击胸口的时候，我醒了过来。

此时此刻，疼痛感非常真实。撕裂、被掏空的痛楚让我无法呼吸。

THIRTEEN

我的确预见了这一刻的到来，因此感觉更可怕。

"别——"

"艾迪，我已经下定决心了。我很抱歉。"她的语气变得冰冷。

"我很抱歉，真的、真的很抱歉。情况会改善的，我会改变的，这份新工作……"但话语消失在我的喉咙里。我已经失去她了。我身体里有个东西惊醒了，我用酒精抗衡的那些痛楚，现在通通怒号着席卷而来，让我奋力一搏。

"他没有我这么爱你。"我说。

克莉丝汀点出几张纸钞，摆在桌子上，手还在上面放了好一会儿。她在犹豫，但不是因为账单。我什么都不敢说。我知道她内心对我还有爱。我们共度了太多时光。她迅速眨了几下眼睛，摇摇头，起身从包厢出去。"我知道凯文爱我。他会照顾我和艾米的。短时间内别打电话来。"

她打算离开，我却迅速伸出手，拉住她的手腕。她停下脚步。我的举动真愚蠢，我还是放了她。

我听着她远去的脚步声。她走得越来越远，声音越来越小。我看着面前桌子上的啤酒。美乐啤酒，冰凉，金黄，凝结的水珠流到瓶底。我想喝，喝他个十瓶，再喝下伏特加、威士忌，只要是能够麻痹痛苦的东西，什么都好。我握住酒瓶，把瓶口拿到嘴边时，看到克莉丝汀留在桌子上的钱。

压在一沓纸钞之上的是金色的戒指。

我把酒瓶放回桌上，揉搓太阳穴。我感觉我的每条血管里都有一辆货车在高速行驶。

我起身，拿起戒指，放进口袋之中。

我的两条腿带我走回车边。前往停车场的路上，我全程没有抬头，一次都没有。上车后，发动引擎，我丝毫不记得自己是怎么走出餐厅的。我想吐。我仿佛吞下了一整个吹满气的气球，却无法将其吐出。

开车回46街的路上似乎也是同样的状态。我拐进街上，浑然不知自己是如何回来的，或者开了多久的车。我把车子停在办公室外面，下了车，走向通往办公室的楼梯，钥匙在外套口袋里发出碰撞的声响。我低着头，鼻息朝着双腿喷出阵阵白烟。

在格兰杰警探把我向后推之前，我都没有注意到他。

我被绊了一下，但还是站稳了。车门砰的一声被甩上了，有很多人。我环视四周，左边有三个壮汉，右边有两个。右边有个大家伙手持警棍。格兰杰向后退上阶梯，目光紧盯着我。他们一直在等着我回来。我只瞥了他们一眼，并且在看到警棍之前，我就知道他们是警察了。因为他们的姿态、他们的打扮。他们穿着李维斯或普通牛仔裤，脚上穿着靴子，衬衫扎进裤子里，宽松的外套遮盖住他们腰上的枪套。

我扭动肩膀，把厚重的外套脱下。也许是因为冷风，或是因为恐惧带着肾上腺素，犹如火山爆发般的愤怒充斥我的脑海，冲刷我的身体，我开始颤抖，我感觉到自己紧握的拳头动了起来。

我身后的玻璃碎裂开来。碎片撞击我的后背，我知道有人正在拿警棍砸我的车。

格兰杰的声音听起来几乎可以说是很温暖。他等了48小时来搞这种把戏，接下来的三个字实在难掩他的愉悦。

"别打脸。"他说。

混账东西。

我没傻站着，他们已经开始行动了。我可以跑，但我知道自己跑不远。他们不想杀我，要是我跑，他们也许就会朝着我的后背开枪。他们可以说在发出警告后，嫌犯还是跑了。

THIRTEEN

这种事情每天都在发生，欢迎来到纽约。

率先行动的是我右边的那个大家伙，他头发短短的，深色的眼睛如黑豆，胡子浓密，看不到脖子，拳头比碗大。他比我高7厘米，出拳范围大概比我多出十几厘米。显然他是这群人之中块头最大的，是个难缠的家伙。

他举起右拳，手肘拉过肩，仿佛是要一拳砸在嫌犯脸上。他面目狰狞，眼睛眯得极小，嘴唇张开，露出紧咬的牙齿。其他人站在后方等等看好戏。

我看着他弯下膝盖，拳头瞄准我的太阳穴。这一拳很沉，他准备打晕我，让其他人可以在我的肋骨、膝盖、脚踝处跳舞。半小时后，他们就会有说有笑地去灌冰啤酒，祝贺格兰杰复仇成功，回想给我上的这永生难忘的一课。

但今晚没这回事，想都别想。

在这只大猫咪出拳的时候，我向后退了一步。他也许是个大家伙，但速度很慢。事实上，这根本没关系。肌肉自会发挥它的作用。当一拳背后带着这么大的重量时，你根本不需要太快的速度。

我运气真好。

我在纽约地狱厨房区最地狱的爱尔兰拳击俱乐部里打过六年的速度袋，一个星期打六天。那地方算得上是纽约最厉害的拳击俱乐部。

我右手出拳，速度非常快，一边快速出拳，一边向后退。他碰不到我，这个大家伙甚至没注意到这些。我的髋部没有动，这一拳没有多大力量，不需要，我只是需要稳住身体的时间而已。巨大拳头的目标很明显，我知道它要往哪儿打以及出拳的速度。我的拳头保持垂直状态，就像我要去碰拳一样，但这个动作并不带着友好。我将手腕微微下压，这样我的中指掌关节才会跟手肘形成一条直线。坚固的骨头调整成完美的角度，能够吸收冲击力，确保自身不受任何伤害。

只有对冲的方向会受到伤害。我的中指掌关节用力击中他的第五掌骨，也就是小指关节，然后就是一阵惊天地泣鬼神的哀号，仿佛是大家伙想用拳头砸我，结果小指却撞上砖墙的一角一样。每个警察都听到骨头碎裂、韧带断裂和骨折的声音。听起来就像拿长柄大锤砸在一包花生上。

大家伙把断手拿到面前，想要保护它。这记重击使他畏缩不前。然后我开始攻击他的身体。

我往里站，使出全身的力气挥出左上勾拳攻击他的肋部。这一拳打得很重，把他打得在人行道上缩成一团。接着，我转过身，准备面对下一个对手。

太迟了。还没反应过来，我就听见警棍敲上脑侧的声音。人行道接近得很快，我伸出双手，想要在倒地前稳住身体。一个金色的圆圈在我眼前弹跳而过。克莉丝汀的戒指从我口袋里滚了出来。我听到戒指在人行道上滚动的沉闷叮当声。我伸出手，不顾一切地想要抓住它。我以为自己要倒在戒指旁边，但我还没倒在人行道上，眼前就一片模糊，天旋地转起来，然后画面全部消失。

在倒地之前，我就已经昏过去了。

00:25

照射双眼的光让我疼得要死，仿佛是刺进脑袋里的碎冰锥。光移开了，我的视线飘移了一下，感觉双腿又湿又冷，衬衫也是。我现

THIRTEEN

在躺在沙发上，面前有个人。手电筒的光再次照向我的眼睛，我闭上双眼。有人用手指扯开我的眼皮。光线来回照向两只眼睛，我咒骂了起来。

"艾迪，你知道吗，我开始觉得律师这行不太适合你了。"哈利·福特如是说。

他关掉手电筒，丢去一边。我躺在自家办公室的沙发上。

"你后脑勺肿了一个鸡蛋大小的包。我猜你至少断了一根肋骨。你的瞳孔还有反应，左右一样大。你没吐，耳朵、鼻子没流血。你会觉得有匹马朝你的脑袋踹了一脚，你应该有点儿脑震荡，除此之外，这跟你昨天的惨状差不了多少。"

哈利16岁的时候就去越南当军医。他的军用假证件说他21岁。他很快就一阶一阶升上去，军旅生涯相当出色，之后却在法律领域展开更有收获的生涯。在我认识的人里，他是唯一一位能够在喝了一瓶威士忌后，还能拆解、组装M16步枪的法官。

"这里有几根手指头？"哈利举着手问。

"三根。"我说。

"今天星期几？"

"星期二。"我说。

"美国总统是谁？"他问。

"某个浑蛋。"我说。

"答对了。"

我想坐起身来，却感觉房间天旋地转，只好又躺回去，决定等等再起来。

"你在哪里找到我的？"我问。

"就在外面。有辆超大的黑色SUV在我转弯时截了我的道，那车

137

看起来跟劫匪肇事逃逸的车差不多。我停好车就看到你了。我本来要报警的,但看了一下,你似乎没什么大碍。你还记得在街上跟我说了什么吗?"

"不记得了。我说了什么?"

"你要我找这个。"

哈利拿起一枚金戒指。

这次我终于能勉强坐起身来。侧靠着的这部分身体真是要了我的命。哈利把戒指放在桌子上,拿了两只咖啡马克杯过来。我看到桌上有瓶苏格兰威士忌,还装在牛皮纸袋里。

"谢了,哈利。"

"别客气。克莉丝汀打电话来,把一切都告诉我了。你也许可以补充说明一下你是怎么倒在街上的。你是跑去酒吧跟人家打架还是干吗去了?"他问。

"情况很复杂。"我说。

"不复杂我才会失望。说真的,到底发生了什么事?"

"一群条子冒出来。我昨天惹毛了一个叫格兰杰的警探,他很不爽。拖车场那边肯定有人跟他通风报信,说我去取车了,一回到办公室门口,我就发现一群条子已经恭候多时了。"

"我不喜欢这种事情,你该——"

"举报他们?向条子举报条子?我可以自己处理。"我说。

哈利打开苏格兰威士忌的封口,给我们各自倒了一杯。我每吸一口气,身侧的痛楚都会传到我已经疼得不得了的脑袋里。我接过这一大杯酒一口气喝下去,杯子放回桌上时已经空了。哈利替我斟酒,喝完一大口,他又替我倒上。

"慢慢来。"他说。

THIRTEEN

我躺回去，闭上双眼，让脑子冷却一下，我知道我是把自己逼到极限了。我的婚姻终于破裂，身体也快崩溃了，如果我不能好好控制脑子，我就要发疯了。几分钟后，脑袋的痛感慢慢缓解，但身体还是痛。我猜自己头部中了那一闷棍倒下把格兰杰吓傻了：他们只想伤害我，不想杀掉我，于是在我肋骨上狠狠踹了一脚后，格兰杰就收工了。我不喜欢这样，但我知道自己运气很好。

我的钱包里有艾米和克莉丝汀的合照。我想拿出来看看，然后把我的办公室拆了。

但我只是继续喝酒。我知道自己该开始思考案情，不能再想克莉丝汀了，至少暂时如此。等到官司结束，我就可以出去透透气，到时候痛楚就不会这么鲜明，这么清晰了。我需要时间，她也需要时间。她今天想了很久才把戒指摆在餐厅的那沓钞票上。也许，也许我还能说服她回心转意，也许还有机会挽回。我必须这样相信，我的确这样相信，但要等到案子结束之后再说了。案子。我慢慢抬起头，睁开双眼。

"你不该来这里。如果地方检察官知道你在这里，她会气死的。"

"米莉安·苏利文知道我在这儿。我过来之前给她打过电话。我们不会讨论案情，因为你根本还没出现在法庭上，这不算什么问题。她也经历过离婚，她明白的。米莉安很上道，她不会让阿特·普莱尔借题发挥，但你听着，别担心这些了。你想聊聊克莉丝汀吗？"哈利问。

我不想，我根本办不到。

过了一会儿，我说："米莉安让阿特·普莱尔'空降'办这个案子？"

"对。你见过普莱尔吗？"

"没，只听说过他的事迹。"

地方检察官办公室的案件堆积如山，在日常工作里找出顶尖助理检察官，将庞杂的大案子交给他们，通常都会引发灾难性的结果。他们没办法在处理自己案子的同时，还腾出必要的时间来进行较大规模的诉讼。所以，他们可能会多请一些人，或就这么继续挣扎求生，承认很多检方输掉的"好案子"都是因为他们无法集中精力研究。不过当助理检察官施展神迹，赢了大案子，几年后，这位助理检察官就会决定出来竞选，抢走地方检察官的工作。

唯一安全的做法是找个独行侠。阿特·普莱尔是最杰出的独行侠。他有执照，可以在二十个州执法。他只接谋杀官司，永远负责起诉工作，而且他屡战屡胜。只要价格谈妥，普莱尔就大驾光临。地方检察官的手下可以继续处理他们平常的工作，只要派一两个人协助普莱尔就好。普莱尔会让被告被定罪，戴上帽子，去下一个地方接下一个案子，不会给任何人找麻烦。他也很厉害，最擅长短兵相接的起诉手段。

多数处理命案的检方会找来一大堆证人，每一位警察、侧写师、鉴定分析师、各种专家，想到谁就传唤谁。如果一名警察在命案现场停车，给他 4 个小时都还没休息的同事送甜甜圈吃，你可以用你的最后 1 美金打赌，检方肯定会传唤他为目击证人。

阿特·普莱尔则反其道而行之。差不多十年前，他在田纳西州接了一起谋杀官司。诉讼原本预计要进行六个星期，但普莱尔只花了四天就让被告被定罪了。他只传唤必要的证人，且永远不会让他们在板凳上坐太久。许多律师相信这种方式有风险，但普莱尔每次都会成功。

我第一次听说那个案子还是一名年轻检察官跟我分享的，他说他想试试看，采取普莱尔的方法。他说普莱尔的方法很新颖。我不得不戳破那家伙的空想。要知道，普莱尔的价格是固定的，不管他一个案子搞六个月还是 6 小时，他是计件收费的。既然可以只花一半时间就取得胜利，为什么还要拖上六个月呢？

THIRTEEN

阿特·普莱尔不是个有独特风格的法律大师,他是个生意人。

"我知道普莱尔很会哄陪审团,他这点很出名,都是因为他那南方口音。纽约人对南方口音的人很买单,但别被他骗了。普莱尔也许扮演的是聪明的乡下人,但他可怕得很。我不能多说法庭上的例子,但你该问问鲁迪普莱尔今天筛掉一名陪审员的经过。手段太了不起了。这家伙真的很行。"哈利说。

我又喝了一杯,痛楚渐渐消退。哈利抓起我的空杯,把它收走了。

"今晚已经喝太多了。记得咱们说好的,我说停,你就停。"

我点点头。哈利说得没错,我可以喝几杯,但只能当着哈利的面喝。

忽然间,我不想喝酒了,我满脑子都是阿特·普莱尔。

"他比我厉害吗?"我不甘心地问。

"我猜我们会知道答案的。"哈利说。

星期三

THIRTEEN

00:26

凯恩睡不着。

他满心期待。凌晨 4 点,他终于放弃睡眠,起床运动两小时。

500 个俯卧撑。

1000 个仰卧起坐。

20 分钟伸展运动。

他站在窗前,满身都是汗。他放缓步调,审视着自己映在窗户上的形象。他已经锻炼出了额外的体重,没必要觉得难过,毕竟,他只是在扮演这个角色。他的肱二头肌强壮有力。他从 18 岁时起开始去健身房,因为他特殊的身体状况,他感觉不到举重后的酸痛。他每天都好好吃饭,努力健身,不出几年,就打造出了符合他需要的体态,强壮、精瘦。一开始,胸膛处的生长纹让他觉得苦恼,他长肌肉的速度太快了,皮肤拉伸的弹性没跟上。之后,他就学会爱这些痕迹,因为它们可以让他想起自己的成就。

凯恩低头看着胸口,抚摸最近的伤痕,一道 1.5 厘米的切割伤就在他右侧胸肌部位。伤痕还是紫色肿起的,再过六个月,颜色就会淡下去,跟其他的伤一样。这道伤口的记忆还很鲜明。这让他笑了。

他拉开窗帘,望着窗外的夜色。曙光在天边缓缓出现。下方街道没有人。对面大楼的窗户还是暗的,毫无动静。他靠上前,打开扣锁,拉开窗户。冷风仿佛大西洋寒流,直接吹在他的身上,无眠之夜的疲惫感立刻消失。他打了个冷战,不知是因为冷风,还是因为裸身站在纽约面前的解放感。凯恩让纽约看他,看他真正的样子,没有化妆,没有假发,他就是他,约书亚·凯恩。

长久以来,他幻想以真面目示人:他真正的样貌,他真实的自我。他知道在自己之前,没有人跟他一样。他研究心理学、精神病学以及神经疾病。凯恩的状态不符合精神病诊断标准,他没有幻听,没有幻觉,没有人格分裂,没有妄想症,孩童时代没有受过虐待。

也许是心理变态?凯恩没办法替他人着想,没有与任何人有亲密关系,没有同理心。在凯恩看来,上述这些玩意儿都是不必要的。因为他跟别人不同,所以他无须和别人感同身受。其他人都比他低劣,他是特别的。

他想起妈妈对他说的这句话:约书亚,你很特别,你跟别人不一样。

凯恩心想:她说得真对。

他是独一无二的。

但情况并不是一直如此,这句话所蕴涵的自豪感得之不易。他没办法融入学校生活,要不是他有模仿的天分,他根本没办法适应学校生活。他周而复始进行的强尼·卡森模仿秀让他在高三毕业舞会前约到了漂亮的棕发女孩儿珍妮·马斯基。虽然她戴牙套,但她还是很可爱的。珍妮常常请假,因为她的扁桃体很容易发炎。等她病好后回来上学时,嗓音通常还是很沙哑,所以大家叫她"破锣嗓马斯基"。

舞会当天,凯恩穿着借来的晚礼服,开着妈妈的车,抵达了珍妮家。他在车里等,没有进屋,引擎没熄火。他在车上坐了好一会儿,压抑着想驱车离开的冲动。凯恩感受不到肢体的疼痛,但他很了解担忧、尴尬、羞赧、不自在。这些感觉他太熟悉了。最后,他下了车,按下她家的门铃。她老爸是个叼着香烟的壮汉,警告他一定要好好照顾他女儿。在珍妮逼着凯恩模仿强尼·卡森后,她老爸又笑到狂咳。她老爸是《今夜秀》的忠实观众。

在前往舞会地点的路上,车里大多数时间都是静悄悄的。凯恩不知道该说什么,珍妮说话太快,且一句话说完随即闭嘴,没多久又紧张地连珠炮起来。这时候凯恩往往都还没有时间消化她一开始讲的话。凯恩读书,这是重点。珍妮不读书,她也没看过凯恩最爱的《了不起的盖茨比》。

"盖茨比多大?"她问。

也许是因为静默尴尬让她感觉不舒服,她问他是怎么模仿的。他说他也不太清楚,他只是研究一个人,直到他看到或听到那个人的核心精髓。她不太能听懂这话是什么意思,但凯恩不介意。对他来说,那天晚上最重要的是她看起来很可爱,而且是跟他在一起。

那天晚上,凯恩和珍妮手牵手走进高三舞会现场。她穿着蓝色洋装,凯恩穿着不怎么合身的晚礼服。他们喝了点儿饮料,吃了点儿垃圾食品,半小时后就分开了。凯恩不跳舞,为了在盛大活动的夜晚和珍妮共舞,他已经焦虑好几个星期了。他没有机会告诉她自己不会跳舞,他也不想跟她说。他只是很喜欢跟她聊天。

又过了半小时,他才再次看到她,她在舞池上亲吻瑞克·汤普森。珍妮是凯恩的女孩儿。他想大步上前,把珍妮从瑞克身边拉开,但他办不到。他反而喝着甜滋滋的鸡尾酒,坐在塑胶椅上,整个晚上盯着珍妮看。他看着她跟瑞克一起离开,看着他们上了他的车。凯恩尾随其后,一直保持着一段距离,直到他们抵达穆赫兰大道旁的一个小山丘,把车停在能够俯瞰全市美景的地点。他看着他们在后座亲热。这时，凯恩觉得他不想再继续看下去了。

凯恩关上夜晚及过去的窗口。他回到卧室，打开化妆箱。他已经穿好衣服了。被凯恩偷了身份的对象没几件衣服，但这种事对凯恩来说不算什么。

再过几个小时，一切就要开始了——他这辈子最梦寐以求的审判。这一场审判很特别，媒体关注的程度难以想象，远远超越他最疯狂的梦想。过去的一切经验都只是练习而已，过去的一切经验带领他走到了今天这一步。

他向自己承诺，只能成功。

00:27

整个晚上，哈利都在想办法拔出我脑袋里的那只碎冰锥，但他失败了。真是太痛了。

我们聊了几哥个小时，主要在聊我和克莉丝汀的事情。我是不想聊这些，但我们不能聊案情。

凌晨 2 点，哈利给他的书记官打电话，对方坐出租车过来，开着哈利停在我办公室外面的绿色敞篷车送法官回家。他很习惯载法官，而哈利是有恩必报的人。他跟我早上都会头疼，但疼的原因不一样。

我 5 点醒来，还躺在办公室的沙发上。我从办公桌旁边的迷你小冰箱里拿出新的冰块儿，敷在脑后的肿块处。肿是没那么肿了，但冰块一碰到脑袋，那疼痛立马让我彻底清醒了。

我在沙发上躺了好一会儿，想着老婆与女儿。是我不好，都是我的错。我毁了自己的人生。我觉得自己还是不要出现在克莉丝汀和艾米的生命里比较好。克莉丝汀值得被比我更好的人拥有，艾米也值得拥有更好的父亲。

我伸手去拿威士忌酒瓶，通常哈利都会带走，但他昨晚肯定是忘了。我拿起酒瓶，开瓶盖。酒还没倒进杯中，我就停了下来，盖好盖子。杯子依然是空的。

还有人指望着我呢。博比·所罗门、哈利、鲁迪·卡普，某种程度上哈珀也算，甚至还有阿蕾拉·布鲁姆和卡尔·托泽。我欠最后两位最多。不管怎么说，他们的死因必须追查到底。如果所罗门有罪，那他应该受罚；如果他是无辜的，那警察就得另觅真凶，以正当法律程序伸张正义。

这是狗屁，但我们也只有这么冠冕堂皇的狗屁说法。

我缓缓起身，走进浴室，往洗脸台水池里注满冷水。我把脸压进水下，一直等到脸颊刺痛才抬起头来。

我因此清醒了不少。

电话响了，来电显示为"少废话"。

"哈珀，你现在应该在睡觉。还是说你查到什么了？"我问。

"谁睡得着？我彻夜未眠，乔查到东西了。我一直在研究1美金杀手的案件。"

"三起案子的档案你都有了？"

"对，说真的，没什么内容。调查局没有公开资料，为此我们只能靠德莱尼。所以，我们直接去找源头，也就是斯普林菲尔德、威尔明顿、曼彻斯特的侦查科。乔编了一个故事，说要规划犯罪现场调查的训练课程。案子都已经结案了，完全没人在乎资料外流。"

"有什么需要关注的点吗？"我问。

"没，完全没关系，就我看来，安妮·海塔尔、德里克·卡斯、凯伦·哈维素昧平生，档案里有他们详尽的个人介绍。受害者之间除了1美金之外，完全没有联系。那个时候，警方并没有多思考1美金的事，但他们所有资料都保存得很好。你知道警察是怎么做事的，若是他们缉毒，找到一箱现金，等到箱子送去证物室归档的时候，它大概会轻一些。但这是一般民众的命案现场，条子一分钱也不会乱碰。一切都被保存得好好的。"

我叹了口气。我原本还期待这些案子之间有联系。我相信德莱尼肯定已经厘清受害者之间的关系了，就是那些她不能告诉我们的事情。德莱尼有领先于他人的优势。

"在安妮·海塔尔、德里克·卡斯的案子里，罪犯的指纹出现在纸钞上，因此警察才查到凶手。凯伦·哈维的半张美金纸钞出现在罗迪·罗德斯的公寓里，但上头没有罪犯的指纹。纸钞上有其他指纹或DNA吗？"我问。

"没有DNA，德里克·卡斯的纸钞上有部分指纹。安妮·海塔尔脚趾之间的纸钞上有多枚指纹。把罗迪·罗德斯和凯伦·哈维抢劫杀人案联系起来的那半张纸钞上则没有指纹。数据库里没有与上述指纹匹配的记录。"

"其他的指纹都比对过了？"我问。

"我猜是吧，不确定。"

"我们需要确定。"

我听见哈珀在键盘上敲击的声音。

"我会给经手这三个案子的实验室发电子邮件，再次确认也无伤大雅。"她说。

"你方便把档案传给我吗？"我问。

"已经在收件箱里等你了。"

在我打开笔记本电脑时，哈珀一直在线。没多久，我就找到压缩包，立刻将它解压。

"有什么联系？"哈珀问。

"如果跟德莱尼怀疑的一样，这些是连环杀人魔所为，也许其中不会有除了纸钞以外的联系。你们怎么叫的？特征手法？"

"对，跟名片一样，能够与凶手的心理状态产生联系。他们不见得是故意留下一片面包屑的，这种特征反而反映出他们的部分自我及杀戮理由。"哈珀说。

"我觉得一定还有别的线索，一定有。"我说，"如果不是别的线索指引，谁也不会注意到这些纸钞。这些案子都有一个共通点，那就是纸钞都引导警方找到凶手，这就是重点，也许德莱尼注意到了这点。如果凶手是一个人，那他肯定不希望被逮到。他会竭尽所能确保别人成为替罪羊，为什么？"

哈珀毫不迟疑，她早就知道答案了。

"逍遥法外的好方法是什么？确保警察不会找上你啊。如果命案侦破，手法不足以构成模式，那真凶其实是在掩饰这些罪行，想尽办法确保掩盖自己的罪行。你看看文件，我要去睡一会儿。法庭上见。"

她挂断了电话。

我泡了咖啡，打开文件。7 点不到，我已经看完三份资料了。咖啡凉了，我的脑袋却在火速运转。我翻出钱包，抽出我在德莱尼办公室做了记号的那张纸钞，仔细检视那些记号。

我这辈子都在跟钱打交道，骗人家的钱也算吧。夜店里，很多毒虫会在爱犯困的酒保眼皮子底下瞬间将 100 美金钞票与 10 美金钞票调包，我看过别人干这种事。我之前也干过这种事。

我冲澡、刮胡子、穿好衣服,每分每秒都想着美国国徽,1美金纸钞上的记号,箭、橄榄枝、星星,每张纸钞上的记号不一样,三起命案的记号都不一样。

还有卡尔嘴里纸钞蝴蝶上的指纹。条子是怎么搞到理查德·佩纳的DNA的?在纸钞印出来之前,他就死了啊。

我穿上大衣,喝完最后一口变味儿的咖啡,用包装好笔记本电脑,开门走进寒风之中。我一打开大门,冷风就打在我刚刮掉胡子的脸上,好像要扯掉我的皮肤一样。这种天气我是不可能走路出门的,但我也没办法开车,挡风玻璃上有个大洞,风雪会吹进车里。我联系了一个我认识的人,他之前在布朗克斯开赃车处理厂,他乐于助人,就是价格高了点儿。

我把车钥匙摆在驾驶座那一侧的轮胎上方,然后裹着大衣,伸出手招出租车。

5分钟后,我坐上了车,前往中央大街,出席纽约这几年来规模最大的诉讼案的开庭审理。我的思绪乱成一团,我该想想目击证人、开场致词、阿特·普莱尔的策略……

结果呢?我满脑子都是1美金。

诉讼过程由鲁迪负责,我在这个案子里只是个小角色。对此我很感激,这样压力没那么大。

出租车司机想聊纽约尼克斯队的消息,我用简短的回答打发他,直到他闭嘴。

1美金。

我很接近真相了,那三起命案,德莱尼有所收获。我思考起博比案子里的纸钞,我好像漏掉了什么。无论在我大脑深处运转的是什么,都不是博比或那只蝴蝶。

THIRTEEN

我喃喃自语,念叨起昨天才听说的受害者姓名:德里克·卡斯、安妮·海塔尔、凯伦·哈维,这三起命案在我脑袋深处拉扯,我觉得线索正盯着我,我却看不见它。

德里克·卡斯、安妮·海塔尔、凯伦·哈维。

德里克·卡斯死在威尔明顿,安妮·海塔尔死在斯普林菲尔德,凯伦·哈维则在曼彻斯特遭到抢劫,中枪身亡。

车子停在法院外面。我付钱给司机,还多给了小费。

才 8 点,法院外面就聚集了大量民众。这些人分成两派,各自挥舞着标语,对对方大吼大叫。其中一边高举"替阿蕾拉讨公道"的牌子,另一边则拿着博比·所罗门的海报。声援博比的人显然较少。鬼才知道不得不穿越这两方势力的陪审员会怎么想。不一会儿,更多群众聚集起来,纽约市警察竖起障碍物,隔开双方势力。

我必须推开人群才能进入法院。大家都想在这次审判中占个位子,这是纽约最炙手可热的门票。我穿过安检,按下按钮等待电梯,心思又回到 1 美金杀手身上。

星星。

我抽出一张 1 美金纸钞,一边搭电梯去二十一楼,一边望着纸钞上的国徽。老鹰的左爪握着 13 支箭,右爪抓着 13 根橄榄枝。上方的盾牌由 13 颗星星组成。

星星、盾牌。德里克·卡斯死在威尔明顿,安妮·海塔尔死在斯普林菲尔德,凯伦·哈维在曼彻斯特中枪。

我把纸钞翻到有着乔治·华盛顿头像的那一面,拿出手机,打给哈珀。

她立刻接起。

"我想明白了。你在哪儿?"

"在路上，10分钟后到。"她说。

"停车。"我说。

"什么？"

"停车，我要你去联邦广场找德莱尼，跟她说你找到其中的联系了，而且你手中有更多信息。"

"等等，我先停一下车。"她说。

我听到哈珀的道奇战马高性能跑车的声音消失，她停好车了。

"你想明白什么了？"她问。

"纸钞上的记号，那是模式。你身上有1美金吗？"

哈珀肯定是开着扩音器，我听到背景有汽车喇叭声、刹车声，还有车流的声音。我乘电梯抵达了二十一楼，出电梯往右走，朝电梯口之间的窗户前进。我透过布满灰尘的窗框向外望着曼哈顿，整个纽约像是用了灰泥滤镜，我仿佛是在看老旧的照片。

"好了，我要注意什么？"她问。

"国徽，总共有13根橄榄枝、13支箭，老鹰上面有13颗星星。为什么是13？"

"不知道，真是问住我了。我从没注意过这些。"

"你知道的，你在学校的时候学过，只是不记得了。把纸钞翻过来，华盛顿是美国的第一任总统。他在成为总统前，曾经指挥纽约的部队抵抗英军。他向部队宣读《美国独立宣言》，与会代表签署宣言。华盛顿宣读的时候，只有13个联合邦签署。"

"13颗星星？"哈珀问。

"那是一张地图。卡斯死在特拉华州威尔明顿，海塔尔死在马萨诸塞州斯普林菲尔德市，哈维死在新罕布什尔州曼彻斯特。这些地方都是有代表签署独立宣言的英国殖民地。如果我们把阿蕾拉·布鲁姆及

THIRTEEN

卡尔·托泽算进去,那就还有纽约。命案也许不只这四起,整个东海岸都有可能。告诉德莱尼,她必须查查是否有人因与 1 美金钞票有关而被判谋杀罪,纸钞是对他们不利的证据之一。她几乎查过全美上下所有的案件了,但现在她可以缩小范围。我们要研究剩下签署独立宣言的八个州:宾夕法尼亚、新泽西、佐治亚、康涅狄格、马里兰、弗吉尼亚、罗得岛、北卡罗来纳……"

"艾迪,理查德·佩纳,那个死亡多时的凶手,托泽嘴里的那张纸钞上有他的 DNA。他杀害那些女性,就是在北卡罗来纳定罪的,也许和这有关。"哈珀说。

"你说得对,也许有关。我们必须查一查。你可以去找德莱尼吗?她不知道佩纳的事。"

"我这就过去,但有两件事说不通。为什么纸钞上有三个记号?星星我明白,那是地点,箭跟橄榄枝怎么解释?"

"不清楚,还要再想想。也许是跟受害者有关。"

"还有一件事我们没考虑进来,如果其他那几个州还没有相关命案呢?如果这家伙刚开始犯案呢?"

"这三起命案之间隔了好几年,我不觉得他低调过。我认为还有我们没发现的受害者。而且如果阿蕾拉·布鲁姆和卡尔·托泽都是他的受害者呢?那么他已经有很多练习机会了。我猜还有其他命案,我懂他,这家伙应该还在玩他的把戏,他也许现在正锁定下一个目标。"

"我知道,听着,我不想花太多时间在理查德·佩纳身上。他的受害者人数众多,跟别人的状况不同。"哈珀说。

"这也许有关。我们这个案子的纸钞上有相同的三个记号与两位同样的受害者。"

我把纸钞放在窗框上,仔细望着国徽和老鹰上方飘扬的拉丁文旗帜上印着的文字。

E pluribus unum。

合众为一。

00:28

陪审团评议室里弥漫着汗味、放久的咖啡味和新涂的油漆味。凯恩静静地坐在长桌边上,仔细聆听。他到的时候,陪审团管理人要他直接进评议室,不用跟其他候补人选一样坐在走廊的塑胶椅子上等。这是法官的命令。

凯恩啜饮起塑料杯里的温水,想要仔细听其他人的八卦。另外十一位陪审员已经开始搞小团体了,四位女性,七位男性,其中三位先生在聊篮球,想要稍微从接下来的开庭过程里抽离出来。看得出来,接下来的责任重压在他们下垂的肩膀上。

剩下的四位先生没开口,他们正听着那几个女性谈起第 12 号陪审员布兰达·科沃斯基。

"我在新闻上看到的,就是她,太可怕了。"身材娇小的金发女士安妮如是说。凯恩在遴选陪审员的过程里仔细聆听所有问答过程,在心底牢记这些人的职业、家庭背景、宗教信仰以及有无小孩儿。最靠近安妮的女性将一只手放在胸口,缩起下巴,这才开口。她叫丽塔。

"布兰达怎么了?她昨天来了对不对?穿了一件好看的毛衣的那

THIRTEEN

位？"丽塔问。

"她死了。在她工作的图书馆外面，罪犯撞死她之后逃逸，太可怕了。"安妮说。其他女性摇摇头，望着老橡木大桌上的木纹。凯恩先前很喜欢阿诺·诺瓦萨利奇在模拟诉讼过程中对陪审员贝齐的评价，阿诺特别满意鲁迪·卡普让她成为陪审团的一员。辩方真的很喜欢她。

凯恩同意，他也喜欢贝齐。她把长长的棕色头发扎成马尾。凯恩想摸摸那头秀发。

最后一位女性是卡珊德拉，在讨论布兰达的时候，她诧异地摇摇头。凯恩昨天离开前，看到卡珊德拉与布兰达交谈。她行为优雅，谈吐得宜。

"这年头连过马路都很危险。可怜的布兰达。"卡珊德拉说。

"我也看到新闻了。"贝齐说，"我不知道她也是陪审员，我的天啊。新闻说凶手撞倒她后还倒车再次碾了过去。"

"你们根本不该看新闻。昨天法官有讲，你们都没听吗？"最年轻的陪审员斯宾塞说。

安妮惊慌起来，脖子涨红。贝齐把斯宾塞赶走，仿佛他是讨厌的苍蝇。

"我们昨天才认识她，今天她就死了，这才是重点。"贝齐说。

"不，重点是，法官叫我们做什么，我们就乖乖听话。每天都有人死。我不是想说什么不好听的，但真的，那又怎样？她又不是谁的朋友。"斯宾塞说。

凯恩从座位上站起身，掏出钱包，拿出一张20美金纸钞摆在桌上。

"我昨天跟布兰达交谈过，她似乎是个好人。我们认不认识她，这不是重点。我们都在同一条船上。我是不知道你们，但如果我明天就死掉，我会希望在场的人中有人在乎。我提议我们出点儿小钱，一起送个花圈纪念她。这是我们最起码能做的。"凯恩提议道。

陪审员一一掏出钱来，嘴上还说着"说的没错"，或"可怜的女人"，或"咱们也写张卡片吧"。除了斯宾塞，他只是双手环胸、重心放在屁股上，一动不动地站在那里。直到一位男性陪审员瞪了他许久，他才翻了个白眼儿，掏出一张10美金纸钞。

"得了。"他说。

微小的胜利。凯恩知道这种细微的举动非常重要，一开始只要来上一两招即可。只要这样就能稳住他在团体里的角色。凯恩把钱整理好，问安妮是否愿意帮忙买点儿慰问的东西。

她完全不介意，一边收下钱，一边对凯恩面露微笑。

"你真贴心。谢谢，我是说，谢谢大家。"她说，情绪有点儿卡在喉咙里。她咽了咽口水，把钱放进皮包里。

陪审员感觉好一点儿了。

凯恩坐了下来，回想起他的雪佛兰索罗德皮卡车车头撞碎布兰达头骨的声音，跟一种坚硬、中空的物体敲击金属时发出的声音一样，还有在那之前不到一秒钟时间里发出的碎裂声，时间太接近了，几乎分不出那两个声音。不过，真的有两个声音，两组声响。就跟吉他的和弦一样，锁骨与脊椎骨分家的回声。对凯恩来说，那声音听起来如旋律一般优美，仿佛是交响乐团在序曲前发出的单一响声。

凯恩喝了一口温水，抠起毛衣上的毛球来，想起皮卡车令人失望的第二次无声碰撞，当时，他正在倒车回碾她的脑袋。

凯恩心想：哎呀呀。

陪审团评议室的后门开了，法官走进来。他的黑色西装外披着黑色长袍。

大家都静了下来，集中注意力在法官身上。安妮很紧张，仿佛是

THIRTEEN

她违反了什么她根本不了解的规矩,然后在众目睽睽之下被逮到。凯恩靠向前,轻拍她的手臂。

福特法官把大手压在桌面上,俯身上前,轻声说话。他开口的时候,目光扫视过整个空间,偶尔落在某几位陪审员身上。

"各位先生、各位女士,我有一个令人担忧的消息。我觉得我有必要私下告诉你们。相信我,等会儿我会跟检、辩双方讨论这件事。非常重要。不过,我希望你们先听我说。今天早上,我接到警察局长的来电,警方有理由相信在场的各位都有危险。"

卡普法律事务所

纽约州纽约市时代广场 4 号康泰纳仕大厦 421 室

极机密

律师委托人工作成果——陪审员备忘录

被告：罗伯特·所罗门

地点：曼哈顿刑事法院

陪审员：安妮·科佩尔曼

年龄：27 岁

圣艾夫斯幼儿园的老师。没有孩子。订阅《纽约客》。弹钢琴、吹单簧管。父母双亡，母亲生前是家庭主妇，父亲是纽约市公务员。没有经济困难。社交媒体兴趣——点赞过"黑人的命也是命""伯尼·桑德斯""民主党"等。自由主义者，喜欢《马赫脱口秀》。

表决无罪概率：64%

阿诺·诺瓦萨利奇

THIRTEEN

00:29

电梯门打开，疯狂的场景就此流泻而出。

首先，身穿绿色外套的男子如同从大炮里喷射出来的一样，猛然退出电梯。他撞到对面的电梯门上，一同摔落的还有一台看起来很昂贵的摄影机。

一整个方阵的黑衣安保人员以流畅整齐的动作走出电梯。我可以看到位于中央的是博比·所罗门的脑袋。鲁迪在他身边。一旁的楼梯间门爆开，整群摄影师跟跑进战场的士兵一样冲了出来。另一部电梯抵达，又是一群记者跟摄影机拥入。镁光灯不断在走廊上闪着，麦克风与提问不停刺探安保人员围起的圈圈，寻找着薄弱点。

我跑向法庭，将两扇门拉开。安保人员加快脚步，把逼近的媒体向后推。

老天，这根本就是个马戏团。

安保人员拉着他们正在保护的对象，直接跑向门口。我抓紧时间闪开，如果我待在门口，我会被压扁。身着黑色飞行员夹克的壮汉转身，在摄影机前方关上法庭大门。

我转过身。除了书记官及几位法警外，法庭里没有其他人。

安保保护圈解散，几名安保人员提着手提箱——就跟霍尔滕用来装笔记本电脑的一样。他们走到法庭前方。我看到博比蹲在走廊上，气喘吁吁。鲁迪拍拍他的背，跟他说一切都没问题。

我走到鲁迪身边，表示要找地方跟他说话。他拉起博比，调整好博比的领带，替他理理西装外套，然后拍拍他的肩膀，要他坐进辩方席。我跟鲁迪走到法庭后方，把我有关1美金杀手的理论说给他听。

他点点头，一开始还算客气。我越说，鲁迪越不感兴趣。我从他咬上唇的举动看得出来，他的情绪逐渐紧绷。他的双手动作不断，他很紧张，也很焦虑。任谁担任这种大案子的首席律师都会有这种反应。

"这个调查局探员，德莱尼，她会出庭证实这项推论吗？"鲁迪问。

"我觉得不会。也许有办法跳过这个步骤，我们正在想办法。"

他抬起头，对我使了个眼色，点头说："好，现在如果你不介意，我要准备我的开场致词。哦，还有件事。"鲁迪要我靠上去，他压低声音对我开口。

"我们找你来对付这个案子的警察，我们都知道原因，对不对？艾迪，你是个士兵，如果你识破条子的谎言，我就把你扛在肩上离开。如果你办不到，啊，我们都期待你会自己抱着那枚手榴弹，保护客户不受伤害。假设这种状况发生，你就会从这个案子里消失，如同一开始就没有加入过一样，这你明白吗？我真的不希望你花时间与资源追踪那些根本派不上用场的线索。我们找你是有原因的，把这份工作做好就行，有问题吗？"

"我没问题。"我这语气是在告诉鲁迪问题可大了。

"行。你的购物清单已经买回来了。我的助理把东西全放在走廊尽头的物证存放室里了。如果需要的话，他们会把东西拿过来。"

说完，鲁迪就离开了，坐到辩方席博比旁边的座位上。鲁迪与博比轻声交谈，想要让他冷静下来。我距离他们至少有15米远，但还是看得到博比后背及肩膀打战的模样。阿诺·诺瓦萨利奇坐进辩方席最角落的位子，开始整理起文件来。

等到我坐进辩方席的时候，我已经冷静下来了。没必要现在跟鲁迪吵，要吵可以晚点儿吵。坐下来让我的胸腔受到压迫，我就着水吞了几颗止痛药。站着感觉没这么痛。现在开始，我会长时间坐着。断

THIRTEEN

裂的肋骨至少能让我不会一直注意到我的头痛。

法警开了门，熟悉的叫喊声又出现了。我看到阿特·普莱尔走进法庭，身边还有好几位捧着沉重纸箱的检察官。普莱尔看起来派头十足，身穿无懈可击的蓝色条纹定制西装，板正的白色衬衫几乎会发光，还打了一条粉红色的领带。普莱尔喜欢粉红色领带，至少我听说是这样。他口袋里的手帕和领带是同一个花色。他的步伐也很特别，算不上盛气凌人，但也很接近。

他走向辩方席，向鲁迪温暖致意。他的牙齿似乎也接上了让他衬衫白到发亮的电源。

"阿特，好戏正要开演。对了，这是我的助理律师，艾迪·弗林。"

我起身，感谢这个动作暂时让我的肋骨舒服了一点儿，然后伸手，露出最灿烂的笑容。

普莱尔和我握手，什么也没说。他后退几步，抽出外套口袋里的手帕，就跟米其林三星餐厅的领班要给客人在大腿上铺餐巾一样。普莱尔脸上挂着笑容，却仔细地擦起手来。

"哎呀呀，弗林先生。咱们终于见面了。过去这 24 小时里，我听说了你不少事啊。"他的南方口音活脱脱像电影《欲望号街车》里演的一样。

普莱尔双眼炯炯有神，我感觉得到他黝黑的皮肤散发着满满的恶意。我见过这种人，法庭角斗士，案子不重要，有人受伤、死掉也不重要。他这种人把诉讼当比赛，满脑子只想赢；不止这些，他们只想压过对手，他们很享受这样的过程。我觉得恶心。我知道我跟普莱尔大概不会处得很好。

"无论你听说了有关我的什么好事，大概都不是真的。无论你听说了有关我的什么坏事，那大概都只是冰山一角。"我说。

他用鼻子深呼吸，仿佛他在空中闻到了什么恶意。

"我真希望你们能拿出最好的表现，先生们，你们会需要的。"普莱尔说完便退回检方席，一路上眼睛都盯着博比。

在他回到座位之前，有个身穿米黄色长裤及蓝色休闲西装外套的人去找普莱尔。那位先生穿着白色衬衫、打了红色领带，领口没扣起来，所以领带松松的。他的头发很短，双眼到处刺探，皮肤很差，真的很差，愤怒的红斑爬上他的领口，一堆黑头粉刺出现在脱皮的白色脸颊及鼻子附近。他惨白的肤色让皮肤上的问题显得很明显。他外套口袋上别着的记者证和背包说明了他的身份。

"跟普莱尔说话的人是谁？"我问。

鲁迪望了那人一眼，说："保罗·贝内蒂奥，他给《纽约之星》写名人花边专栏。这家伙真有两把刷子。他请私家侦探替他挖掘性爱故事。他是本案的目击证人，你看过他的证词吗？"

"看过了，但我不认得他的长相。他没说多少，只是臆测博比和阿蕾拉不合而已。"我说。

"没错，而且他不肯说明资料来源是谁。你看这里。"鲁迪在电脑上打开贝内蒂奥的说辞，指着最后一段。

"我的资料来源适用于记者特权。我不能说出对方是谁，也不会透露更多信息。"

"有后续追踪吗？"我问。

"没有，那家伙就是为了钱。没必要在他那种窝囊废身上浪费资源。"鲁迪说。

我注意到普莱尔跟贝内蒂奥没有握手。他们直接热烈讨论起来，没有笑容，没有任何招呼，直接切入正题。我听不到他们谈话的内容，显然这两个家伙早就认识了，且最近交谈过。其间，两位先生一度停

THIRTEEN

下交谈，朝我的方向看过来。

只不过，他们的目光绕过了我，直直对着我的客户。我顺着他们的目光望向博比，立刻明白他们为何注意到了他。

博比看起来就要失控了。他头发往后甩，手指在桌面敲击。他双腿激烈抖动着，椅子向后仰。我伸手要抓住他，但躯干一侧闪过的疼痛让我无法动弹。椅子翻了过去，我眼睁睁地看着博比翻起白眼，摔到地上。

他身体弯曲，口吐白沫。他挥舞四肢，然后摇动起来。阿诺是第一个蹲下去的人，他让博比侧倒，冷静地喊着他的名字。

"急救人员！"

不知道是谁在喊，可能是鲁迪吧。我们周遭立刻聚集起一群人。我蹲了下去，差点儿痛到晕倒。我扶着博比的头，拿出钱包塞进他的嘴里，免得他咬伤舌头。

"快去找急救人员过来！"

这次我听见开口的人是鲁迪。人群分散开来。我看见瓷砖地面上反射出摄影机发出的多次闪光。该死的狗仔队。贝内蒂奥也在其中，看起来有点得意。一位身穿白衬衫、肩上有红色闪电标志的女性突破人群，将贝内蒂奥推到一旁，她手里提着急救箱。

"他有癫痫吗？"医护人员大喊，同时，跪在博比身边。

我抬头望向鲁迪。他愣住了。

"他有癫痫吗？他在吃药吗？他有没有过敏史？快一点儿，我必须知道这些信息。"医护人员急切地问。

鲁迪犹豫了。

"快告诉她！"阿诺高喊。

"他有癫痫，他正在服用氯硝西泮。"鲁迪说。

"退开，给我们一点儿空间。"我说。

人群散开，我看到普莱尔站在法庭另一端，靠在陪审席上，双手环胸。

那浑蛋脸上还挂着笑容。他到处张望确保陪审席后没人，然后掏出手机，开始编辑信息。

00:30

凯恩知道接下来会发生什么事。

法官开始跟其他陪审员解释，多数人完全不能接受。

"警察局长刚刚通知我，他们无法排除布兰达·科沃斯基遭到刻意谋杀的可能性，因为她选择接受这次担任陪审员的义务。事实上，他们掌握了证据，证实这不是一般的意外。各位也许在新闻上看到了，撞击布兰达的车辆甚至还倒车回来，再次碾过她的身体。因此我们必须采取行动确保各位的安全。"法官说。

最先开口的人是斯宾塞。

"我就知道，我……老天啊。要采取什么样的行动，老兄？我是说，大人。"

凯恩看着福特法官冷静的神态。他肯定已经料到某些人的反应了，他还挺有同理心的。

"午休时，各位可以回家，打包一些衣服。每位陪审员都会有警官陪同。今天开庭结束后，会有人带你们入住旅馆，诉讼期间你们就住在那里，同时会有武装安保人员看顾你们，确保你们的人身安全。"

法官说。

哀号、抗议、诧异、泪水。

凯恩努力做出这些情绪反应。

法官的态度很坚决，他说："这种大案子肯定会引发媒体关注，总是可能需要隔离陪审团。相信我，这不是草率的决定，我确信这是必要的预防措施。我事先告诉各位，也许你们需要联系家人、亲友，也许有人需要安排晚上孩子接送的问题。开庭之前，各位有 30 分钟的时间联系。"

一大串抗议与疑问抛向法官，全都来自男性陪审员，法官则慢慢离开评议室。其中一个问题凯恩听得最为清楚，它来自身穿浅蓝色衬衫、打着领带的男子——曼纽尔。

"大人？大人？我们会住在哪里？"他问。

凯恩从座位上倾起身，想要尽量隔离开嘈杂的背景声。

"法院会立刻安排。"法官如是说，然后就离开了这个房间。

凯恩点点头，内心感到一阵欣喜。他早料到会有这一刻。事实上，他指望的就是这一刻。法院会做出安排，但凯恩已经知道今天傍晚 5 点的时候，陪审团会前往何处。

而凯恩自己早就做好了安排。

卡普法律事务所

纽约州纽约市时代广场 4 号康泰纳仕大厦 421 室

| 极机密 |

律师委托人工作成果——陪审员备忘录

被告：罗伯特·所罗门

地点：曼哈顿刑事法院

陪审员：斯宾塞·科尔伯特

年龄：21 岁

  联合广场那家星巴克的咖啡师。周末在曼哈顿多个夜店担任 DJ。单身。男性。高中毕业。民主党党员。选择非传统的生活方式。经济状况不佳。父亲已过世。母亲健康状况不佳，住在新泽西，由斯宾塞的姐姐潘妮照顾。

表决无罪概率：88%

阿诺·诺瓦萨利奇

THIRTEEN

00:31

我跟鲁迪看着博比在急救区慢慢苏醒。他一开始意识很混乱，不知道自己身在何方、发生了什么事。医护人员让他喝了点儿水，要他躺着休息。鲁迪站在墙角处，对着手机咆哮："他还没玩儿完，还早着呢，再给我一点儿时间！"

虽然我只听得到一方的说辞，但没关系，我能感觉得出来事情不顺利。

"媒体看到又怎样？他还是一线大明星。给我两个星期，我就可以……"

电话另一端的人挂断了电话。鲁迪把手臂向后一弯，准备把手机砸向墙面。最终，他只是咒骂了几声，放下了那只握着电话的手。

急救区有一张小床，床头柜有好几个抽屉，里面都是止痛药和绷带，除颤仪摆在靠墙壁的一个盒子里。鲁迪轻声请求医护人员给我们一点儿时间私下谈谈。她离开前特别吩咐我和鲁迪，至少再让博比躺上15分钟，让他慢慢清醒过来。

"我在法庭后面看到两名记者，按规定他们最后才能进场，显然他们偷溜了进来。他们旁观了全程，还拍了照片。今晚就会上头版头条。"鲁迪说。

"我已经不在乎了。我还有很多角色可以演。"博比说。

"等等，我没跟上你们。博比癫痫发作跟他演什么角色有什么关系？"我问。

鲁迪叹了口气，低头看着地板，说："今天以前，没有人知道博比有癫痫。如果哪个明星忽然癫痫发作，从台子上摔下去，那他就不能主演预算 300 万的大电影了。光是博比的保险费就高达 5000 万美金。电影公司把博比当成新一代的布鲁斯·威利斯。现在一切都泡汤了。"

"眼前还有比他演艺生涯更重要的事吧?"我说,"像是他因为谋杀而入狱之类的?"

"我知道,但我们无能为力。博比,我很遗憾,电影公司本周五就会上映那部电影,而且他们要求事务所从你的案子中撤出来。"鲁迪说。

博比说不出话来,他闭上双眼,向后躺下。就跟一个即将摔下陡峭悬崖的人一样。

"他们不能这么做。"我说。

"艾迪,我试过了。因为要打官司,那些海报才会出现。他们不需要准备太久,他们也不需要花多少钱打广告。电影公司现在有全世界铺天盖地的免费宣传。但外界知道博比患有癫痫病,这点对电影公司及博比的合约有害无益。他自己很清楚,合约是他签的。我试着说服他们缓一缓,让我们把法律流程走完,确保博比能无罪释放。但他们没看出这有什么意义,他们已经不想冒险等待无罪宣判了。他们要在他仍是无罪的情况下上映电影。"

"我们不能抛下他。"我说。

"说已经定了。我很难受,但我的客户是电影公司。我会跟法官说一声。博比,你的案子要延期审理了。"

博比什么都听到了。什么电影明星,就我看来,他现在就像个被吓坏的孩子。他双手掩面,哭到肩膀都在颤抖。

鲁迪离开急救区,还转头对我喊话:"艾迪,我们要走了。"

我没有动。

鲁迪停下脚步,走了回来,直接把话说开。

THIRTEEN

"艾迪，出钱打这场官司的是电影公司，他们才是我们的客户。你现在跟我走，明天就能开始你的新工作，薪水优渥，工作轻松。走吧，你值得这份工作。我们别无选择。"

"所以，你之前天花乱坠说你相信博比的那番话，只是想骗我上船？现在，你要在谋杀官司审理的第一天抛下这个家伙？"

"官司还没开始。我会跟法官讲，他会延后审理，直到博比找到新的律师。听着，艾迪，我不是坏人。我没有要抛下博比的意思。我每年要支付 1700 万律师工资。我会跟我的客户一起走，你也是。现在走吧。"他说。

如果我放弃这个机会，之后就再也遇不到了。这份工作是我挽回与克莉丝汀关系唯一的机会，这机会可以让我有稳定的工作、轻松的生活，没有压力，没有风险，家人不会遇到危险。如果我接受卡普法律事务所的工作，那我还有机会挽回我的妻子。没有这份工作，她绝对不会相信我一开始有过机会。我还是艾迪·弗林，满嘴谎言的大骗子。

我吐出一口长而平稳的气息，然后点点头。

我走向走廊，跟着鲁迪前往电梯间。他拉好领带，按下按钮等电梯，看着我走过来。

"聪明的孩子。"鲁迪说。

我低头站在那里，一言不发。电梯门开了，鲁迪走了进去，而我则没有动。

门要关了，鲁迪伸手挡住电梯门。

"走了，艾迪，该离开了。案子结束了。"他说。

"不。"我说，"这个案子刚刚开始。谢谢你给我的工作机会。"

我转身离开转角处，朝急救区前进。电梯门在我身后关上。那个医护人员回来了,她正想安慰博比。我站在门口,看见他脸上湿湿的,浑身是汗。医护人员想让他躺着,但他十分抗拒。

"我可以进来吗?"我问。

他点点头。医护人员退后。博比用拇指拉开衬衫袖口,抹了抹脸,吸了吸鼻子。他的脸色看起来很苍白。我看见他还在颤抖。他说话的声音听起来就像暴风里树枝折断发出的声响。

"我不在乎电影公司,我只想快点儿结束这一切。阿蕾拉和卡尔不是我杀的。我需要有人相信这一点。"

天底下没有任何被告对指控自己犯罪的官司的反应是一样的。有些人从第一天就崩溃了;有些人根本无所谓——这种人坐过牢,他们完全不在乎蹲监狱这件事;另外一些人则会在不同阶段有不同的反应,他们一开始非常骄傲,过度乐观,等到开庭日期越来越近,他们会越来越有信心,但同一时间,焦虑感也随之高涨。侵蚀信心的是令人瘫痪的恐惧。而当司法机器终于在开庭首日开始运转时,这种人就整个垮下来了。

博比恰恰就是最后这种人。谋杀官司开庭第一天,要么鼓起勇气,要么一蹶不振。毋庸置疑,博比属于后一类。

"看来你需要新律师了。"我说。

他一度双眼半合。压力从他的肩上消失了,他的肩膀放松了一下,但轻松感没有维持太久。

"我给的钱不会有电影公司那么多。"他说。我看到他的肩膀又弓了起来。焦虑重新回到他的脸上。

"冷静点儿,鲁迪已经给我够多钱了。我还在花他的钱,但你是我的客户。如果你接受我,我会想尽一切办法替你辩护。"我说。

他伸出手,我握住他的手。

THIRTEEN

"谢谢……"

"先别谢我。博比，我们还在这摊浑水里呢。"

博比仰起头，发出一阵紧张的笑声。随着他回到现实，笑声戛然而止。

"我知道，但至少我不是独自面对这一切。"他说。

00:32

陪审员必须习惯等待，而这是大多数人不擅长的事情。他们会焦躁不安、愤怒或感到挫败，因为他们觉得自己的时间被浪费了。凯恩进行过很多次等待的练习，他很有耐心。陪审员评议室的老旧暖气开始发出运转的声响，管线也嘎吱作响。外面很冷，而室内的暖气系统需要好好修理一番。

凯恩静静地待在座位上。其他的陪审员要么坐立不安，要么自顾自地倒咖啡、闲聊。女陪审员们还在谈布兰达的事，男陪审员已经开始聊体育运动了，除了斯宾塞，他对体育活动没什么兴趣。一片洁白的雪花飘在空中，这时，他望向窗外。

斯宾塞拿出钱包，翻了翻，只有寒酸的几张纸钞。他转头对凯恩说："一天 40 美金。我才不会因为区区 40 美金就让一个人下半辈子都在牢里度过。"然后他咂起嘴来。

凯恩在辩方团队偏好的陪审员参加的会议上看过斯宾塞的照片。某些陪审员会认同执法人员，因为他们是权威的象征；有些人则会想象自己是被告。斯宾塞属于后者。实在不难看出辩方为什么会希望他加入陪审团。

"你觉得我们什么时候会拿到钱?"斯宾塞问。

凯恩摇摇头,没有答话。

凯恩心想:钱总能带出人最卑劣的本性。他想起许久以前的那个夏日的午后,也许是他10岁生日后一个星期的事。他妈妈站在厨房水槽边,阳光照射在她的秀发上。她一边听音乐,一边洗碗。她的洋装穿了好久,衣料被洗得又薄又透。她跟平日下午一样,喝了两杯酒。当她从水槽边退开,转过身来的时候,阳光照透了她的洋装。她摇摆着秀发,肥皂泡沫从洗碗刷上飘下来,飞到凯恩鼻子上。老农舍地板在炎热的天气里配合音乐节奏发出声响。

凯恩记得自己在笑。他心想也许这是他最后一次真心觉得快乐了。

也是那天下午,那个男人来了。凯恩当时坐在他几年前摔下来的秋千上。太阳低低地挂在天边,他坐在秋千上前后摆动双腿,树枝发出声响。然后,他听到玻璃碎裂的声音,以及尖叫。一开始他以为那是风声,或来自系着秋千的绳索,但很快他就意识到那声音来自别处。他跑向屋内,喊着他的母亲。

他发现她倒在厨房地板上,脸上有血。一个黑色的庞然大物站在她上方。

那个男人有着深棕色的头发,身穿肮脏的牛仔裤与不怎么干净的衬衫。他闻起来跟周日傍晚的牧师一样,身上弥漫着古怪、粗俗、甜腻的气味。妈妈说那种气味叫波本威士忌。男人转过头来,泛着血丝的双眼直盯着凯恩。

"所以这就是那男孩儿。"男人说。

"不、不、不,我说过了,你不要再来这里了……"他一掌扇过去,妈妈闭嘴了。

"去外面待着，我等等再去找你。"说完，男人转回头去，对凯恩的母亲说："他长得一点儿也不像我。好。这代表我们可以继续我们的小约定了。好久不见了。"

凯恩的母亲尖叫起来。男孩跑上前，忽然间，他发现自己正身处厨房。男人反手将凯恩扇到另一边去，长茧的手拍在凯恩的脸上，发出巨大的声响。凯恩的母亲甚至以为他死掉了。他的头撞在远处的墙壁上，整个人瘫倒在地。

母亲叫得更大声了。

凯恩感觉脸颊上有温温的湿润感。他从地上爬起来，伸出手，看见自己的鲜血。刚刚那一击让他的脸受伤出血。多数男孩儿应该会晕过去、痛得尖叫，或怕得缩在角落里，但凯恩只感到怒火中烧。这个男人伤害了他，也伤害了他的母亲。

凯恩立刻跑到水槽边。他看到了妈妈的那把大菜刀，黑色刀柄从洗碗槽里伸出来。妈妈一再警告他不准碰这把刀，而当凯恩碰触到刀子的时候，他只希望妈妈会原谅他。

男人困惑地抬起头。他明明已经把男孩儿的脑袋给打掉了，现在这孩子却站在他面前。男人困惑的神情持续挂在脸上。然后，他的左侧脸颊下垂，左眼也下垂，而右眼变成了白色，就跟碰到什么开关一样。不过，凯恩知道男人的眼球只是迅速向上翻而已。

凯恩的母亲在那个男人倒在地上的时候爬了起来。她紧紧抱着他，摇晃他的身子，唱歌给他听。这个过程中，凯恩一直望着从男人脑袋里插出来的大菜刀刀尖。

凯恩找来一台生锈的老推车，母亲把尸体推到屋后空地上。他知道妈妈要做什么。他尽了最大的努力不让她在这件事里陷得太深，但他知道这么做没有意义。她朝着一大片长着苔藓的小山丘前进。小山丘后方是一片窟窿。如果把人埋进去，基本上要站到山顶才会注意到底下有尸体。

到小山丘最高处时，推车从母亲手里滑了下去，男人的尸体也摔了下去，跌进窟窿底部。泥土的颜色很深，摸起来很软。凯恩刚刚扛来的大铲子很容易就挖开了泥土。

没过多久，凯恩的母亲就挖到第一具骸骨，小小的骸骨。她继续挖，找到更多动物的骨头。通通都埋在浅浅的潮湿泥土之下。她没有对凯恩说一句话，母子联手埋了那男人。

大功告成后，凯恩的母亲浑身上下都是血迹与泥巴，她蹲在儿子身边，用双手捧着他那沾满泥巴但柔软的小脸，说："我不会把动物的事说出去，我一直都知道是你。这一切都是秘密，只有天知地知，你知我知。我发誓不会说出去，你也能发誓吗？"

凯恩点点头。直到多年后，他们都从未再提起过这件事。他在15岁时才知道真相。母亲告诉凯恩，那个男人是她的亲戚。凯恩的外公过世时把老农舍留给了她，这位亲戚曾出钱相助。他是一名工人，在郡里到处打工，只要女人愿意，他就会拿出钱来。凯恩的母亲当时走投无路，没饭吃，只有一堆账单，还有她无法独自打理的土地。男人的钱让她重新开始。她告诉凯恩，她恨透了跟那男人在一起的一分一秒。而凯恩的父亲也不是什么死在异乡的海军士兵，他的父亲就是这个男人，他们一起亲手埋葬的男人。

她告诉凯恩她很抱歉，但她当时真的很需要钱。

凯恩说他明白。他真的明白。

另一件事他没有跟妈妈说，他知道这件事永远不能告诉任何人，那就是当他把大菜刀插进男人脸上的时候，他觉得很美妙。

真的很美妙。

THIRTEEN

随着日子一天天过去,那种美妙的感觉越来越难以复制。

凯恩眨眨双眼,放下回忆,然后再次望向斯宾塞。他知道他必须解决掉跟斯宾塞一样的陪审员,某些人是说不动的,无论法庭内发生什么事,无论陪审团里吵得多凶,斯宾塞永远都会投无罪票。那个音乐家曼纽尔也一样,他是辩方喜欢的另一个陪审员。

凯恩已经冒了太大的风险,他不能再冒险让评议室里的陪审员分崩离析,他必须在走到那一步之前,先解决他自己的问题。

凯恩非常清楚该怎么处理斯宾塞和曼纽尔。

卡普法律事务所

纽约州纽约市时代广场 4 号康泰纳仕大厦 421 室

| 极机密 |

律师委托人工作成果——陪审员备忘录

被告：罗伯特·所罗门

地点：曼哈顿刑事法院

陪审员：伊丽莎白·穆勒（小名贝齐）

年龄：35 岁

  家庭主妇，有五个不满 10 岁的孩子。丈夫是工地建筑师。周末担任空手道教师。支持共和党。未缴纳停车罚单（不影响担任陪审员并履行相应义务）。经济状况紧张。翻新家具并放在网上售卖。社交媒体——使用脸书和 Instagram，主要看与武术及格斗节目相关的视频。

表决无罪概率：45%

阿诺·诺瓦萨利奇

THIRTEEN

00:33

书记官打电话来请医护人员转告我，哈利想在他的办公室见我和检察官。我只得把博比留在急救区，自己先回去。

回到法庭里，我看到辩方席上只有一台笔记本电脑，而且还是我的电脑，里面有一个可以打开的压缩包，这是与案件有关的档案。至少我还有档案。

"嘿，介意我留下来吗？"一个声音问。

阿诺·诺瓦萨利奇在桌边坐下，拿出一沓厚厚的纸质档案，扔在我的电脑旁边，发出砰的一声。

"我以为你跟卡普一起走人了。"我说。

他把椅子向后推，面向我，说："我的费用之前就已经付清了。我想走随时可以走，但如何评估陪审员分析师的能力是靠最近的案子来决定的，这你很清楚。我必须待到案子结束，看看分析成果如何。我不知道，也许我帮得上忙。我从来没有在案子中临阵脱逃过。我很期待参与这个案子。"

"我很想解雇你，但辩方团队已经缺少人手了。再说，博比癫痫发作后，你是第一个帮助他的人。"我说。

"我是有一些软弱的时刻。"阿诺说。他打开档案，交给我一份文件。"这是我们重新评估过的陪审员名单。这是每位陪审员的基本资料。今早得到消息后，我就调整过了。"

"什么消息？"

"好吧，我不得不加上候补陪审员的名字。你瞧，原本的陪审员布兰达·科沃斯基昨晚被车撞死了。警方觉得案情疑点重重。我今早看到一位警司过来找法官。"

"见鬼。"

"这还要你说。"阿诺说,"书记官在找你。普莱尔已经过去等你了。你要想办法说服法官不要隔离陪审团。"

"你是在告诉我该怎么当律师?"我问。

"不是,但我不信任你;你也不喜欢我。咱们先开诚布公吧,然后从这个基础上共同前进。"他说。

我点点头,让阿诺把他的文件和档案摆在桌面上。我跟阿诺就是合不来。在大案子里,陪审员分析师是必要之恶。他们很烧钱,而且也不确定他们对于判决结果到底有多少影响。

不过呢,阿诺说对了一件事,隔离陪审团是开庭过程中最糟糕的事情,检辩双方都不希望事态演变至此。双方花了好几周甚至好几个月找出最理想的陪审员。通常辩方寻找的是有创意、能够展现出一点儿想象力的人;检方要的则是"工蜂",是乖乖听话求生存、不会因此抱怨的人。而双方都想尽办法让陪审团里充满他们想要的人。

辩方要的是思想家。

检方要的是军人。

但双方真正想要的是每一位陪审员都能够通过听取检方、辩方及证人证词做出自己的判断。陪审团应该是自由心灵的集合体,代表了不同领域多元的声音。

当陪审员遭到隔离,切断与外界的联系之后,他们的心态会开始改变。陪审团若花太多时间待在非正常生活状态中,他们会形成一种联盟,作为一方对抗那一方,而这里的"那一方"通常是指规定他们在诉讼过程中不能看电视、不能看报纸、不能回家的司法体制。陪审团就此不再是一个个独立的人,而是形成了集体的蜂巢思维。

THIRTEEN

这样的结果没办法满足检方或辩方的需要，因为没有人知道遭到隔离的陪审团会往哪里去。无论他们怎么走，通常都会非常迅速。他们会觉得无聊至极，受够了出庭过程及隔离生活的折磨，因此他们只会尽快提出判决意向，好结束这场苦难。被告有罪无罪已经不是重点，能够快点儿结束这一切，他们能够回家才要紧。

书记官站在前往后方走廊的门边招呼我。我走过去，穿过证人席，经过法官的位子，跟着她走出法庭，一路沿着冰冷的走廊抵达一个房间。普莱尔靠在哈利办公室外的墙壁上。书记官敲了一下门，然后让我们进去。

一直到哈利办公室的门打开之前，普莱尔都没说话。

"你的客户怎么样？"他问。

"他会没事的。"我说。

"请进，请坐。"哈利抢先在普莱尔能够多说什么之前开了口。

法官的办公室能够反映出他们的人格特质，但这个空间也是诉讼过程的正式场合，所以他们展现自己空间的程度还是有限。除了几张哈利在越南身穿军服的照片和他与滚石乐队主唱米克·贾格尔的合照外，其实这里没有太多展现他个人风格的物品。

书记官坐在角落处的小桌旁。我跟普莱尔坐在哈利办公桌前面的皮椅上。我们等着哈利给每个人倒咖啡，包括书记官。哈利坐在办公桌后方，把文件推去一旁，这样他才好把手肘放上来。他靠上前，用两只手拿起咖啡杯。

"卡普已经走人了，这是我们的第一个问题。艾迪，我猜你需要延期审理。"他说。

"也许不用。"我说，"警方证人跟一些专家的问话我已经准备得差不多了。我可以应付这些证人。只要普莱尔先生今天不给我什么惊喜，我应该可以直接上场。如果我们在周五之前传唤警方证人与专家，那我周末就有时间准备一般证人的诘问。"

"说到证人，我看了你们的证人名单。阿特，你有三十五位证人；艾迪，你有二十七位。我觉得你们只是在吓唬对方。我看过审讯记录，阿特，这个案子你顶多只能传五六位证人。艾迪，你名单上有一半的人我都不确定。我很感谢鲁迪列出这份名单，但说真的，这个加里·奇斯曼到底是干吗的？"

开庭时列一张长长的证人名单的确是个聪明的办法。你得把能想到的人通通列上去，免得到时候你真的需要他们却又想不起来谁是谁。此外，加上几个额外的人，只是要扰乱你的对手，让他们浪费时间去研究这些人。

"哈利，我不会一一浏览我的名单，讨论这些证人到底适不适合。如果阿特能够缩减名单，那很棒，我也会删掉几个人。我懂你的意思，这名单是拿来炫耀用的。如果我们能够免了这些狗屁，也许只要十天这场官司就能结束。"我说。

"不，我们会删减名单，而且在星期五之前就要结案。"哈利说。

"星期五？哎呀，这也太有野心了。"普莱尔说。

我们都沉思了一下，喝口咖啡。哈利把杯子放下，双手交扣，手肘撑在桌上。他把下巴轻靠在交握的手上，说："我已经隔离陪审团了。我的司法自由裁量权要我这么做，我不希望听到任何抗议，因为我不会改变心意。我很担心这个案子。"

"因为科沃斯基小姐的事？那显然只是一场不幸的悲剧。"普莱尔说。

"今早纽约市警察局有人过来，他们很确定科沃斯基小姐是被锁定的目标。她是一名图书管理员，社区的人都认识她，也敬重她，除了

THIRTEEN

她成为这个案子的陪审员外,凶手没有其他明显的动机。"

"就我看来,这也扯得太远了,法官。"普莱尔说。

"在这里,你们可以叫我哈利。也许是扯得有点儿远,但如果我不隔离陪审团,又有人出事的话……"

"哈利,你觉得该怎样就怎样。警方说过他们为什么会觉得她是谋杀目标吗?"我问。

"没有,但他们还在调查。所以,两位,重新看看你们的证人名单,删掉一些人。如果你们传唤了我觉得不重要的对象,你们就会得到应有的惩罚。这场官司拖得越久,陪审团就越容易暴露在镁光灯下。阿特,你要先传唤谁?"哈利问。

"首席警探。加上开场陈词,我们可以今天就让他结束做证。"普莱尔说。

哈利点点头,问我:"我听说你的客户癫痫发作,他还好吗?"

"应该吧。这场官司越快结束越好。"

我们一起离开哈利的办公室,书记官则留下来给法官准备档案。我们知道该怎么出去,无须带路。

"只是好奇,加里·奇斯曼是何方神圣?我的助理检察官在网络上查了好久,完全找不到专家或者任何叫这个名字的人跟这宗命案有丝毫联系。令人诧异的是,全美有不少名为加里·奇斯曼的人,我很想知道他昨天为什么会出现在名单上。"普莱尔说。

"我也许不用传唤他。目前只能言及于此。"

"哎呦,我知道我跟鲁迪的交战会很愉快,但他抽身了,真可惜。希望你不会让我失望。"

我摇摇头。普莱尔这种人让我恶心。他在这场官司里得到了快感与金钱。到最后所有人都会对死尸、悲剧、人与人之间的恶行感到麻木。但我的恶心不一样，那不是愤世嫉俗或与之类似的情绪，那只是纯粹的恶心。多年前我就发誓，如果我看到命案现场，而对受害者毫无同理心，那时就是我该离开这个行业的时刻了。

"我明白你想赢，没问题，但现在不是在比谁尿得远，普莱尔，那可是死了两个人啊。"

"审判出结果后，他们也不会起死回生。"普莱尔说。

我打开走廊尽头的门，走进法庭之中。里面人山人海，有记者、电视新闻主播、阿蕾拉·布鲁姆的影迷，还有几个博比的影迷。这里真他妈的像个马戏团啊。

普莱尔跟着我走进法庭，看了看满座的旁听席，说："有件事你说错了，这的确就是看谁尿得远的比赛。等到一切尘埃落定后，重点在于谁的律师最强。你的裤子长到你可以理解这种事情了，孩子。到了星期五的时候，就会是我站在摄影机前面，替那些受害者伸张正义的表演。我已经二十年没有输过官司了，我也不打算输掉这场。"

他对着旁听席及站在法庭空地上的人露出那口雪白的牙齿，双手高举过头，准备迎接他的胜利。人群鼓掌，有人吹口哨，博比的影迷则发出不满的声音，但他的影迷人数实在不多。阿诺带着博比回到法庭，他们两个人耐着性子坐在辩方席上。博比看起来面色苍白，额头有一抹汗水。我在他身旁坐下。

"看来大家都觉得我有罪。"博比说。

"别担心这个。"我说，"等到今天这里的一切结束后，事情就会不一样了。别在乎这些人，法庭上唯一重要的就是陪审团。只要他们公正，我们就没问题。"

"说到陪审团，你看了新的名单没？"阿诺问我。

THIRTEEN

我打开他给我的名单，研读了起来。该好好认识陪审团了，十二名陪审员，十二颗脑袋，全都不是我期待的最佳人选，但显然也不会是最糟的。我有三天时间让他们成为我的人。此时，我的手机振动起来，是哈珀发来的信息。

休会时来找我和德莱尼。我们查到了更多的受害者。

00:34

凯恩在坐到陪审团座位上的时候跟丽塔有些肢体碰撞。她挪开些，让他坐下。他是后排的最后一位陪审员，靠近出口。斯宾塞坐在他前排靠右边的位置上。如果凯恩直直望着前方的证人席，就能轻松从后面望到斯宾塞的肩膀。

太完美了。

每位陪审员都有一个红色硬壳档案夹式的审讯文件册，还有笔及笔记本。福特法官指示陪审团将卷宗放在脚边，若有需要，他或律师会请他们翻看相关页面。他们可以自由记笔记。

除了卡珊德拉之外的女陪审员都翻开笔记本，将笔拿在手上，斯宾塞也是。曼纽尔则把笔记本摆在腿上，咬着刚拿到的笔。其余男性都把东西放在地上，两腿分开到其他人可以容忍的程度，然后双手环胸。

旁听席观众的音量已经提高了起来，空间中充满兴奋感。爱来法庭凑热闹的人、犯罪小说作家、媒体记者、电视记者通通七嘴八舌地聊了起来。命案没有公开太多细节，只有基本的案情，光是如此就足以让每日新闻叫个不停。他们也只有那些信息能一而再再而三地报道，但没有真正的作案细节。凯恩知道《华盛顿邮报》将本案的审判封为"世纪审判"，目前是没错，但等到下一场名人大谋杀出现后，这几个字又会出现在别的案子上。不过在下一场大案子发生前，就纽约及美国其他各地来说，这就是大新闻，能登上晚间新闻的大消息。

法官要求人们保持肃静，人群的嘈杂声降低了。凯恩扫视人群，在场有很多阿蕾拉的家人。凯恩望向辩方席，没看到鲁迪·卡普，只有辩方律师弗林与陪审团分析师阿诺·诺瓦萨利奇。

有情况了，也许所罗门炒了另一名律师，选择用弗林。凯恩心想：这可真是天大的错误啊。

检方先攻。凯恩最喜欢这部分了。

普莱尔起身走到法庭中央，面对陪审团。凯恩在后方都闻得到他须后水的味道，那气味很重，但不会让人不快。凯恩看到，检察官在开口前享受了一阵静默。法庭里每只眼睛都在盯着他。

普莱尔向陪审团走进一步，仿佛是跟着歌曲的第一声节奏起舞。他开始他的开场陈词。

"陪审团里的各位先生、各位女士，昨天在预先审查的时候，我有幸与你们其中几位交谈过，但我想我还是该自我介绍一下。我的妈妈总是告诉我要保持礼貌。所以，各位先生、各位女士，我叫阿特·普莱尔，我希望各位能记住我的名字，因为我今天会给你们许下三项承诺。"

凯恩坐直身子，注意到其他陪审员也做出了同样的动作。他看着普莱尔举起一根手指。

"一，我承诺我会向你们提供事实，证明罗伯特·所罗门冷血地谋杀了阿蕾拉·布鲁姆及卡尔·托泽。我不会臆测，也不会推论，我只会让你们看清真相。"

普莱尔举起两根手指。

"二，我承诺会让你们看清罗伯特·所罗门在命案当晚的行踪，这是他欺骗警方的谎言。他告诉警方，他是在午夜时分到的家。我们会证实这是谎言，而这是掩饰他作案的重要证据。"

三根手指。

"三，我承诺会向各位展示坚不可摧的鉴定证据，说明罗伯特·所罗门在命案当晚参与了作案。我会展示他的指纹与 DNA 出现在了某件物品上。罪犯在卡尔·托泽死后，还将这个物品塞进了他的喉咙里。"

一阵愉悦的冷战从凯恩心底散布开来。普莱尔的表现令人着迷。凯恩没听到过这么精彩的开场陈词。普莱尔终于把手放下了，这时凯恩必须压抑想鼓掌的冲动。普莱尔的声音充满对受害者的同情与同理心，提到所罗门时却又带着正直的愤怒。

"各位先生、各位女士，我会遵守我的承诺。如果我办不到，我就压不住我亲爱的老母亲的棺材板了。本案事关性、金钱与复仇。罗伯特·所罗门发现自己的妻子与他们的安保主任卡尔·托泽上了床。他一直知道他们二人之间有染，而他的婚姻已经到了破裂的边缘了。他用棒球棍重击卡尔·托泽的头部，然后一而再再而三地用刀子猛刺太太的身体。他折了一张 1 美金，塞进托泽的喉咙之中。也许他相信托泽想要的是阿蕾拉的钱，而他绝对不会让这种事发生。如果阿蕾拉死了，被告将会继承她所有的财产，共 3200 万美金。

"我会让各位看看他是怎么欺骗警方的。我会提供鉴定证据，证实他就是凶手。之后，就拜托各位了。各位，只有各位，拥有权力让这两位受害者应得的正义得以伸张。你们无法让他们起死回生,但你们能够让他们平静。你们可以认定罗伯特·所罗门有罪。"

普莱尔走回检方席,凯恩一路看着他,看着他拿出手帕擦嘴,仿佛他刚刚从双唇中吐露出怒火。旁听席里多数人在鼓掌,法官要他们安静。

凯恩微微探身上前,看着斯宾塞在笔记本上的字迹。他看得很仔细,甚至注意到字体的风格与大小,以及某些字母体现出的特征。当凯恩靠回自己的椅背时,他环视了一下陪审席。其他陪审员都沉浸在各自的情绪之中,有人在无意识的状况下点起头来。

凯恩心想:见鬼,这家伙可真行。

00:35

哈利说的没错,普莱尔在法庭上的确很专业。我一边听着他的开场陈词,一边仔细观察陪审团。

他讲完后,我望向博比。他浑身颤抖,靠过来对我说:"这完全是谎言。卡尔和阿蕾拉上床?如果真有这事,那我完全不知道。我向上帝发誓。艾迪,这完全是狗屁。"

我点点头,要他冷静。阿诺压低声音说:"普莱尔掌控了陪审团,你得把他们争取过来。"

他说的没错。普莱尔用了名为"数字真相"的老派律师技巧,一切都围绕着数字"3"。普莱尔所使用的每一个字都经过精心权衡、测试与排演。而一切都绕着"3"这个数字打转。

THIRTEEN

"3"是神奇的数字,"3"在我们的脑袋、文化及日常生活中扮演着重要的角色。如果你接到一通打错的电话,没事,这就是人生;如果接到第二通,没事,那只是巧合;如果来了第三通,你就会知道事情不对劲了。"3"这个数字在我们的潜意识里等同于某种真相或事实,似乎也带有神圣性——耶稣在第三天复活,圣三位一体,第三次的好运,还有三振出局。

普莱尔许下三个承诺,他提到"3",他举起三根手指。他讲话的韵律与节拍都环绕着"3"这个数字。

> 我不会臆测,也不会推论,我只会让你们看清真相……本案事关性、金钱与复仇……一而再再而三地用刀子猛刺太太的身体。

就连普莱尔的开场陈词结构也是建立在"3"这个数字之上的。

一,他对陪审团说,他会告诉他们三件事。二,他告诉了他们三件事。三,他把刚才要说的三件事告诉他们了。

他的确有本事让自己看起来志得意满。这样的开场排演充分、思想缜密,可以轻易操控人心,也极具说服力。

在我起身开口前,我望向博比担忧的目光。我知道他在想什么。他怀疑他是否找对律师了。他命悬一线,因为通常在谋杀官司上,被告是没有第二次机会的。

我不会觉得他是在针对我。如果我是博比,大概也会有相同的感受。我站起身,扣上西装外套的扣子,站在陪审席前面几厘米的地方。近到让人觉得有点儿亲密了。

普莱尔开口的时候,带有经验老到的演员的压迫感与威慑力;我则压低声音，只让陪审团听见，法庭后方大概就听不清楚了。普莱尔刚刚恫吓四座，其实他透露了自己的缺点——虚荣。

"我叫艾迪·弗林。我现在代表被告罗伯特·所罗门。我与普莱尔先生不同，我不需要各位记住我的名字。我不重要，我所相信的事也不重要。我不会向你们提出任何承诺，我只要求各位做一件事。我要你们每一位都遵守你们昨天将手按在圣经上时的承诺，你们发过誓，要替本案做出真实、正直的判决。

"要知道，当你们成为陪审团的一员时，你们就扛起了这份责任。你们要为这个法庭里的所有人负责，你们要为整个州、整个国家的人负责。我们的司法系统告诉我们，宁可放过百名罪人，也不能错关一位无辜之人。各位要为所有遭到犯罪指控的无罪之人负责，各位必须保护他们。"

我向前走了一步。两位女性陪审员及一名男性陪审员靠上前。我用双手握住陪审席的扶手，然后弯下身子。

"现在，我们国家的法律说罗伯特·所罗门是无辜的，检方必定会让你们改变想法。他们必定会用各种合理怀疑之外的手法说服各位相信罗伯特·所罗门犯下了这项罪行。各位要记住这点，各位能够确定检方提供的一切证据都是对的吗？都是真的吗？真的是这样吗？还是另有可能呢？杀害阿蕾拉·布鲁姆及卡尔·托泽的凶手是否另有其人？

"辩方会让各位注意到检方忽视的另一个对象。有另一个人，在命案现场留下记号。有另一个人，联邦调查局已经追踪多年。有另一个人，先前已经杀过人，好几个人。这个人是否就是本案的真凶呢？到这场诉讼结束时，各位就得扪心自问了。如果答案是肯定的，那各位就要让罗伯特·所罗门回家。"

THIRTEEN

我握着扶手，目光扫视每一位陪审员，然后回到辩方席。走回去的路上，我实在忍不住，望了普莱尔一眼。

他的目光清晰地宣布"比赛开始"。

这是我今天第一次看到博比眼中绽放出某种情绪，微小但重要的情绪。

希望。

阿诺靠上前来，做势叫我也靠过去。

"干得好。陪审团很吃这一套。有个陪审员……"他正要说下去，普莱尔起身了，阿诺看着他站起来。

"没事，不重要。"他说。

"检方传唤约瑟夫·安德森警探。"普莱尔说。

他没有让我的开场陈词在陪审团耳里回荡太久。他需要加快步伐，赢回陪审团，把他们留在自己那一边。我看过安德森的说辞。他是这个案子主要的负责警探。

一个身穿灰色长裤、白色外套的大家伙走了进来。此人身高一米九五，深色短发。他站上证人席，面向法庭。他有一双豆大的深色眼睛，留着一把浓密的胡子，没有脖子。他的右手打了石膏，一直裹到手肘处。衬衫袖子卷到石膏之上。

我昨天并不知道自己已经见过安德森警探了。他就是迈克·格兰杰警探那群人中的一员。这家伙想要在我胸口打出一个洞，但我用一记重拳侧击了他的手。

他已经认出我来了，我从他锐目光利的小眼睛里看得出来。

这是三天来我第一次稍微松了口气。如果安德森和格兰杰一样知法犯法，那他们对这件案子的确可能简单行事了。他们大概会走捷径、栽赃，只要能让嫌犯被定罪，不管怎么做都行。

接下来一定会很有趣。

卡普法律事务所

纽约州纽约市时代广场 4 号康泰纳仕大厦 421 室

| 极机密 |

律师委托人工作成果——陪审员备忘录

被告：罗伯特·所罗门

地点：曼哈顿刑事法院

陪审员：特里·安德鲁斯

年龄：49 岁

  原是前景光明的篮球运动员，19 岁时因为韧带断裂而结束了运动员生涯。布朗克斯的传统熟食及烧烤店的老板兼主厨。离过两次婚。有两个孩子。与家人没有来往。没有投票记录及政治倾向。喜欢爵士乐。经济状况不佳，餐厅在倒闭的边缘。

表决无罪概率：55%

阿诺·诺瓦萨利奇

THIRTEEN

00:36

"安德森警探，你举左手就行了。我看得出来你没办法拿圣经。书记官会带你宣读誓言。"福特法官说。

他看着警探复诵誓言，然后坐进证人席。同一时间，凯恩回想起辩护律师的开场陈词。他说有另一个嫌犯、另一个凶手，联邦调查局正在追查那个人。

凯恩回想起许久以前，母亲刚失去农场那会儿，他们搬到很远的地方，改名换姓，过起新的生活，一切重新开始。他的母亲一度非常开心。事实证明，新的身份会让人飘飘然。他的母亲试过一个又一个工作，能找的她都找了——服务生、清洁工、酒保、店员，但每次求职都以失败告终。同时，账单堆了起来，小小的咖啡色信封散落在潮湿公寓的各个角落。最后欠账实在太多了，房东就把凯恩及他的母亲赶了出去。

他们到处搬家，直到她终于在附近的工厂找到工作，之所以能找到，主要是因为没人想做那份工作。她负责清理之前不知道装过什么东西的大缸。她只对凯恩说是化学物质，但她也不知道是哪一种。日复一日，她每天回家都变得更苍白一点儿，更消瘦一点儿，更虚弱一点儿。直到有一天，她没办法出门工作了。他们没有健康保险，也没有钱看医生。而凯恩此时以前所未有的优秀成绩从高中毕业。虽然凯恩不断转学，但他的智商无疑很高，得到了布朗大学的奖学金。

他的母亲在他中学毕业后一周过世，死在他们那间肮脏狭窄的公寓床上。同一天，她收到工厂经理的来信，说她被解雇了。她在生命的最后时刻根本无法呼吸，每个小的动作都令她痛苦不已。凯恩知道他该动手结束一切。她不够坚强，但他知道自己必须坚强。要结束有很多办法：用手闷住她的口鼻、用枕头盖在她的脸上，或注射过量的黑市廉价吗啡也可以完成这项任务。凯恩觉得吗啡应该可行，但他不知道需要多少剂量。这些方法都可能让她受苦。他需要更有效率的方法，快一点儿的方法。

最后，凯恩找到了他认知里最快又最可靠的方法。

他去拿了他的斧头。

在他朝着她的脑袋劈下那同情的一斧前，凯恩的妈妈终于看清儿子变成什么模样了。

凯恩在她的钱包里找到20美金及43美分。他继续去翻母亲的东西，发现了一本剪贴簿，里面有母亲年轻时的照片，还有几张剪报，都是差不多六年前的同一则新闻报道：郊外农庄寻获掩埋的男性尸体，警方正在寻找前屋主及她的儿子。看到他的名字，他真正的名字，出现在报纸上，凯恩有种前所未有的感受。白纸黑字印在那里。

约书亚·凯恩。

他留下剪贴簿，跟几件衣服一起塞进包包里。

凯恩没有去念布朗大学，他早就知道自己无法继续读书了。某种程度来说，母亲的疾病算是一件好事，她病得太重，没有注意到从他房间里传出来的气味。5月31日举行毕业典礼，5月20日举办毕业舞会，这天晚上，他的舞伴珍妮·马斯基与一个名为瑞克·汤普森的同学一起失踪。警方在全州范围内对瑞克的车发出通告，却一无所获。警方在他们失踪后隔天搜查凯恩的家，最后只能跟他的母亲道歉，他们什么也没有查到。事后，他们向凯恩问话，整整三次，他每次都告诉警方同样的话。他的确跟人称"破锣嗓马斯基"的珍妮一起参加了舞会，但他们抵达会场后，她就跟瑞克跑了。之后他再也没有见过他们。

之后再也没有人见过他们。

凯恩背上背包，回到自己房间。他拿出一罐从邻居车上抽出来的汽油，洒在自己的床上、地板上、母亲房间及厨房里，但大部分汽油都浇在他卧室的地板上。他不希望警方知道他对珍妮的尸体做了什么。地板在高温燃烧后，警方大概会发现珍妮。

凯恩看了公寓最后一眼，然后划下一把火柴，扔下，转头离开。

他偷了一辆车，最后又忍不住绕到了水库。如果他们把水放掉，就会看到瑞克的车停在水库底部。他们会在车厢里找到他的尸体，而他的脑袋则塞在仪表板和油门拨杆之间。

这就是一切的开端，这是他必须独自走向世界的动力，带着使命前进。他的母亲死于追求美好生活的幻梦之中。可怜的美国人都有这种梦，相信如果他们够努力，他们就能成功。她在那种可怕的地方工作那么长时间，为的是什么？

43美金的报酬？他只认识他的母亲，现在她也走了。

凯恩知道他母亲追寻的梦想其实只是一个谎言。这个谎言持续存在于媒体及电视上。努力工作或意外获得幸运之神眷顾的人会被奉为偶像。凯恩则要确保这些人遭受到痛苦，因为他们有了这个梦想，因为他们替谎言锦上添花。哦，他必须让他们受苦。

现在凯恩坐在法庭上，他想起在母亲剪贴簿里看到自己名字出现在老旧剪报上的感觉。弗林开口时，他又有同样的感觉了。有另一个人，在命案现场留下记号。有另一个人，联邦调查局已经追踪多年……恐惧及满足的战栗感同时冲刷着凯恩，仿佛有一只冰冷、好客的手伸过来，碰触他的肩膀。

我知道你是谁，我知道你干了什么好事。

凯恩注意到自己的面具落下了片刻。他冷漠的神情、自然无害的肢体语言都随着涌入他脑袋的想法开始转变。他咳嗽，然后张望。陪审席里没有人注意到他。他望向辩护律师，弗林似乎也没有注意到自己。

事情有些不对劲，凯恩很清楚，他感觉到了。这不是来自回想过往任务所带来的快感，也不是怀旧心情所带来的微小满足。这是不一样的情绪。

这是恐惧。

他忽然觉得自己浑身赤裸，感到自己暴露了。虽然他急切地想要在法庭上张望，却不敢做出任何动作。他注意力全在弗林身上，用眼睛的余光扫视。

就在那里。

凯恩又看了一眼，现在他确定了。

陪审员分析师阿诺正目光严厉地盯着凯恩。他看到了什么，他看到凯恩的真面目了。

00:37

安德森迅速介绍他十四年来担任纽约重案组警探的经历，且马上进入正题。

"做这工作会看到很多，一阵子后，你就可以从命案现场了解谋杀案的做菜手法了。我的经验告诉我这是私人恩怨。"

我的经验告诉我,安德森满嘴狗屁。他逮到了他想定罪的对象,会想尽办法让其他一切说法都针对这个人。如果有什么证据无法证明所罗门是凶手,那么那项证据就会消失,或被视为不重要。

"安德森警探,为什么说这是私人恩怨?"普莱尔问。

"年轻女性及她的情人在床上遭到谋杀,在我看来是就是私人恩怨的。用不着佩戴警徽就能知道丈夫显然就是嫌犯。对,我觉得我们已经逮到凶手了。这凶手就是被告,罗伯特·所罗门。"

普莱尔停顿了一下,转身看着博比,同时确保陪审团跟着他的目光望过去,然后才转回去继续问话。

"警探,我现在要展示命案现场的照片。这是俯视阿蕾拉·布鲁姆及卡尔·托泽在床上的照片。拍照的人是命案现场的专业鉴识人员,就我所知,这些照片无疑可以列入展示照片1号。我只是想要先提醒陪审团及旁听席的大众,画面非常吓人。"普莱尔说。

我先前同意可以不用传鉴识人员到场。照片本身不会骗人,因此没必要浪费时间找鉴识人员做证人,再次证实这些照片没有造假。

加载照片的时候,我没有看证人席旁边的屏幕,我的注意力全放在博比身上。他闭上了双眼,低头面朝桌子。观众的惊呼声让我知道照片已经展示出来了。我听到哈利要大家肃静。

法庭里不能使用带有相机功能的手机,不会有照片出现在每日新闻上。而且画面也太可怕了。

博比望向荧屏,然后以手掩面。

阿诺耸耸肩,对博比点点头,然后对陪审团点点头。我知道他想告诉我什么,我也有同样的想法,博比的举动对他自己有害无益。

"博比,我要你看着荧屏。"我低声说。

"我办不到，没这个必要，那个画面一直留在我的脑海里，我想忘都忘不了。"他说。

"你必须看。我知道这很难，但是你才必须看。我知道你不想再看一次别人对你妻子做的事情，但我需要陪审团在你眼里看到这种心情。"我说。

他摇摇头。

"博比，艾迪这是在让你选择。"阿诺说，"你宁愿在接下来的三十五年中，每晚望着监狱牢房的天花板，还是愿意看看这张照片？现在就看着荧屏。"

我没想过自己会讲这种话，但我很感激阿诺在场。

博比吸了吸鼻子，深呼吸，然后听我们的话望向荧屏。

我不知道陪审团有没有看见，但我看见了。泪水在他脸上潸然流下，他的双眼诉说了痛失，而不是愧疚。

我向阿诺点头致谢。他斜眼看看我，然后也点点头。

"安德森警探，从这张照片以及受害者的受伤害状况来看，你能否告诉陪审团你相信命案现场就在这间卧室？"普莱尔语气冷淡地说，仿佛是在问安德森外面天气是否寒冷。

我也不想看这张照片，但我跟博比一样别无选择。我需要听安德森的证词。

老天，真是残忍。

画面上是两个人遭到凶残的暴行摧残，安德森与普莱尔却用稀松平常的目光望着荧屏。他们讨论这两名年轻人是怎么死的，口气不带任何感情。

"你会先注意到托泽先生的头朝下，且他的双腿弯曲。根据验尸报告，托泽先生死于头部重击。他头骨骨折，脑部严重受损。就算他没

THIRTEEN

有立刻死亡，这一击也会让他动弹不得。我的解读是罪犯肯定将托泽先生视为威胁。托泽先生受过安保人员的专业训练，先解决他是很合理的事情。在他熟睡时朝脑后用力一击就能造成这种伤害，同时这也解释了为什么他身上没有自卫的痕迹。"安德森如是说。

"你能指出用来杀害托泽先生的凶器吗？"普莱尔问。

"可以。我在房间角落找到一根棒球棍，上面有血迹，证实曾用来攻击过。之后实验室也验证了棒球棍上的血迹属于托泽先生。棒球棍很可能就是凶器。在你问问题之前，我先告诉你，没错，被告的指纹的确出现在了棒球棍上。"

这个回答让普莱尔脸上露出灿烂的好莱坞式笑容，我看了都觉得恶心。陪审团没有注意到，他们正全神贯注地盯着安德森。

普莱尔拿起包在透明证物袋里的棒球棍，高举过头。

"就是这根棒球棍？"他问。

"就是这根。"安德森说。棒球棍已经登记为证物，普莱尔把棒球棍交给书记官。

"所以，假如真如你所说，托泽先生遭到了棒球棍的重击，然后呢？"

"阿蕾拉·布鲁姆的胸口及腹部遭到五下刺击，其中一下刺穿了心脏。她死得很快。"

至少普莱尔还知道留时间让陪审团抬头看看荧屏上阿蕾拉的照片。他让每个人都有时间思考她是怎么死的。普莱尔知道愤怒的陪审团会提出有罪的判决，十次开庭九次如此。

"在命案现场及停尸间检验受害者的是法医莎伦·摩根。你是否知道检验结果？"

"知道，法医在卡尔·托泽的喉咙里有所发现，她立刻联系了我。"

"有什么发现?"

"一张1美金钞票,折成蝴蝶的形状,然后翅膀再对折起来,塞在卡尔嘴里。"

在现场听候差遣的助理检察官操作着遥控器。他在荧幕上展示出纸钞的照片。人群开始低语:这对他们来说是全新的信息,之前没有媒体报道过。诡异的折纸昆虫停在钢质桌面上,翅膀下有阴影。我注意到纸钞的边角有脏污的痕迹,也许是唾液,也有可能是血液。

知道这是从某个死人嘴里挖出来的东西,感觉有点儿毛骨悚然的。在死者体内孵化的死亡之虫,美归美,但总感觉不太吉利。

"你有没有好好检查过蝴蝶,警探?"

"有,我请纽约市警察局的鉴订小组全面调查过了。我们在纸钞上发现了两组DNA,第一组DNA属于另一个人,但感觉与本案无关,只是一个小小的异常,不重要。重要的是鉴订人员在纸钞上发现了被告的指纹。纸钞正面有拇指指纹,背面有部分食指指纹。在拇指指纹出现的位置,鉴识人员还发现了DNA,是汗水及表皮细胞的'接触DNA'。这组DNA符合被告的样本。"

最后一句话犹如一阵冲击波,震撼了整个法庭。没有人开口或发出惊呼声,这句话让法庭陷入了深刻的、全然的静默。没有人改变坐姿,没有人整理外套,没有人咳嗽,更没有任何人发出你在一大群安静坐着的群众中所期待的该发出来的声音。

划破静默的是一位女子掩面哭泣的声音,那无疑是受害者家属,大概是阿蕾拉的母亲。我没有转头,有些时候还是让对方独处比较好。

普莱尔也表演得很完美。他站直身子,阿蕾拉母亲的哀泣声回荡在每个人的心头。环顾四周,多数人都相当震惊,除了一个人,那就是《纽约之星》的记者保罗·贝内蒂奥。他坐在检察官正后方的位子

THIRTEEN

上，双手环胸，对安德森的证词毫无反应。我猜他早就知道警官会这么说了。当静默开始令人感觉不舒服时，普莱尔又等了一会儿，然后才开口。

"法官大人，我们应该在开庭期间传唤进行这些检验的鉴定专家。"

哈利点点头，普莱尔继续问询。

"警探，你在命案现场与被告交谈过，对吗？"

"对。被告的运动衫、运动裤及双手都有血。他说他在午夜左右到家，上楼发现妻子与安保主任死在他的卧室里。接着他还说他想尝试对阿蕾拉进行急救，之后他就报了警。"

普莱尔转身，向一名助理检察官示意。助理检察官拿起遥控器，按下按钮。

"我们要播放的是报案电话录音。我希望各位能仔细听。"普莱尔说。

我之前听过了。陪审团是第一次听。我以为这通电话能够证明博比的无辜，他的语气听起来就是刚发现妻子遭到谋杀的人，充满焦虑、恐惧、哀伤、难以置信……这些情绪都在他的声音里展露无遗。我在电脑上找到文字档案，搭配录音一边听一边看。

接线员：911紧急报案中心，你好，你需要消防、警力还是医疗协助？

所罗门：救命啊……老天……我在西88街275号。我老婆……我觉得她死了。有人……哦，天哪……有人杀了他们。

接线员：我这就请警察和紧急医疗小组过去。先生，冷静点儿，你有危险吗？

所罗门：我……我……不知道。

接线员：你在房子里吗？

所罗门：对，我……我刚发现他们。他们在卧室里。他们死了。（啜泣声）

接线员：先生？先生？请你深呼吸，我要你告诉我，你家里现在还有没有其他人？

所罗门：（打破玻璃和某人被绊到的声音）我在。啊，我没看家里……哦，见鬼……拜托快点儿派救护车来。她没呼吸了……

（所罗门扔下电话）

接线员：先生？请拿起电话，先生？先生？

"这通电话只维持了几秒钟。警探，你是第一个赶到命案现场的人，你听过这通报案电话吗？"普莱尔问。

我不喜欢这个问题引导的方向。

"不，我没听过。"安德森说。

我握住博比的手臂。"博比，你打电话报警的时候，你是跌倒了吗？还是有什么东西翻倒、打碎了，是什么东西？"我低声问。

"嗯……我要想一下。我不太确定。也许我撞翻了床边桌上的东西。我没注意到。"他说。他的话语拖得好长，仿佛是他暂时让自己回到那一刻，与两具尸体共处一室。

我在电脑上点开命案现场的照片，开始一一浏览，寻找床边桌。我在一张照片里看到大部分的床边桌，另一张照片显示床边桌翻倒在地。他也许情急之下弄翻了床边桌而没有注意到。普莱尔对于声音的来源也许会有不同的说法，我觉得不妙。

"安德森警探，请跟陪审团聊聊编号 EZ17 的照片。"普莱尔说，助理检察官在荧幕上打开照片。

画面是二楼走廊,边桌翻倒,后窗下方是打破的花瓶。我不知道他这些问题会把方向引导到何处,但感觉他是在酝酿致命的一击。

"好的,我进屋后,看到这张小桌翻倒在阶梯平台上。花瓶碎了。"安德森说。

"现在这张桌子在哪里?"普莱尔问。

"在鉴定实验室。也许在命案之前或之后,不知怎么着,有人动过它。我在现场质问被告是不是他把桌子弄翻的,他说他不记得了。他一直强调他发现了尸体,有人杀害了他的妻子及安保主任。等到开始调查的时候,被告已经成为嫌犯,但我们不能排除他说的也许是事实。如果他没有弄翻桌子,也许真的是别人弄倒的。我们把桌子及花瓶碎片一起带回去进行鉴定。"

"你们发现了什么?"普莱尔问。

我翻起所罗门案的档案,完全没有关于那张古董小桌的鉴定报告。我正要抗议的时候,安德森开口了,他说:"什么也没有。至少一开始的时候是这样。"

"请继续。"普莱尔问。

"我昨天前往实验室,我们正在研究那张桌子。是这样,我们没找到用来杀害阿蕾拉·布鲁姆的凶器。在屋内及屋外附近地区大规模搜索都未果。那张桌子是古董,我以为里面会有什么暗格。"

"有吗?"普莱尔问。

"没有。但我又仔细寻找指纹,我们得到一些不寻常的结果。实验室寻找的是指纹,这部分完全没有异常,但他们同时在桌面上找到了不寻常的痕迹。我下令进一步调查这些痕迹,今天早上才拿到报告。"

一名助理检察官把一份档案报告拿到辩方席来。我接过来,打开,迅速扫视。

状况可能更糟，但不会糟到哪里去。我把报告交给博比。对于这份最后一刻出现的新证据，我大可大发雷霆，提出申请排除这份证据，但我知道这么做没有意义。哈利会同意使用这份证据的。

对博比来说，状况越来越糟糕了。

荧屏画面切换，我们现在正看着小桌上的两组三道的平行痕迹。仿佛有人握着三把刷子，用力刮了桌面两下。

真是刷子就好了。

"警探，这是什么？"

"鞋印。"安德森说，"鞋印符合被告当晚穿的阿迪达斯运动鞋。看来被告站在桌面上，然后桌子歪倒了，所以他的双脚才会摩擦桌面，留下痕迹。"

博比说："他在说谎，我从来没有踩过那张桌子。"他的声音大到别人也听得见。哈利瞪了他一眼，叫他闭嘴。

安德森继续说："所以我今早才会去命案现场。距离小桌不远的是走廊上的灯，悬挂式的灯泡，还有碗形的七彩玻璃灯罩。我站在梯子上，在灯罩里找到故意摆放在那里的刀子。"

博比的双手开始颤抖。

"这就是凶器吗？"普莱尔问，同时示意在荧屏上展示另一张照片。

我抬起头，看着跟报告里一模一样的照片。黑色把手的折叠弹簧刀，底部是象牙材质。刀上有血迹与灰尘。

唯一的救命稻草是上面没有指纹。

"这是用来杀害阿蕾拉·布鲁姆的刀子吗？"普莱尔问。

法庭上的人都知道这个问题的答案。博比的下巴掉了下来。这把刀就在这一瞬间突破了博比最后的防线。

THIRTEEN

00:38

安德森证实刀上的血液符合受害者的血型，而他们正在比对DNA。我低声要求博比抬起头来。我不希望他看起来一副遭到重击的模样。

现在还不能丧失斗志。

普莱尔又对条子提出另一个问题："安德森警探，入侵者用刀子杀死某人，然后把刀子藏在受害者家中，这种状况常见吗？"

我立刻起身，动作太快，导致我身体一侧猛然抽搐般疼痛，我挣扎着大口喘着粗气抗议："法官大人，抗议。普莱尔先生是在做证，不是在提问。"

"成立。"哈利说。

我缓缓坐下。抗议其实没有什么用。普莱尔会重述问题，安德森还是会毫不犹豫地向陪审团说出他应该讲的答案。

"警探，在你执法以来遇到的私宅刺杀案里，有没有一个案子，罪犯是将作案工具藏在犯罪现场的？"普莱尔问。

"没有，我从来没有见过这种状况，我工作了这么多年，一次都没见过。通常凶手会把刀子带走，要么留着，要么处理掉。实在没必要藏在屋子里。藏在屋里的唯一理由就是制造假象，让执法人员认为罪犯已经离开屋子，且带走了凶器。听那通报案电话，感觉被告打电话的时候好像站在那张桌子上，各位可以听到沉重、迅速的脚步声，像是有人被绊倒，然后是东西破裂的声音。就我看来，被告站在桌子上面的时候，把桌子踩翻了，还碰碎了花瓶。"

"谢谢你，安德森警探。我目前没有问题了。我相信我的同僚会在鸡蛋里面挑骨头，想办法让陪审团排除你的证词。事实上，我很诧异他没有抗议关于凶器的证词。"普莱尔说。

我低声吩咐阿诺，让他离开法庭。我站起身，朝着普莱尔前进。只要我慢慢来，就还能勉强撑得住。普莱尔左手叉腰，感觉还挺得意的。

"法官大人，我们没有异议。"我说，"事实上，这份证据能够帮助到陪审团。"

哈利看我的神情仿佛我是个疯子。普莱尔脸上得意神情消失的速度比身份暴露后摔进电梯井里的黑社会线人还快。

法庭静默下来。我站上战场，这里只有我跟安德森，其他的一切都不重要，场上也没有其他人。我无视旁听群众、检察官、法官、陪审团，只有我和他。我让期待的情绪慢慢累积。安德森喝了点儿水，静候我的提问。

我也在等。我想等阿诺回来再开始提问。他应该很快就会回来，从储藏室里把东西搬过来应该用不了太久。

"警探，想请教你的手是怎么受伤的。"我说。

他的下巴如同挂在工作台上的老虎钳。无论从哪一侧我都能看到他巨大上下巴的肌肉在绷紧，因为他在咬紧牙关。

"我摔倒了。"他说。

"你摔倒了？"我问。

他犹豫了，他的喉结在喉咙里上下移动。

"对，踩到冰面滑倒了。这里结束后，我可以跟你好好聊聊。"他用干燥的双唇说话。他又喝了一口水。在证人席上，我看过各种克服焦虑的方法，有些人会颤抖，有些人回答得太快，有些人回答得过于简短，有些人则口干舌燥。

THIRTEEN

我不指望他会从实招来,我也不会提到底发生了什么事,但我希望他觉得我可能会说(他袭击我,自己却受了伤),只是想让他自乱阵脚,结果他却反过来威胁我。

法庭后门打开。阿诺回来了,他带了几名法庭的安保人员一起回来,总共有五个人。他们组成一列古怪的队伍,提着袋子、捧着箱子,还有两个人抱着一个沉重的床垫。我不再发问,等着这一行人从法庭中央过道走到我这里来。这列队伍拿来的古怪物品让某些观众投出迷惑的目光。

我听到普莱尔在讨好群众。

"队伍最后会有军乐团吗?"他开玩笑似地问道。

我说:"会的,会有乐团,负责演奏你的葬礼进行曲。"

在普莱尔跟我继续斗嘴前,我告诉哈利,我要提出正式的动议,在我对安德森交互诘问时进行现场重建。哈利请陪审团回避,我跟普莱尔走到法官的座位前。

"这个重建有多精确?"哈利问。

"法官,我不是科学家,但我有专家证人,其他都只是物理现象而已。"我说。

"法官大人,检方没有事先得到任何通知。我们完全不知道弗林先生要做什么,我们希望反对这项动议。这是突袭。"

"批准动议。"哈利说,"如果你考虑要阻止诉讼过程进行,向我的裁定提出诉愿,那你最好三思。我看清了你操作凶器的小手段。如果弗林先生要求给予一段时间处理凶器证据,我会批准。我猜你早就掌握了这份证据。你若延滞诉讼,我也许会花点儿时间传唤纽约市警局鉴定研究室的分析师过来,问他到底是在什么时候找到桌上的鞋痕的。"

普莱尔退后，举起双手，说："法官大人，你决定就好，我完全没有想要延滞诉讼。"

哈利点点头，面向我，说："我就稍微给你一点儿操作空间，但从现在开始，你们双方有什么证据都要提出来，现在就当着彼此的面提出。"

"事实上，我要用几张照片，那是昨天在命案现场拍的。"我说。

"现在就拿出来。"哈利说。

我掏出手机，打开昨天早上哈珀拍的卧室照片，用电子邮件传送到检察官办公室的信箱里。我把普莱尔带到一边，让他看我手机里的照片。他对我使用这些照片没有意见，大概是因为他不知道接下来会发生什么事。但凡他能稍微察觉到我的企图，肯定会大闹特闹。我只能祈祷这个决定让他后悔。

THIRTEEN

卡普法律事务所
纽约州纽约市时代广场 4 号康泰纳仕大厦 421 室

极机密

律师委托人工作成果——陪审员备忘录
被告：罗伯特·所罗门
地点：曼哈顿刑事法院

陪审员：丽塔·维斯特
年龄：33 岁

  私人执业儿童心理治疗师。已婚。丈夫是马洛尼餐厅的行政主厨。没有孩子。父母皆已退休，现居佛罗里达。支持民主党，但上次大选并未投票。没有使用社交媒体。美酒爱好者。从未担任过专家证人。财务状况良好。

表决无罪概率：65%

阿诺·诺瓦萨利奇

00:39

普莱尔对安德森警探的直接讯问让凯恩的其他陪审员伙伴相当着迷。警探让陪审员尝到了首次看见证据的滋味。他是开幕式，而此时所有的陪审员似乎都专注在证人身上。

这点让凯恩很满意，因为这证实了证人的确是很好用的分神利器。安德森做证时，凯恩花了不少时间研究斯宾塞摆在大腿上的笔记。后排的陪审员都没有凯恩那么高，看不到被前排陪审员肩膀挡住的景象。他自己写了半页笔记，关键字与重点词汇，作为针对这位证人的备忘录。他翻了一页，写下两个字。

有罪。

凯恩望向斯宾塞的笔记，再看看自己的，用力写下"有罪"两个字。然后他翻到新的一页，这次把"有"的一撇写得比较长，又把"罪"里的"非"写得比较小。他在写字时，特别小心地挡住了本子，不让别人看到他在写什么，同时抬高手腕，双手完全不接触到纸张。

凯恩这辈子都在模仿别人。有时，这些身份会持续存在好一阵子，特别是如果凯恩"借用"的是真人的身份。某些假身份在任务完成、利用完毕之后，就可以立刻抛弃，而那些存在得比较久的身份，其中有几个凯恩特别喜欢。而且，他很快就明白，为了持续活在别人的身份里，他必须能顺利签署某些文件，比如获取新的驾照、支票转账等一些日常生活里会发生的状况。凯恩在闲暇时会练习正在用的身份的签名，然后学习伪造得完美无暇。在过去几年间，他的技巧越来越纯

THIRTEEN

熟，控笔及手眼协调能力已经到了艺术家的境界。

终于，他对自己的字迹满意了。凯恩轻松靠在椅背上，将笔记本翻回第一页，然后双手环胸。

普莱尔结束了他的直接质询，凯恩入迷地望着一队列的人从后门进来，捧着纸箱还有一张床垫。他看着普莱尔和弗林理论。

"法官大人，我想要申请动议，让我在与这位证人交互诘问时，进行正式的论证说明。"弗林说。

"咱们就这么办吧，但在那之前，我们必须请陪审员回避。"法官说。

凯恩两旁的陪审员起身。他跟着他们，把笔记本放进口袋里。陪审团管理人带他们从侧门出去，回到评议室。在很多诉讼里，陪审团可能一天会来回进出法庭十到十二次，因为检辩双方对于法律各执一词。凯恩对此已经习惯了。

陪审团管理人站在门外，为陪审员拉着门。凯恩走上去问她："抱歉，请问我可以去洗手间吗？"

"当然，就在走廊尽头，左手边的第二间。"她说。

凯恩谢过法警，沿着走廊前进。厕所幽暗狭小，闻起来就跟其他男厕所一样。其中一盏灯坏了。白色瓷砖墙上有两个小便器，凯恩走进唯一一间隔间里，关门上锁。

他动作迅速。

首先，他从口袋里掏出一盒口香糖，包装已经拆开了，糖也少了一颗。他把包装盒倾斜，所有的口香糖都掉了出来，其中有一个跟一颗颗口香糖同样大小的包装物品。他拆开外面的玻璃纸，抽出一副薄到不行的乳胶手套。他迅速戴上手套，拿出口袋里的笔记本，撕下写着"有罪"的那一页。他在手里把那张纸揉成一个小纸团，还谨慎地让"罪"这个字露出来。他把纸团放进口袋里。接着,他摘掉手套,塞了一点零钱进去,又用卫生纸包着,扔进马桶后用水冲掉。

陪审团没有等太久。10分钟,足以让斯宾塞这个人出局。

"听着,我知道这一切对被告来说不太妙,但这案子还没完。而且我不相信那个条子。"斯宾塞说。

"我也不相信他。那把刀一直在狡猾的检察官手里,他只是不想让辩方知道而已。"曼纽尔说。

"这我们不知道,我只知道现在所罗门看起来真的很不妙。"卡珊德拉说。

凯恩注意到卡珊德拉偶尔会偷看斯宾塞。他年轻、纤瘦,卡珊德拉还没能鼓起勇气跟他交谈,但这种吸引力非常明显,连凯恩都看得出来。

"我们必须保持开阔的心胸,而且到庭讯结束前,我们都不能讨论证据。"凯恩说。

另外几名陪审员点头同意。

贝齐说:"他说得对,我们不能讨论。"

"我也是这个意思。我们不该把警察说的话当成圣旨。各位,敞开心扉。"斯宾塞说。

陪审团回到各自的座位上,凯恩在就座前先脱下外套。他把外套折好放在右膝上,然后才坐进陪审席,也就是斯宾塞后方的位子。法官让庭审继续。

"各位先生、各位女士,感谢你们的配合。我允许弗林先生有一点儿操作空间来进行示范。各位要记得,检方有权从这场示范中引导出

THIRTEEN

这位证人进一步的证词。好，弗林先生，请继续进行。"法官说。

凯恩让外套滑到地上，确保左边袖子面向他自己。他弯腰把衣服捡起来，确定左右两侧的陪审员都把注意力放在艾迪·弗林的开场提问上。特里与丽塔都聚精会神地看着律师。凯恩拉起外套，将那团纸从衣服右边口袋推出去。这是为了让外套持续盖在纸团上。凯恩将外套拉离地面两三厘米，用外套扫了一下纸团。不一会儿，他就看到纸团滚到他前方的长凳阴影之下。

他立刻查看左手边的陪审员，以及右边的丽塔。他们似乎都没发现什么。

随着弗林开始他与安德森之间的交互诘问，凯恩注意到弗林与安德森之间的紧张气氛，特别是在警察谈起他断掉的手腕时，他说是自己跌倒摔断的。

凯恩怀疑安德森是否真的摔倒过，也许，他朝辩护律师来了记勾拳，结果没打着。

弗林看上去很痛苦，凯恩昨天看到他的时候，他行动没有这么缓慢。他也注意到每次这位律师从座位上起身时，都强掩痛苦的神情。

凯恩觉得，如果要他打赌，他会说安德森与弗林昨晚不知怎么打了一架。警探看弗林的目光不单纯，他看弗林的憎恨神情远超过重案组条子平常对辩护律师会有的那种厌恶感。

不，他们之前有段历史，还是"近代史"。

凯恩不在乎警察，他不讨厌警察。

所以，他才选择跟一位警察合作。警察很好用。他在心底铭记，晚点儿要给他的联系人打电话，还有好多工作要做啊。

00:40

优秀的骗术有3个基本要素,无论你是在哈瓦那、伦敦还是北京行骗都一样。你会经历这3个阶段,也许名称不同,也许是用在不同的目的上,但说到底,这就是行骗成功的3段过程。

又是这个神奇的数字——3。

成功的交互诘问也有3个阶段,低级或高级的骗子同样会利用这3个阶段。诈骗的艺术与交互诘问的艺术恰好是一样的,而我知道该怎么善用这种技巧。

第一阶段:说服力。

"警探,从我们刚刚所看的照片、受害者的验尸报告,以及你自己的调查来看,这两位死者是否可能死于被告以外的人之手?"

他完全没有思考,我知道他不会多想。一旦重案组警察脑子里有既定想法,要他们改变基本上是不可能的。

"不,不可能。所有的证据都指向被告,他就是凶手。"他沉着地说。

"辩方并不接受这个说法,但咱们暂且认为你是对的,所有的证据都指向被告。有没有可能真正犯下杀人罪行的凶手希望你及你的同事,还有检察官,相信被告就是这桩命案的罪人呢?"

"你是说,有人溜进那间屋子,没人看见他,然后他还栽赃了罗伯特·所罗门?"他强掩住笑意,"抱歉,这也太荒谬了。"

"命案只会以你描述给陪审团的方式发生吗?棒球棍打在卡尔·托泽身上,刀子刺死阿蕾拉·布鲁姆,然后他们都躺在床上?"

"这种方式才符合证据的呈现。"安德森说。

THIRTEEN

我回到笔记本电脑旁，输入密码进入法院的影音系统，传了两张照片。这是哈珀昨天早上拍的。我盯着荧屏，看到普莱尔先前打开的命案现场照片，这可以派上用场。我低声吩咐阿诺该如何展示照片，并将其投在法院的荧屏上。他向我竖起两根大拇指，然后起身将我们的设备搬到法庭的空地上，也就是法官、陪审团、目击证人前方的瓷砖地面。

我站起身。越来越痛的身体使我面露难色，我告诉自己，马上就可以吃止痛药了，只要再撑一下就好。我花了点儿时间望着纸箱和床垫，还有摆在床垫上的袋子。

第二阶段：取得成功。

"安德森警探，荧屏上呈现的是受害者的照片，这是你前往命案现场时所看到的情景，对吗？"我问。

他再次望向荧屏上的照片。卡尔侧躺，脑后有血；阿蕾拉仰躺在床上，胸腹有血，其他部位则没有。

"对，我们发现他们的时候就是这样的。"

我看过法医在命案现场的报告，里面详细描述了尸体的姿势及上头的伤口。女法医在 1 点左右抵达，她认为被害人的死亡时间差不多是在她到达之前的三到四个小时之间。

我向阿诺比起两根手指，他更换了荧屏上的照片。现在画面上是一张命案现场床垫底部商品标签的特写。

"警探，摆在这边地上的床垫是尼莫好眠这个牌子的，商品编号是 55612L。你能确认这款床垫与照片上染了死者血迹的床垫是同一款吗？"

他望向照片，说："看起来像是。"

"法医记录上显示，阿蕾拉的躯干距离左侧床沿 30 厘米，而她的头距离床头 23 厘米，对吗？"

"我想是的，我没看报告，不记得确切的数字。"他说。

我暂停，普莱尔的助理检察官找到报告，并交给安德森。我凭着记忆告诉他页数，这项技能在法庭上让我获益不少——我过目不忘。

"对，是这样，没错。"他说。

他也证实了法医报告上提到的卡尔的情况：躺在头距离床头 61 厘米、躯干右侧距床沿 45 厘米的地方。

我从床垫上拿起袋子，把里面的物品摆在地上。

皮尺、马克笔、玻璃酒杯、玉米糖浆、瓶装水、食用色素、床单。

我摊开新的床单，铺在床垫上。我根据法医报告里记录的距离在床单上用马克笔框出范围。我向阿诺举起一根手指——我需要回到第一张照片。

法庭荧屏上的画面变了。上面是我们昨天拍的床垫照片，阿蕾拉那侧的床铺上有一大片痕迹很重的血迹，卡尔头部下方只有一点点血迹，差不多只有咖啡杯大小。

"警探，你会认为我在床铺上留下的痕迹与照片里的血迹相吻合吗？"

他仔细而又缓慢地来回在荧屏及现场的床垫上察看，然后说："差不多吧。"

"你手边有法医的报告。她记录了阿蕾拉·布鲁姆的体重为 50 公斤，卡尔·托泽的为 105 公斤，对吗？"

他翻了翻报告，说："对。"

"警探，这不是在考数学，但卡尔·托泽的体重差不多是阿蕾拉·布鲁姆的两倍，你说对不对？"

他点点头，改变了坐姿。

THIRTEEN

"我需要你回答这个问题以供记录。"我说。

"对。"他靠向麦克风。

我打开箱子,拿出两个壶铃[①],让安德森看。他清楚其中一个是 10 公斤,一个是 20 公斤。我把第一个壶铃摆在阿蕾拉那一侧的圆圈里,另一个摆在卡尔那一侧。在我还没进行下一步的测试前,我就知道这招儿会成功。在博比的卧房与哈珀一起躺在床上的时候,我就知道了。20 公斤的壶铃在床垫上的位置比较低,把床垫压得更沉。10 公斤的壶铃在床垫上的位置看起来至少高了 5 厘米。

"警探,请再看看法医记录,上面指出阿蕾拉失血过多,差不多有 1000 毫升?"

他搜寻相关内容,说:"对。"

我打开瓶装水,在辩方桌子的玻璃杯里倒了一些水,然后在水瓶里加入玉米糖浆及两滴食用色素。我盖上盖子,摇晃瓶身,再打开将液体倒入玻璃酒杯中。

"警探,这是一口杯,你可以随意查看,容量是 50 毫升。你要看看吗?"我问。

"我姑且相信你。"他说。

"纽约市警察局实验室用玉米糖浆与水以 1∶4 的比例复制出血液的浓稠度,这是血迹鉴定专家在案情重建手册上写的,你知道这点吗?"

"我不知道,但我并没有不同意见。"他说。安德森很谨慎,他没有贸然同意我的话,因为他知道我留了一手。如果他无故理论,也许会让他的证词看起来很无力。所有的纽约市警察都经过同样的做证训练。我已经交互诘问过够多条子了,知道他们会怎么玩儿。

[①] 一般用铸铁制成,按重量分别有 8 公斤、12 公斤、16 公斤、20 公斤、24 公斤、28 公斤、32 公斤等规格。

我缓缓将小酒杯倒在阿蕾拉那侧的壶铃上,壶铃底部马上积了一小圈液体,然后深色的痕迹扩散开去,一路跨越床铺,流向卡尔那一侧的壶铃。安德森下巴的肌肉开始抽动,我在3米外都听得到他沉闷的咬牙的声音。

"警探,欢迎你上来检查这张床垫,之后你再回答我的问题。我要你看看命案现场照片中的床垫,告诉我那张照片里有什么问题。"

安德森望向荧屏,又看向床垫。他的演技很差,他揉揉太阳穴,摇摇头,想装出不明白的模样,但不太成功。

"我不明白你的意思。"他说。

我知道他不会让我好过,但这个答案是错的,还让我有机会好好解释一番,特别是解释给陪审团听。

荧屏画面更换,阿诺换上命案现场受害者的照片。至少我跟阿诺还在同一条船上。在我开口前,我看到哈利做起笔记来,他的速度比我还快。

"警探,卡尔·托泽身上没有阿蕾拉·布鲁姆的血,对吗?"

"对,我猜没有。"他说。

普莱尔听够了。他从座位上跳起来,走到我身边。

"法官大人,检方必须反对这场……这场闹剧。无论那张床垫上是不是血,有没有从这张床垫上流下去,这些都没有意义。被告家中的床垫没有测试过,根本就是不一样的东西。没有证据显示在这张床垫上的状况也能符合命案现场的那张床垫。"

哈利的眉毛都要翻过脑袋了,他用笔敲了敲桌面,"我让这次的示范进行到了现在,但弗林先生,普莱尔先生说得很有道理。"

第三阶段:当你发现你是个傻瓜。

我环视旁听席,所有人都急着听我的答案。我在这些望着我的人

THIRTEEN

脸上看到很多情绪,有狐疑、有困惑,但大多数是好奇和入迷。这么多个月来,他们只听过一个说法,就那么一个——罗伯特·所罗门杀害了妻子与安保主任。好了,也许现在他们能够听到不一样的故事了。

而大家都喜欢听故事。

我终于在人群里找到我要的那张脸。

"奇斯曼先生,可以麻烦你起立吗?"我问。

一位年纪约 50 岁的男子从旁听席第二排得意起身。他有稀疏的黑发,梳得很整齐,还有一嘴胡子,那胡子看起来像是备受宠爱的小宠物。他是个高大的人,身穿午夜蓝西装、白衬衫及祖母绿的领带。

我转头面向哈利。

"法官大人,这位是奇斯曼先生。他在 2003 年注册了尼莫好眠的床垫专利,这张床垫以乳胶及凯夫拉纤维涂层制成,保证百分之百防水。这张床垫的吸水率跟高碳钢一样,同时也具有低敏感、抗菌、抗霉的特点,广受全球酒店行业的喜爱。如果需要,普莱尔先生想要打乱程序交互诘问的话,奇斯曼先生可以做证。"

哈利望着奇斯曼先生,难掩脸上的喜悦之情。让人更满意的是普莱尔脸上的表情,用讶异来形容他也太保守了。他走向了一面砖墙,上面写满"无罪"。

"嗯,法官大人,恐怕我这次必须保留我对奇斯曼先生的立场。"他说。

"我允许庭讯继续进行。"哈利说。

在普莱尔还没回到检方席之前,我已经一脚踩在安德森的喉咙上。

"警探,如同我们刚刚重建的场景,托泽先生身上没有阿蕾拉·布鲁姆的血,一滴也没有。如果受害人遭到谋杀的现场跟你发现他们时的状况一样,那托泽先生身上应该也会有阿蕾拉·布鲁姆的血,你接受这一点吗?"

"不,我相信受害者就是死在他们倒下的地方。"安德森说。

"你同意液体是向低处流吗?"我问。

"我……我当然同意。"他说。

"警探,这是很简单的物理现象。卡尔·托泽比阿蕾拉·布鲁姆重。他的体重会让床垫下陷。阿蕾拉流出的血液,根据物理定律,会往低处流,肯定会流到托泽先生身上,这样说没错吧?"

他犹豫起来,嘴唇颤动,但没有发出声音。

"是有这个可能。"最后他说。

我要来收割了。荧屏上展示出哈珀拍摄的床垫血迹照片。

"如果阿蕾拉遭到谋杀时卡尔在床上,他身上就会有前者的血。警探,重建测试是否很明显地指出,阿蕾拉遭到谋杀时,卡尔·托泽根本不在这张床上呢?血一定是干了、凝固了,然后卡尔·托泽的尸体才被摆上床的吧?"

"是有这个可能。"他说。

"你是说,很有可能?"

他咬着牙说:"有这个可能。"

"在这次交互诘问开始时,你告诉陪审团,命案只可能发生在两名死者一起躺在床上的时候。现在证据显示了另一种可能,对吗?"我追问。

"也许吧,但这没办法改变你的客户谋杀了他们的事实。"他说。

我正要开始对付安德森,攻击他的调查实在很有问题,却被法官打断了。哈利举起一只手,要我停下来。一名法警对法官低语,法官起身宣布:"休庭20分钟,检辩双方立刻来我的办公室。"

哈利的语气听起来很火大。法警跟哈利又说了几句,在书记官高

THIRTEEN

喊"全体起立"前,哈利就消失在了后方的走廊里。

我不知道发生了什么事,普莱尔也一头雾水。

不过,真的有事发生了。我看着陪审团管理人从每位陪审员手里收取笔记本。该死,我现在最不需要的就是换一组陪审团,我已经开始赢得这些人的心了。

不管发生了什么事,哈利都很火大。

一阵声音吸引了我的注意力,那声音音量越来越高。我注意到骚动的来源,向后退了一步。我这辈子还没看到过这种景象。

陪审席居然爆发了严重的争执。

卡普法律事务所

纽约州纽约市时代广场 4 号康泰纳仕大厦 421 室

| 极机密 |

律师委托人工作成果——陪审员备忘录

被告：罗伯特·所罗门

地点：曼哈顿刑事法院

陪审员：曼纽尔·奥特加

年龄：38 岁

  钢琴师、长笛师、吉他手。主要收入来自音乐家这个身份。目前没有加入任何乐团。离婚，有一个 11 岁的男孩，与前妻同住。经济状况不佳（严重负债）。没有投票记录。二十年前从得州搬到纽约。哥哥在坐牢。社交媒体上展现出对监狱系统强烈不满。

表决无罪概率：90%

阿诺·诺瓦萨利奇

THIRTEEN

00:41

他一直在等待一个合适的时机。

这个时机很难掌握,他身边的人太多了。跟其他人坐得这么近会让凯恩特别不舒服。他花了好几年的时间模仿目标举止的细节,他们说话的音色、言语用词、身体姿态、习惯、不经意的小动作、呼吸的节奏、气味,甚至他们停下动作时,双手交叉放在胸前的样子。

他跟其他陪审员坐在一起的时候,实在没有办法关闭这种对别人相当细微的感知。有时这种感觉太过强烈,有时他很庆幸自己具备这种能力。

比如现在。

他可以连看都不用看就感觉得到。弗林挖了个坑给检察官跳,而第二排那个又高又胖的男人奇斯曼,连桌椅都仿佛在转头望着他。这招还真是令人沉醉。

凯恩伸出右腿,动作流畅地跷在左膝上。他用手盖着交叠的双腿,静静等候。他知道那团纸已经往前滚去,前往第一排座椅。他刚才感觉到自己的脚碰触到纸团,听见细微的纸张窸窣声。

斯宾塞望向左侧,寻找声音的来源,然后看向右方,什么也没看见。他必须弯腰才能看得见那个纸团。

虽然凯恩知道纸团在哪里,但他已经看不见它了。坐在斯宾塞右边的陪审员贝齐双手放在身边,在座位上调整坐姿,把腿往前伸,然后脚踝交叉摆回长凳下方。

她听到了声音,凯恩也听到了。这次的声音比较大,是纸张的窸窣声。贝齐弯腰查看,起来时,手里多了一团纸。她停顿了好一会儿,那团纸握在她手里仿佛是水晶球。"有罪"二字清清楚楚。丽塔坐在凯恩身旁,她看见贝齐从地上捡起了什么东西。丽塔靠向前,优雅地将一只手搭在贝齐肩上。

"哦,我的老天,上面写着'有罪'。"丽塔说。

"对,没错。"贝齐说。

两位女性都扭头望着斯宾塞的方向。

"斯宾塞,你这是干什么?"贝齐问。

斯宾塞转头望向贝齐,一度露出困惑的表情。

"这是什么?"他问。

陪审团管理人听到他们说话的声音,经过凯恩身边,靠过来,准备叫他们安静下来。这时,她看到了那团纸。贝齐将纸转过来,让陪审团管理人看上面写的字。这位法警立刻站直身子,叫他们安静,然后拿着那团纸朝法官走去。

凯恩保持被动的姿态,装出一脸不解的神情。陪审团管理人不在,贝齐一股脑儿说了起来。

"你知道吗?你真是个试图操控别人的浑蛋。"她说。

其他的陪审员都听到了。

00:42

最后,在场的五名法警全部出动才让陪审团安静了下来。法警带他们离开陪审席时,他们还在争论不休。我打官司这么多年,还是第一次看到陪审团冒着藐视法庭的风险起了冲突。

THIRTEEN

皮肤苍白的网站设计师克里斯·派洛斯基一手拉着斯宾塞的毛衣，一手指着曼纽尔·奥特加。科幻迷丹尼尔·克莱则加入年长的布拉德利·萨默斯、译者詹姆斯·约翰逊的行列，对着这群人大吼。他们吵得不可开交，对人大喊大叫要求其保持安静这招是行不通的。

音乐家曼纽尔则面向大块头的特里·安德鲁斯。与此同时，贝齐与丽塔开始对斯宾塞·科尔伯特骂个没完。

只有一个人没有加入战局，低着头静静地坐在原位，那是亚历克·韦恩。法警将陪审团带离法庭。

就算走廊的门在他们离开后关上了，我们还是能听得到争执声。

"老天，发生什么事了？"博比问。

我转头面向我的客户，想要安慰他。

"不知道，但不管状况如何，也许对你来说都是好事。"我说。

"好事？怎么说？"他问。

"现在才刚开庭，但陪审团看起来已经产生意见分歧了。这是个好现象。我们希望能一直保持这种状态。"

他似乎明白了，看起来气色好了许多。他脸上恢复的血色让他容光焕发。

一切都值得。我放弃了很多东西换得坐在博比·所罗门身边替他辩护的机会。现在看着他，我觉得自己做的决定是对的。

"所以，我们有机会？我是说，在今天之前，我根本没有见过那把刀子，艾迪。我向你保证，我从来没有见过那把刀，更别说碰它了。"他说。

"博比，棒球棍在卧室里。鲁迪告诉我，你通常会把棒球棍放在门口，是这样吗？"

"对，没错。我在农场长大，我爸不喜欢枪。他会在大门旁边摆一根标准尺寸的木块用来防身。你知道吗?他有一次为了打讨债人,把那根木棒打断了,因为伤人坐了几个月的牢。出狱后,他买了一根棒球棍,一直放在同一个位置——门边的小凹室里。他说棒球棍不容易打断。无论我住在哪里,有多少安保人员,我一直都这么做。不过,我从来没有用过就是了。"

"很好。"我说。我知道棒球棍为什么会出现在卧室里,且跟卡尔·托泽脖子上神秘的痕迹有什么关系了。

书记官跑过来,说哈利想要立刻见我们。我们跟着书记官前往哈利的办公室。这次普莱尔没有开口,他想必是在担心陪审团。十二个人相处不好就不能给他带来异口同声的有罪判决,他必须全力赢回陪审团,而他也很清楚这点。

哈利坐在办公桌后方。现在的他身穿白色衬衫,带系带的黑色长裤,他脱下的长袍挂在一旁。他面前的桌子上有一张揉成一团的纸,旁边是摆得高高的一沓笔记本。

我们坐到哈利对面有着柔软椅垫的座椅上,书记官坐在她的位子上,速记员也进来了。哈利一开口,她就开始打字。我们这场对话是有正式记录的。

"两位,我们有位预设立场的陪审员。"哈利说。

"该死。"普莱尔怒拍哈利的办公桌。

我揉揉脸,向哈利要了一杯水。我又吃了一片止痛药,我从来没有这么需要过它们。除了断掉的肋骨外,我的头也开始抽搐地疼痛。之前只要我不去碰脑后的大包,我的头就没什么问题,现在我感觉头痛得厉害,而这头痛跟昨天打我的那一棍无关。

哈利的话语让我感觉自己像是被一架从起重机吊索上掉下来的钢琴直直砸中一样。

预设立场的陪审员。

我之前没遇到过，但我在报纸上读过很多有关他们的报道。预设立场的陪审员有自己的目的。在多数案子里，他们认识被告，可能是远房亲戚或朋友，他们有自己的目标，会想办法进入陪审团，且让判决朝他们想要的方向前进。

"是谁？"普莱尔问。

"看看这个，但别碰它，上面已经有很多指纹了。"哈利说。

我们起身，观察着哈利桌上的那团纸。想到写着"有罪"的字条在陪审团之间流传，唉，头痛又再次冲击我的脑袋。

"你要延后庭讯吗？"我问。

"我还不确定。我看了一下法院提供给陪审员的笔记本，我觉得我找到人了。有两本没写字，其他的笔迹都不太接近。我不是笔迹鉴定专家，但就我看来，这本的字已经很像了。"哈利说。

哈利在桌上打开一本笔记本，上面的字迹跟纸团上的笔迹看起来不只是像，根本就是一模一样。

"我看着也像。"普莱尔说。

"我也觉得。"

哈利请书记官去找这位陪审员。我们没有等太久，书记官就带着斯宾塞·科尔伯特进来了，还请他坐在哈利办公桌角落处的另一把椅子上。我其实不太在乎失去这名陪审员，他在报告上看起来像是我们的人，创造力极佳，自由文青型的人，常穿紧身高领毛衣，还抽大麻。他本该是我们的理想人选。

他坐了下来，很不自在，像是在学校打架被人叫进校长办公室一样。

"科尔伯特先生，我们在此的谈话将列入正式记录。我想知道这张纸上的字是不是你写的,你是否用这张纸向其他陪审员传递信息?"哈利问。

"什么?没有,我没有做这种事。"

"这看起来像你的笔迹。"哈利说。

科尔伯特想说什么,想了想又闭上了嘴。他耸耸肩,然后说:"我完全不知道字条的事。法官,真的不是我。"

"先生,我经验丰富。我检查了你笔记本里的内容。这是你最后的机会。"哈利说。

这名陪审员盯着地板,他想开口,却又摇了摇头。

"科尔伯特先生,等等,在你开口之前,你应该知道我可以去质问每一位陪审员,或者,你可以替我节省点儿时间。因为如果我必须浪费时间和其他陪审员面谈,我敢打赌,一旦我决定该如何处置你,你今晚就不得不在隔壁的拘留室过夜了"哈利说。

他完全不用多说什么。跟二十个男人在监禁室度过一晚足以让科尔伯特从实招来。

"我没有写那张字条。而且我觉得他是无辜的。"他说,但话一出口,他就后悔了。

法官旋转椅子,面对我们,说:"科尔伯特先生,你已经不是本案陪审团的一员了。现阶段你不该做出任何判断。光凭这一点,你就可以被除名了。我必须说,我并不相信你,我觉得这张纸是你写的。我觉得你想要说服其他陪审员认同被告是有罪的。不管怎么说,我都不允许你继续参与这场官司。我还没决定该怎么处理这张纸条。我会请纽约市警察局调查,也请他们调查你。我希望你说的是实话。如果这张纸上有你的指纹,我就会去找你,明白了吗?"

斯宾塞点点头,然后在状况变得更糟糕之前赶紧闪人。

THIRTEEN

"法官大人,这些陪审员就跟熟过头的苹果一样,一个个从树上掉了下来。"普莱尔说。

"还用你说。我该多找六个候补人选的。我会请陪审团无视这张纸条。你们还有什么话要说吗?我现在就可以告诉你们,我并不考虑任何审判无效的动议。"

我跟普莱尔摇摇头。实在没必要为此搬出这招。如果哈利要陪审团无视字条,那法律上就没有审判无效的基础。我也束手无策。

"很好。我们这就请第二位候补陪审员出来。她整场诉讼都在场,我想她应该不会有什么异议。好了,现在回去工作吧。"哈利说。

卡普法律事务所
纽约州纽约市时代广场 4 号康泰纳仕大厦 421 室

极机密

律师委托人工作成果——陪审员备忘录
被告：罗伯特·所罗门
地点：曼哈顿刑事法院

陪审员：詹姆斯·约翰逊
年龄：43 岁

  两年前从华盛顿特区搬到纽约。父母双亡。有一个哥哥住在华盛顿。译者（阿拉伯语、法语、俄语、德语）。在家里通过视频会议为翻译公司工作。经济状况良好。在一些社区做志愿者，主要是为了与人接触。没有社交生活。喜欢法国电影、纪实文学和品尝奶酪。在投票中弃权。

表决无罪概率：50%

阿诺·诺瓦萨利奇

THIRTEEN

00:43

陪审团回到法庭的时候，还有两名法警跟他们在一起。陪审员都没有开口。凯恩喝了点儿咖啡，看着其他陪审员。他们看起来越来越火大。

陪审团回到法庭时，一位新的陪审员已经在等他们了。瓦莱丽·柏林顿，四十五六岁，身穿昂贵的黑色牛仔裤及黑色上衣。她戴了很多首饰，都是真的金饰。光她手腕上那个沉重的链子大概就值两万美金。贵归贵，但反而让她看起来很俗气。她坐得离凯恩远远的，坐在他所坐长凳的另一端。

法官告诉陪审团斯宾塞离开了，而他指派了另一位替代人选。哈利兑现了承诺，要求陪审团无视那张纸条，他也严厉地警告了陪审员：在听完所有的证词前，他们不得讨论案情。违者下场会如何，他说得很清楚了。

斯宾塞出局了，凯恩要担心的另一个陪审员就是曼纽尔了。

但他必须缓一缓。

所罗门律师的声音打断了凯恩的思绪。他低估了这个男人——艾迪·弗林。他再也不会犯这种错误了。

00:44

再次看到我，安德森警探的神情看起来很不悦。很少有证人喜欢看到我。我的优势没了，安德森有时间考虑我会问他的问题。我已经少了突袭的先机。

"警探，我们已经确定你承认这起谋杀案的案发情况可能与你最初向陪审团描述的不同，接下来让我谈谈行凶的方式。警探，请再看看托泽先生的验尸报告。"我说。

安德森在面前的文件中查找，然后说："律师，我还是相信受害者死在了那张床上。我不知道为什么托泽先生身上没有血，但这也不能改变什么。"

我先不管他的证词。我决定之后再回来讨论这件事。

"你会看到在报告的第三页提到托泽先生的脖子上有一道瘀青。差不多有8毫米长，7厘米宽。看到了吗？"

"看到了。"

"根据你所说的，受害者是在床上睡觉时遭到杀害的，那这道瘀青该怎么解释呢？"

他想了想，翻过一页报告，看着尸体的示意图，法医在图上标示出伤口的位置。

"我不知道。也许那瘀青在他上床之前就有了？也许这跟命案根本无关。"他说。

"跟命案无关，的确有这个可能，或者，也许这道痕迹就是最重要的信息。请再看看这些照片。"我说。

阿诺展示出鉴识人员在屋子其他地方（厨房、走廊、客厅）拍摄的照片。除了厨房，屋内其他空间的地板上都铺了雪白的地毯。

"如果托泽先生没有死在床上，那他死亡的第一现场很可能就是屋里的其他地方。如你所见，到处都没有血迹，对吗？"我问。

这次他回答得倒是很快。

"到处都没有。我们只在床上找到了托泽先生的血。"他的语气听起来有点儿得意。

"警探,如果入侵者想办法进到屋内,并且用袋子罩在托泽先生的头上,往后面拉,应该可以在脖子上造成同样的痕迹,你觉得这说得通吗?"

安德森停顿了一下,他没料到这点。

"也许吧,但托泽先生不是死于窒息,他是死于棒球棍重击头部。"

"看似如此。警探,你知道被告通常都把棒球棍放在哪里吗?"

"不太清楚。"他说。

"在大门口的玄关处。"我说。

安德森耸耸肩,然后摇摇头,仿佛在说:那又怎样?

"入侵者想办法进了屋,也许是伪装成别人的样子,然后从后方套了一个袋子在托泽先生头上,用力一拉,造成勒伤,接着抓起被告的棒球棍,用力重击托泽先生后脑,杀死了他。这是有可能的,对不对?"

我提问的时候,警探摇了摇头。他没有准备承认这一点,他认为他已经有了答案。普莱尔本可以表示反对,但他似乎乐得让安德森想办法打发这个问题。

"不可能。如果是这样的话,那血迹在哪里?在那种颜色的地毯上,就算有一滴血都会很显眼。我们不可能错过地毯上的血迹的。"

"但如果入侵者用袋子罩住托泽先生的头部,也许那是个束口袋,那么罪犯就能在屋里各处重击托泽先生,因为撞击飞溅出的鲜血会被密封在袋子之中,不是吗?"

这说得通,也解释了托泽脖子上的瘀伤,以及地毯上为什么没有他的血,同时也说明床上阿蕾拉的血为什么没有流到托泽那一侧。等到罪犯将托泽扛上楼，摆在她尸体旁边时，她的心脏早就停止跳动了，就不会继续出血。已经流出来的血会压在她自己的身下，被吸进床单之中。

"我不明白，如果是这样，那为什么罪犯要在杀害阿蕾拉·布鲁姆之后，将托泽的尸体摆在她同一张床上？"安德森问。

这是菜鸟级别的失误。哈利正要开口告诉安德森他不该问律师问题。证人不该发问，他们只能回答。不过呢，这次我很愿意解答。

"因为如果托泽的尸体出现在阿蕾拉身边，就能营造出某人发现他们同床，进而杀害他们的假象。这为博比·所罗门制造了杀人动机，所有的调查重点就会聚焦在他身上，而不会留意真正的凶手，对不对？"

"那是你个人的看法。"安德森说。

"咱们先不说这是谁的看法，好吗？阿蕾拉身上完全没有自卫的伤痕，完全没有，这点不是很奇怪吗？"

"对，我猜她遇袭的时候还没醒。"安德森说。

"请问我可以借用8号展示证物吗？"我问书记官。

书记官从身后拿出一根装在密封塑胶证物袋里的棒球棍。我站在床垫上，轻轻朝应该是托泽那一侧床铺上的壶铃敲了下去。

闷闷的撞击声回荡在法庭里。我把棒球棍还给书记官。

"枫木棒球棍重击金属的时候声音很大，当棒球棍重击卡尔·托泽的后脑时，难道不会产生巨大的声响吗？"

"可能会发出一些声音，我同意这一点。"

"而据你所言，距离声音来源只有几厘米的布鲁姆女士，难道她不会因此而惊醒吗？"

他用鼻子呼出一口气。长长的鼻息让他摆脱了沮丧感。

"这个我说不准。"他说。

该继续下去，桌子和刀子在这个案子中非常重要。

"请问警方为了寻找可能的凶器搜查过屋子几次？"我问。

他想了想，说："大概十几次吧。"

"而搜查了这么多次，一直都没有找到凶器，对吗？"

"没有，如我所说，我昨天才找到的凶器。"

"那是因为刀藏得很好，对不对？"

他点点头，歪嘴一笑。"我猜是的，但我们还是找到了。"

"凶器藏在那个灯罩里的唯一理由是凶手不希望你们找到刀子，可以这么说吗？"

"可以。"

"那么，这么说好了，如果被告要踩在桌子上才能藏刀子，那他为什么之后不把桌子摆回原来的样子呢？"

"我不知道。"安德森说。

"你之所以找到了刀子，是因为桌子翻倒了？"

"你可以这么说。"他说。

"而这也告诉你，也许那张桌子跟命案有所联系，对吗？"

"对。"

"如果罪犯将桌子摆正，你可能就找不到刀子了，对吧？"

"大概找不到。"安德森说。

"报案电话打出跟第一批警方抵达之间差不多有7分钟的间隔，对吗？"

"我想是吧。"

"这段时间足以让罪犯藏好刀子，且把桌子摆正，你说是吗？"

"是有这个可能。"

"假设你是对的,被告是凶手,他想把刀子藏起来,不希望被警方找到。他费了千辛万苦把刀子藏在别人不会去找的地方——灯罩里面。然后,他打破了花瓶,弄翻了灯下方的桌子。你是说被告就那样把桌子碰倒,并把打碎的花瓶留在原地?如你所言,这些物品显然会让警方直接找到凶器。如果被告是凶手,那么在那种情形下让桌子保持翻倒的样子,这么说来实在是不合理吧?"

"凶手会犯各种错误,所以我们才逮得到他们。"

我展示出卧室的犯罪现场照片,床边桌旁还有破碎的相框。

"警探,报案电话里的玻璃碎裂声是否可能是我的客户撞倒床边桌上相框的声音?"

"有可能。"

这个答案让他很满意。我已经差不多问完安德森了。我只需要让陪审团知道我们并没有无视托泽嘴里的1美金。

"警探,你并没有亲自为1美金进行鉴定工作,对吧?"

"是的,我没有。"

"没关系,我们可以向鉴定专家请教关于那件证物的问题。"

我想起昨晚发生的事情,决定让安德森为此付出代价。鲁迪·卡普的团队仔细调查过安德森,那些信息不用真是太可惜了。

"关于在灯罩里找到的凶器,我们只听到你片面的说辞。请问督察部门调查过你几次?"

安德森眯起双眼,气愤地回答我的问题。

"两次,但是我的行为都被证明是清白的。"

我望向愤怒的安德森,说:"等到这个案子结束,也许会好事成三呢。"

普莱尔提出抗议,陪审团必须无视我的最后一个问题。

THIRTEEN

"警探，谢谢，我没有其他问题了。"我说。

普莱尔没有再次进行直接询问。安德森离开证人席的时候，他看我的眼神仿佛要杀了我。我知道他手脚不干净。他是迈克·格兰杰的好兄弟。他们昨晚在我办公室外面的"小派对"说明安德森就跟每个纽约市警察局重案组的警察一样坏。我在那里树敌无数，都是些心狠手辣的敌人。

差不多要到1点了。我看到哈利望向钟表。

"先生、女士，已经到了午餐时间。午休时，陪审团有一些事情要忙。我提议我们3点回到这里。休会。"哈利说。

我回到辩方席的时候，阿诺和我说了一下陪审团的状况。

"他们喜欢你。实在没想过我会这么说，但我无法否认。我觉得有四个陪审员是站在我们这边的。你提到桌子翻倒的时候，两位女士点起头来。还有用棒球棍打壶铃那招儿，真的很不错。"

这时，博比靠过来加入对话，说："谢谢。我很庆幸有你们帮我。"

"咱们先别太兴奋。还有多位检方证人会让你身陷危机。我觉得普莱尔还藏了很多惊喜等着我们。"我说。

法庭里的人潮慢慢散去，我看到后方有十几名穿西装男子排排站。博比的安保人员措施还是很严密，他们准备安全地带博比退场，前往法庭的小房间，让他享用墨西哥卷饼，顺便沉浸在自己的秘密之中。我都看得出来这个秘密快压垮他了。这个男人心里藏着罪恶感，也藏着他所选择隐藏的真相，这个秘密肯定跟命案当晚的情况有关。博比，你到底在隐瞒些什么？

我还没来得及多想，人群就渐渐散开了，我看到两名女性侧身推着其他人走过来。

是哈珀和她联邦调查局的朋友德莱尼。不知道她们查到了什么，从她们的表情实在看不出来。我只知道她们有了重大发现。她们推开最后边的观众，来到辩方席。哈珀说："我们需要谈谈，现在就谈。你绝对不会相信这个的。"

THIRTEEN

卡普法律事务所

纽约州纽约市时代广场 4 号康泰纳仕大厦 421 室

极机密

律师委托人工作成果——陪审员备忘录

被告：罗伯特·所罗门

地点：曼哈顿刑事法院

陪审员：布拉德利·萨默斯

年龄：64 岁

  邮局退休员工。鳏夫。领政府退休金，经济状况良好。无负债，无资产。与两个孩子不亲（分别住在澳大利亚和加利福尼亚州）。偶尔去公园下棋。民主党选民。未使用社交媒体。读《纽约时报》。

表决无罪概率：66%

阿诺·诺瓦萨利奇

00:45

这不是凯恩第一次乘坐警车。法警将他与其他陪审员一起从侧门带离法庭。车身上有蓝白线条的纽约市警察局警车一辆辆停在人行道边。他们没办法把车子停在法院正门外，交管部门已经封闭了半条中央大街，因为法庭外的人实在太多了。

开车送凯恩回公寓的警察没有跟他交谈。他们一起搭上三层楼的电梯。洛克警官默默站在公寓窄小的玄关处，等着凯恩走进卧室打包行李。

长裤、内裤、袜子、两件衬衫，还有另外两条裤子，通通装进包里。这是个特制的包，是多年前凯恩在拉斯维加斯定制的，手工缝制，材质是厚实的意大利皮革。现在这个包跟他在商店里买的时候一样，完好如初。刮胡刀、牙刷、药，通通扔进包里。抗生素。他还带了他的电子温度计，先量了一下体温，显示正常。

凯恩用手抚摸着包，伸手沿着内侧的缝线摩挲。他摸到拇指形状的裂口，轻轻拉开。暗袋里有一层铝箔纸，它会让金属探测器失灵。暗袋对面是一个金属徽章，上面刻着制造商的品牌名称。警察会以为他们的探测器捕捉到的是金属的商标。

凯恩拿了一些必要的东西。小小的物品可以组成基本的谋杀工具，这些东西通通放在暗袋里。他拉上拉链，去找门口的警察。洛克警官翻了翻摆在玄关桌上的杂志。

"你会钓鱼吗？"洛克问。

"会啊，有机会就会去。"凯恩说。

"我们几个朋友一年会去两次奥斯威戈河，那边很适合钓鱼。"

THIRTEEN

"我也听说过那个地方，等到了钓鱼季，我肯定会过去看看。"凯恩说。

他们在回中央大街的路上都在聊着钓鱼的事，两个人都聊起钓到大鱼却将其放生的经历。钓鱼故事都大同小异。洛克带凯恩从后门回到法院后就离开了。这个空间里只有凯恩一个人，他是第一个回来的陪审员。事实证明，这场官司不会太难。他知道该怎么对付其他陪审员。凯恩的心思飘到诉讼之外的地方，他的下一步计划已经规划了好几个月。这场官司让他开始考虑是否应该更改计划。

凯恩把一枚 10 美分硬币摆在桌子上。

正面，依照原本计划的进行。

反面，启动新计划。

他抛起硬币。

生死悬在空中。命运本身全然是靠机运决定的。无论硬币掷出哪一面，凯恩都会小心谨慎。不确定性让凯恩觉得刺激，他能在胃部深处感觉出来。

硬币在桌上弹跳，最后停下。

反面。

他把硬币收好，吃起了三明治。他一边吃，一边想起硬币放过的那个人，现在他可以继续活着了。那个人永远不会知道自己逃过了什么样的劫难。事实上，鲁迪·卡普永远不会知道自己曾经身陷危机。

当然，这意味着代价必须由别人承担。

凯恩拿起包，离开房间，沿着走廊前进，进入洗手间，确认里面没人。他在隔间内上好锁，从暗袋里拿出一次性可抛弃手机打电话。电话立刻被接通。

"罗得岛的计划有变。"凯恩说。

"你那枚硬币迟早会给你惹麻烦。让我猜猜,放过鲁迪了?"对方问。

"硬币做出了明智的选择。不用到明天早上,弗林的名字就会出现在各大媒体及社交网站上。好了,你可以弄来我要的东西吗?"凯恩问。

"我就觉得你会走这条路。弗林的名字一定会出现在头版头条的。我觉得你会很满意的。我把你要的东西放在你那辆停在肯尼迪机场的车里了。"电话另一端的人说。

"你已经搞定了?"

"刚好有机会处理,就把握住良机了。反正弗林问题太多了。安德森在法庭上又好几回差点儿露馅。我们必须保护他。"

"当然,这就是搭档存在的目的。我觉得安德森会很享受这一切。"凯恩说,"他恨死弗林了。"

"我知道。我有点儿可怜弗林了,他不知道接下来会有什么麻烦找上他。"

00:46

两层楼下的狭小会议室里弥漫着廉价香水及体臭味。德莱尼对此似乎并不介意,但对哈珀来说却很有问题。她花了几分钟适应这气味。她对气味就是很敏感。

她们带了一堆档案和纸质文件,现在通通摆在会议室的桌子上。哈珀率先开口了:"理查德·佩纳的受害者和1美金杀手的调查有关。"

THIRTEEN

卡尔·托泽嘴里的 1 美金纸钞蝴蝶上有理查德·佩纳的 DNA，以及博比·所罗门的指纹和 DNA。不过，早在纸钞印出来之前，佩纳就已经死了十二年了，四条人命，死刑由伟大的北卡罗来纳州州政府执行。佩纳引人注意的特点是他的受害者人数，但这些不可能都跟 1 美金杀手有关吧？

"这些命案现场有找到 1 美金钞票吗？"我问。

她们没有立刻答话，迅速互相看了一眼，仿佛是在讨论该由谁回答这个问题。最后是德莱尼打开了一份档案，拿出几张照片。

四张照片，四位女性，都是白人，都很年轻，都香消玉殒了。从照片上看，她们都是在草地或某些长草的地方被发现的。她们还摆出某种姿势，四肢伸得长长的，好像是在进行开合跳一样。不，不是开合跳，是星星跳，就是跳起来的时候让肢体呈现出五角星形状的伸展姿势。

她们的脖子上都有紫青色的瘀青。没有其他遭到施暴的迹象，但从照片上也不太能看出来。所有女孩儿的衣服都穿得好好的：连帽运动衣、毛线外套、T 恤衫、牛仔裤。

"她们都是北卡罗来纳大学教堂山分校的学生。凶手将她们弃尸在校园里，可能是开厢型车作的案。年纪最大的女孩儿 23 岁。"德莱尼说。

一阵噼里啪啦的声响打断了我的思考。我这才意识到自己正握着不怎么稳固的桌脚，差点儿折断它。

我松开手，试图平复自己愤怒的情绪，认真看照片。一开始我没注意到，但很快我发现，其中一张照片中的上衣里露出一角纸钞。有张 1 美金钞票塞在她的胸罩里。

我一注意到，德莱尼立刻换上另一张照片。这是四位受害者的组图，1美金钞票都塞在她们胸罩的布料之下。

"该死。"我说。

"警方没有跟媒体提这件事。他们在每一张纸钞上都找到了DNA。一开始，他们没有在数据库里找到与之匹配的数据。然后，警方和校园安保部门开始给在学校里工作或住宿的一千四百名男性进行DNA检测。他们比对出理查德·佩纳。他是清洁工，但他跟其中一位受害者，也就是最后一位，詹妮弗·埃斯波西托，短暂交往过一段时间。而且，没错，纸钞上有记号。"德莱尼说。

她拿出另外四张照片。每一张钞票上的国徽都有同样的记号，同一个箭头、同一枝橄榄枝、同一颗星星。

"警方拍下这些照片是为了证据存档。他们没有注意到记号，或者，就算他们看到了，这些记号在法庭上也没有多大用处。事实证明，DNA信息及绞死四名受害者的作案手法足以作为他们给佩纳定罪的证据了。"德莱尼说。

"所以佩纳自愿提供了DNA？"我问。

"他没有选择的余地。"哈珀说，"校方基本上是强制要求工作人员进行检测的。也许他以为没有留下任何证据。毕竟凶手非常谨慎。DNA比对结果在非常短的时间内就将他定罪了。早在命案发生前，教堂山校园就有连环强奸犯出没，搞得人心惶惶。警方没办法把性侵算在佩纳头上，但经过推敲，他们认为佩纳是性侵加害人，于是从重量刑。一连好几个月，整座小镇都笼罩在恐怖之中，他们早就准备好要为此把某人送上电椅了。庭讯只进行了两天，而陪审团只花了10分钟商议结果。我猜你想说佩纳的辩护律师不太高明。他实际上根本请不起律师，而公设辩护人完全没有做好他的工作，或者说他根本不在乎。佩纳的上诉立刻被驳回。公众要这人死，州政府也不得不这么做。"

THIRTEEN

真快，大多数时候司法程序都会慢慢来，而这个案子可不一样。

"佩纳坚持自己是无辜的吗？"我问。

"直到死前都不肯改口。"哈珀说。

"他们都一样。"德莱尼说。

我把照片推开，问："他们都一样？什么意思？"

哈珀从我对面的椅子上起身，走到德莱尼身后狭小的空间里。

"我们查到了更多的案子。"德莱尼说，"你们离开后，上面批准我发布新的搜查通报公告。所罗门案的1美金纸钞给了我足够的证据去找我的上司。我给东海岸13个州（也就是一开始签署《独立宣言》的那几个地方）的警长与郡警凶杀科发送了紧急通知。我猜你已经推断出这点了，很好。我是多花了点儿时间才想清楚这个联系的。如果只是三名受害者的推论，实在不足以要求执法单位挖出过往已经定罪的已完结案件。有了所罗门，我的长官允许我发出通知。我也获得批准向这几个州的郡书记官及法官发出通知。这可是头一遭，我们以前从未这样做过，结果查到了不少资料。"

我把椅子拉往桌边，看着德莱尼从卷宗里拿出文件。她将橡皮筋捆着的四份卷宗一一摆在我面前，里面有新闻剪报、警方报告、提供给地方检察官的档案等。

"在佐治亚州有一起黑人教堂纵火案，有两个人丧命。一张1美金纸钞的部分在一个汽油罐旁边寻获，钞票是用来点火的，之后纵火犯将钞票上的火踩灭。汽油罐上的指纹让警方逮到一个名叫阿塞尔的白人至上窝囊废，他刚中了200万美金的彩票。"

她继续介绍下一个案子。

"宾夕法尼亚州开膛手，三名女子在自家被害，死后遭到肢解，有部分身体被吃掉。三具尸体都在2003年夏天被发现，前后不超过两个星期,案发地点遍布整个宾夕法尼亚州。1美金纸钞被塞在受害者的内裤里。偏执型精神分裂症患者约拿·帕克斯认了罪,虽然他的新婚妻子提供了不在场证明,但还是不足以让他免除牢狱之灾。"

另一份卷宗,又是一张盯着我看的死者面容。这次是一名坐在驾驶座上的男人。

"休息站杀手。五名受害者,全部都是卡车司机。搭车客在康涅狄格州随意搭便车,然后杀害驾驶者。死者皆死于近距离头部中枪,他们还遭到洗劫。1美金留在仪表板上。警方以为那是搭车客搭车的小费。纸钞上的指纹让警方查到一名流浪汉,他刚从远亲手上继承了为数不小的遗产,刚找到地方住。这位先生都还没时间享受这笔钱。"

最后一件。

"在马里兰州,16岁的莎莉·巴克纳遭到绑架、性侵,被双刃刀杀害。警方把她的尸体从邻居家的露台下挖出来的时候,从她手里发现了纸钞。81岁的艾尔弗雷德·加瑞克否认作案。没有DNA,但有间接证据。莎莉周六早上都会帮老先生购物,而他总会因为麻烦女孩儿而给她几块钱作为报酬。加瑞克的指纹出现在纸钞上。他在被判谋杀罪一周后就过世了。"

德莱尼摇摇头,继续说:"这些纸钞的国徽上都有记号,箭头、叶子、星星。我们还在等新泽西、南卡罗来纳、弗吉尼亚和罗得岛的消息。说不定凶手还没去这些州犯案。也许他已经下手了,只是我们还没查到。"

我们都说不出话来。哈珀靠在墙上,盯着地面。我们都感觉到了,空间里有一种邪恶的黑色物体,这是你不允许自己去想的东西。在成长过程中,我们都有恐惧之物,衣柜里的怪物或躲在床下的恶魔。爸爸妈妈总会告诉你,那只是你想象出来的,根本没有恶魔,根本没有怪物。

但他们的确存在。

我这辈子干过很多不堪的事，伤人，杀人。我别无选择，那是自卫，那是为了保护我的家人与其他人。就算是在危急状况下取人性命也是很困难的。我从过往经验得知，哈珀曾对人扣动过扳机。德莱尼有没有杀过人，我不知道，但她不用在一线亲身经历就能明白这种滋味。那是一条偶尔必须跨越的红线。

但跨越之后总会留下疤痕。

凶手以杀人为乐，这只是游戏，但他不是人，他是禽兽。

我知道我想问什么问题，我只是没有勇气开口。我口干舌燥，舔舔嘴唇，咽了咽口水，问："有多少名受害者？"

德莱尼知道答案，哈珀也心知肚明。沉重的答案压在她们心上。哈珀闭上双眼低声回答："据我们所知有十八人，如果加上阿蕾拉·布鲁姆及卡尔·托泽则是二十人。"

"德莱尼探员，我们要算进他们吗？"我问。

"我觉得要，但我们的进展实在是太慢了。这个案子还在调查阶段。我跟你们分享信息是因为你们先来找的我。我已经准备告诉法院，联邦调查局正在调查布鲁姆、托泽命案及在东海岸作案的连环杀手，但也仅止于此。再没有其他证据与信息了。如果所罗门因为这起命案而被定罪，那么就又有一扇门在我面前关上了。你们知道要重启已完结的案件有多困难吗，特别是已经定罪的案子？几乎是'根本不可能'。"

整个会议室又陷入沉默。

"这些受害者之间有没有什么联系？凶手针对这些人，肯定有什么原因吧？不可能完全是随机的。"我说。

"我还没有查到任何联系。"哈珀说,"我们还在调查。艾迪,我想我从这个角度协助你会最有效果。至今每个州的受害人之间都没有关系,不同年龄、不同性别、不同种族,背景也大不相同。"

我点了点头。她说的没错,但这一切在法庭上都帮不了博比。真的,一点儿帮助也没有。

"一定有什么联系。纸钞上的记号呢?我是说,这家伙是在执行什么黑暗任务,他有使命,也有计划。他杀了二十个人,而警方和联邦探员却完全没想过要查他。他有办法将每一桩命案的责任都推到别人身上。"我说。

"命案"是个诡异的红色字词。不知道为什么这两个字好像卡在我的舌尖。我的脑子不愿意放下它。

我花了一点儿时间静下心来。我马上就要回法庭了。我闭上双眼,任由思绪发散。在我的潜意识里,我知道答案是什么。

一开始很慢,好像空间里低沉的脉动,好像是小提琴核心的震动,极度细微。这震动来自按压琴弦的手指,然后才出现序曲的第一个音符。我感觉得到,它出现了,就在我眼前。

"我需要时间思考这些案件。希望我们能有其他州的消息。如果我们要用这些资料,我们就必须理出头绪,找出受害人之间的联系。德莱尼,如果你愿意做交易,我们就必须把这些证据交给普莱尔。同一时间,我会延后今天的庭讯,要哈利让我延迟诉讼,明天继续。他说过,我可以提出延迟诉讼。我的确需要一点儿时间,我们都是。"我说。

我说话时,目光一直跟着思绪在房间里游荡。

然后指挥大师举起双手,第一个音符回荡在我的脑海之中。

"你在讲什么交易?"德莱尼问。

"我就问这么一次,没得商量,不然就拉倒。你明天得出庭。我也许会需要你上台做证，但我觉得没这个必要。我只需要你同意将这些档案分享给检察官，并且你必须答应我，如果我需要你做证，你会把你刚刚所说的一切解释给陪审团听。"

她双手环胸，转头望向哈珀，然后又看着我。

"我已经跟你说过，我办不到，我不能影响到正在进行的调查。"她说。

"你不会影响任何事。出庭，同意做证，这样我可以跟检察官说你是证人，但你不用真的做证。如果你答应这几点，我向你保证，真凶会在 24 小时之内落网。"

德莱尼向后靠在椅背上，诧异于我如此狂妄的声明。

"请问你到底要怎么让 1 美金杀手落网？"她问。

"这个部分最棒，我不用做什么。如果明天一切顺利，1 美金杀手会自己乖乖走进联邦调查局的怀抱之中。"

卡普法律事务所

纽约州纽约市时代广场 4 号康泰纳仕大厦 421 室

极机密

律师委托人工作成果——陪审员备忘录

被告：罗伯特·所罗门

地点：曼哈顿刑事法院

陪审员：卡珊德拉·德纳芙

年龄：23 岁

  两年前改名，旧名莫莉·弗罗伊登伯格。获得纽约大学舞台设计系入学资格，是一名大学生。在麦当劳打工。有父母资助，经济状况良好。多年来在大学中挂掉两门课。有过多段感情经历。在社交媒体上有许多粉丝。喜欢猫。无投票记录。

表决无罪概率：38%

阿诺·诺瓦萨利奇

THIRTEEN

00:47

新的陪审员叮叮当当地走进法庭。凯恩已经开始觉得她很烦了。她左脚踝上挂着脚链，上面有一堆挂饰，只要稍微移动就会响个不停。其他陪审员也注意到了。瓦莱丽·柏林顿，还有她的那只脚，在忍耐程度最高的陪审员耳里听起来都像是划过黑板的刀片。

凯恩让自己想象切断她脚踝的感觉。他发现自己正盯着她脚踝下方的血管，在不自然的黝黑皮肤下，血管犹如泥地里的虫子，不断鼓动着。

瓦莱丽抖着脚，完全无视耳边的啧啧声与低语。

谢天谢地，陪审团不用等太久。

法官宣布休会，明早继续，凯恩觉得很失望。可话又说回来，他因此有了一点儿独处的时间。

他们回到陪审团评议室，收拾行囊，从后门离开法院。黄色的公交车会带他们离开曼哈顿市区。两名法警跟陪审团一起搭车。他们会在高速公路上开差不多1个小时，朝肯尼迪国际机场的方向前进。只不过他们不是去机场。机场附近有很多价格合理的酒店，它们大部分位于皇后区的中产社区——牙买加区。让陪审团十二人及候补人选通通住进曼哈顿的酒店实在是太费钱了。

法院有三个中意的酒店，他们先是去了假日酒店、花园酒店，可这两个酒店都住满了，那就只能是格雷迪酒店了。这些都是凯恩一手造成的。一个星期前，他准备了一堆预付信用卡，把假日酒店与花园酒店以各种方式订满。这两家酒店的生意都很好，所以他只需分别订六间房即可。他用不同的名字订房，有些是在网上订的，有些是用一次性可抛弃式手机订的。每次预订时,他都会通过电话或电子邮件向酒店指定房间和楼层。

结果就是,当法警想订房的时候,假日酒店和花园酒店都没办法在同一层楼里空出 15 间房。订在同一层是基于安全考虑,一层楼只用安排一位安保人员监管隔离的陪审团,分成两三个楼层则没办法监控。法警人力不够,没办法,一层楼一位安保人员,规定就是这样。

于是只剩下了格雷迪酒店,一层楼,一名安保人员。

公交车驶往格雷迪酒店,凯恩注意到其他陪审员望向栖身之所时失望的神情。

"他们是什么时候把贝茨旅馆[①]的招牌拆掉的?"贝齐这话引发了其他陪审员及法警中间一阵尴尬的笑声。

陪审员鱼贯走进大厅。这里看起来更像是殡仪馆的接待处。每面墙都是深色的橡木板,吸走从肮脏窗户照进来的些许光线。凯恩闻到了炖菜的味道。门卫在入口大厅与陪审员们擦肩而过时,向每个人点头,但没有替他们拿行李。事实上,这家伙看起来喝多了,闻起来也满身酒味。上了年纪的酒店接待人员站在一排鹿头壁挂的前方。她已经八十多岁了,耳朵不好使。比起跟她讲话,法警跟其中一只鹿头讲话兴许还更轻松一点儿。

大家在大厅里等待的时候,凯恩站到了曼纽尔旁边。凯恩用手肘顶了顶曼纽尔,引起他的注意后,靠过去低声说:"我知道你觉得所罗门是无辜的。我们看法一致。我们不能让他因为莫须有的罪名而坐牢。我们晚点儿谈谈,好吗?"

凯恩精明地点点头。曼纽尔想了想,然后谨慎地跷起拇指表示

---

① 贝茨旅馆(Bates Motel),美国恐怖电视剧。

THIRTEEN

同意。

总共发了 14 把钥匙，真的钥匙，不是那种感应房卡，这种地方就是这样。这间酒店曾经是一栋豪华的建筑，五层楼里差不多有四十个房间。没有电梯。陪审团跟着法警爬上四楼，然后分散开来，前往各自的房间。凯恩的房间是 41 号，位于走廊的右手边。他在门口开了好一阵锁，才听到另一名陪审员走向他背后的那间房。

那是瓦莱丽。他听到首饰在他身后叮当作响，于是转头对她说："瓦莱丽，抱歉，但我有偏头痛。早上太阳会从这边升起，会加剧我的头痛。我能不能跟你换下房间？"

瓦莱丽笑了笑，拍拍凯恩的手臂，说："亲爱的，当然可以，我不介意。这间给你。"

凯恩接过 39 号房的钥匙，露出感激的笑容。谢过瓦莱丽，他打开这间新的房门，然后在身后关好并上了锁。房间又小又脏，大大的窗户俯瞰楼下的屋檐。屋檐一路斜下去，连到一片平面的屋顶。这里只能稍微看到一点儿下方的花园。

凯恩把包扔在床上，倒头就睡。

1 个小时后，捶门声让他醒了过来。他告诉法警他不太舒服，不下去吃晚餐了。他想多睡一会儿。不，他不需要看医生。

凯恩又睡了一会儿，醒来时已是凌晨 1 点。休息够了的他整个人神清气爽，进入警戒状态。

他换好衣服，量了一下体温，又吞下几颗抗生素药丸，接着打开包，拿出他的滑雪面罩，从窗户爬了出去。

卡普法律事务所

纽约州纽约市时代广场4号康泰纳仕大厦421室

极机密

律师委托人工作成果——陪审员备忘录

被告：罗伯特·所罗门

地点：曼哈顿刑事法院

陪审员：亚历克·韦恩

年龄：46岁

  空调工程师，目前失业。单身。共和党人。经济状况不佳，但并不太严重。很少社交。喜欢户外活动——打猎、钓鱼、划船。在纽约州及弗吉尼亚州拥有合法持枪证，在纽约有两把枪，弗吉尼亚有一把。有栓动式猎枪持枪证。从未在军队服役。

表决无罪概率：20%

阿诺·诺瓦萨利奇

THIRTEEN

00:48

哈利立刻就宣布延迟诉讼了。普莱尔没有提出抗议。我这下有时间可以准备到早上了。法庭中的人全都走空,只剩下我、阿诺、博比和霍尔滕。霍尔滕的私人安保公司跟卡普法律事务所有签约,他说他可以继续为博比提供安保服务。我向霍尔滕确认过,他已经跟卡普谈妥,他们至少会继续保护博比直到周末。之后,博比就得自己花钱了。鲁迪人真好,至少博比在坐牢度过余生之前还会是安全的。走廊上有五位安保人员,加上霍尔滕,他们准备送博比回家。

"你住在哪里?"我问。

"我在市中心有个老房子,那里很安静,周围环境很好。那房子楼上还有个带金属门的紧急避难室。我在那边会很安全。是鲁迪替我租的,他已经预付到月底的房租了。那个,你觉得我们还有机会吗?"博比说。今天真的很累,从他的神情已经看出来了。我想跟博比说实话,但说实话对他没有帮助。我有预感,我们会逮到真凶。我必须对德莱尼有信心,但我内心深处又在质疑这一切。这个案子还是在碰运气。

"我觉得我们有机会。明天就会更清楚了。我觉得阿蕾拉和卡尔卷入了某种变态的游戏之中。凶手想要嫁祸于你。我只是还不清楚原因,或者他到底是怎么办到的。我要你回家好好想想。明天之前,你要告诉我,命案当晚,你人到底在哪儿。"我说。

"我已经说过,我不记得了。老天,要是我知道就好了。"他说。

他说话的时候,目光瞥向地板。

他在说谎。我知道,阿诺也看出来了。

"博比,在这事上你别无选择。你必须告诉我。"我说。

博比摇摇头,说:"我说过,我想不起来了。"

"那咱们只能期待你明早记忆会好一点儿了。陪审团会想知道你当时在哪里的。如果你说不出来,那你的麻烦可就大了。"我说。

我们把博比送到走廊上,一群安保人员会送他回家。博比答应我自己会睡一会儿,乖乖吃药。他离开法庭,走进喧闹的人群之中。

这是我第一次有机会跟阿诺好好讲话。我把 1 美金杀手的理论说给他听,让他进入状态。一开始他不相信,等到我提供了很多细节,他这才看起来产生了兴趣。

"你觉得陪审团会相信这个说法吗?"我问。

他抓抓他的大秃头,叹了口气,说:"值得一试。目前陪审团已经隔离了,现在的重点是找到领头羊。"

"领头羊?"

"隔离的陪审团很快就会形成集体意识。隔离让他们没办法继续过正常的生活,让他们全体处在高压并更加强烈的现实状况之中。结果就变成了'我们'与'他们'。陪审团会相互联结在一起,于是就会产生一个领导。这个领头羊可能是男性,但带领陪审团的人常常是女性。你只要能找到领头羊,就只需要把注意力全部集中在他(她)身上。如果你能赢得领头羊的认可,那么其他(她)的陪审员都会跟着他的方向前进。"

我点点头,表示这听起来有道理。我忽然很庆幸阿诺跟我在同一阵线。

"谢了,这点很有帮助。"我诚恳地说。阿诺似乎很满意,他很乐意帮忙。

"我知道,我们过去……不是很愉快……唉,你知道的……我很抱歉。我觉得你为博比做得很好。"阿诺伸出手。

我和他握手，我不记仇的。

"哦，有件事我之前想告诉你。"阿诺说，"有一名陪审员，我看见他……啊，这会儿听起来有点儿怪……"

"继续说。"

"这很难解释。嗯……听着，几年前我在有线电视上看过一部恐怖电影，演的是纽约名流之类的。也许其中一个是律师，也许另一个是魔鬼，我忘了。我记得不是很清楚。只记得其中的一段剧情：一个女孩儿在商店更衣间，她对镜头微笑，电光石火间，她的脸变了。那个笑容变成某种……像是邪恶地龇牙咧嘴。她有锐利的牙齿与鬼魅般的眼神。另一个演员，也就是女主角，她不确定自己看到了什么。你懂我的意思吗？唉，这有点儿像我的感觉。我看到那位陪审员，他，嗯……好像忽然变脸一样。好恐怖。就像是什么……恐怖生物的细微表情。"他说。

阿诺浑身冒汗，他的眼袋很深，深到可以装下5公斤的马铃薯。他整个人气色很差，显得既疲惫又害怕。

"那个人是谁？"我问。

我的手机振动起来。我从外套里掏出手机。阿诺没再说下去。我没见过屏幕上的号码。

"你可以等我一下吗？"我问。

"听着，算了，抱歉。我都不知道自己在说什么。为了这个案子，我这半年来每天工作15个小时。今天太折腾人了。你接电话吧，咱们明天见。"

"回去好好休息，阿诺。"

我看着他离开。压力会对人产生各种影响。我不确定，但听起来阿诺好像产生幻觉了，也许是受灯光还是什么的影响。

我接了电话,是修车厂的人。他告诉我,我的车换了一面挡风玻璃,可以去取了。账单金额听起来还可以,技师顺便保养了引擎、换了机油。我谢过他,告诉他我会尽快过去取车,然后挂断了电话。

我今晚会很忙。我要看所有"新"受害者的案件,还要检查明天开庭的每一个证据环节。德莱尼在纽约调查部成立了危机小组,明早6点我跟哈珀要对她进行早餐汇报。看来我没时间去取车了。

出租车送我回到西46街。今天没有欢迎派对。我爬上通往办公室的阶梯时,考虑要不要给克莉丝汀打电话。我走到一楼与二楼间的平台时,决定给她打电话,跟她说我不会反对离婚,她要什么通通给她,只要对她与艾米好就行。但等到我走到办公室大门前时,我还是决定给她打电话,只不过内容是跟她说我爱她,天底下我最爱她。等到这个案子结束,我的律师生涯也会画上句号。

结果呢?我关掉了手机。桌上还有半瓶威士忌。我倒了一杯,把它握在手里好一阵,然后将液体倒进水槽中,开始工作。

我先看所罗门案的资料,准备我的交互诘问;然后才开始研究1美金杀手的命案档案。我不是个训练有素的心理学家、犯罪学家、罪犯分析师、联邦探员或警察,我在这些领域的专业程度相当有限。

但我知道两件事。

我知道如何骗人,而这些案子都有固定的模式,有一个基本的诱饵和调换模式。受害者遭到谋杀,不同州有不同的作案手法,植入纸钞这一线索,警方无视纸钞的存在。这点我不怪他们,我跟纽约市警察一样,也看到了纸钞蝴蝶上的记号,却不把它当回事。只有德莱尼在乎。植入的线索会追查到无辜的嫌犯。而1美金杀手就可以逍遥法外,到另一个州、另一个镇重新开始整个作案模式。

我清楚的第二件事则是杀戮。

THIRTEEN

在我成长的过程中，身边有一堆变成杀手的人。我还是骗子时，几乎每天都得跟杀手打交道，有人是为了钱而杀人，多数人则是以杀人为乐。我认识不少享受杀人过程的人，我大老远就认得出他们。我之所以还没死，是因为我想尽办法理解这些家伙，知道该怎么做才不会出现在他们的雷达上，从而避开他们。

我望向手表的时候，已经是 4 点半了。我脑子稍微清醒了一点儿，于是我给哈珀打电话。

"醒了吗？"

"现在醒了。"她说。她的声音听起来有些沙哑。她用缓慢干涩、且有些不爽的嗓音说："你想干吗？"

"我看完了档案，受害者之间没有联系。"

"德莱尼昨天不是，嗯，跟你说过了吗？"

"她是说过，但她找错受害者了。"我说。

我听到哈珀叹气及拉动被子的声音。我想象她坐直身子，逼自己清醒。

"找错受害者是什么意思？"

"德莱尼研究的是命案受害者。我觉得他们不是真正的目标。凶手杀害这些人，然后将罪行嫁祸在别人身上。我相信被嫁祸的人才是真正的目标。"

"这跟命案受害者的问题一样，某些被定罪的人从来没有离开过他们居住的州。"

"的确没有地理或社交上的联系。我觉得这些人没有见过面，他们彼此住得很远，生活圈八竿子打不着，也没有念同一所大学，有些人甚至没上过大学。我一无所获，但我不是联邦调查局探员，我只能依据档案或我在网络上查到的资料来思考,到目前为止信息不是很多。我在网络上查到几篇文章,比如那个纵火狂阿塞尔,我发现他中了州立机构的彩票,另一篇文章说奥马尔·海塔尔得到了球类比赛的赌金。"

"那又怎样?"哈珀问。

把话说出来有时会让其成真。至少对我来说是这样的。

"哈珀,真正的受害者是那些被诬陷的人。真凶选择他们,是因为他们的人生经历了巨大转折。奥马尔赢了那笔钱,阿塞尔中了彩票,因为休息站命案而遭定罪的流浪汉得到了一笔遗产……地区报纸都有报道这些消息。我要你跟德莱尼调查每一宗案件,研究发生了什么事,结果发现这些人都遇到了巨大转折,而真凶看到了,所以他才以这些人为目标。"

哈珀开始移动。我听到她的脚踩在木头地板上的声音。然后,我听到电话另一端传来另一个人的声音,在模糊的背景音中。"那是谁?"

她一开始没有回话,这阵犹豫足以让我觉得自己是个浑蛋。

"老天,哈珀,抱歉。我不知道你旁边有人,我这就挂……"我说。

"没事,是霍尔滕。他不会介意。"她说。

我一度不知道该说什么,或该作何感想。我发现自己正用拇指抚摸着还戴在手上的婚戒。这么多年来,我不断抚摸戒指背面,对金属材质戒指的磨损程度很是发愁。

"哦,好,没事。"我的口气听起来像个六年级的小学生。

"我会查一下,然后跟德莱尼联系。还有什么事吗?"

没事。我再次道歉,随即挂了电话。我把脸枕在桌子上,觉得尴尬而不是疲惫。

我倒在桌子上的时候,回想起我与阿诺的对话,今天下午的对话。这是一个势均力敌的案子,我需要两大助力:脑子清醒的阿诺,还有刚正不阿的陪审团。别再出现什么带有预设立场的陪审员了。

THIRTEEN

阿诺担心那个出现诡异表情的陪审员，这点让我觉得不太舒服。无论这件事听起来有多疯狂，我还是要了解得更详细一点儿。阿诺经常接大案子，所以他知道在办理谋杀官司期间，睡眠只是一个相对的概念。我打电话给他。手机响了几声，他终于接起。

"喂？"阿诺说。我没听到他声音里有疲倦，他听起来非常清醒。

"我没吵醒你吧？"我问。

"我没睡着。"他说。

"抱歉这么早给你打电话。我刚刚忙了一晚上。我本来打算在跟联邦探员见面前想办法休息半个小时，但我实在睡不着。我想到你昨天说的话，关于那名陪审员的那番话，你说你看到了什么？"

"陪审员？"阿诺问。

"你说的那个，你知道，他的脸……忽然改变。你说你不确定自己看到了什么，只是一瞬间的事。那也许很重要，也许不重要，我只是想知道你说的到底是谁。"

"哦，那个。"阿诺想起来了，"对，嗯，就跟你说的一样，我也不确定我到底看到了什么。那张脸忽然就变了一下。"

"那么到底是哪个陪审员？"

他迟疑了一下。我不知道为什么，但我觉得这很重要。

"亚历克·韦恩。"阿诺说。

韦恩是个枪支狂，这家伙喜欢打猎、钓鱼和福克斯新闻。真不知道亚历克是否喜欢把人当成鹿来猎杀。

"谢了，阿诺。听着，我知道你工作非常辛苦。你休息一下，等会儿见。"

他谢过我，我挂断电话。我在手机上设好半小时后闹钟提醒。我可以短暂地"充会儿电"，然后准备准备，6点前往联邦调查局办公室。

我有预感，今天会非常漫长。

星期四

THIRTEEN

00:49

等到阳光从格雷迪酒店的另一侧升起时，凯恩已经冲好澡，换上了 T 恤衫。他躺在床上，让自己陷入将醒未醒的状态。他腿上的伤看起来很干净，虽然他晚上出去活动了一下，但伤口没有出血。他仔细检查更换后的绷带，没有感染的迹象，但以防万一，他又吃了一些抗生素。体温测量结果正常。

他预计再过 1 个到 1 个半小时，法警才会来叫陪审员吃早餐。他放松肌肉，深呼吸了两次，让自己的思绪飘进半梦半醒的世界，任由潜意识掌控一切。

昨晚行动的结果他很满意。

没多久，法警就会敲起大家的门，接着是用力捶门，紧接着的是大吼大叫，最后是尖叫。

卡普法律事务所

纽约州纽约市时代广场 4 号康泰纳仕大厦 421 室

极机密

律师委托人工作成果——陪审员备忘录
被告：罗伯特·所罗门
地点：曼哈顿刑事法院

陪审员：丹尼尔·克莱
年龄：49 岁

  领失业救济金。单身。父母双亡，没有家人与朋友。经济状况非常糟糕。喜欢社交网络，爱读科幻、奇幻小说。不看报纸和网络新闻。猫王迷。没有犯罪记录。

表决无罪概率：25%

阿诺·诺瓦萨利奇

THIRTEEN

00:50

说说你喜欢联邦调查局的哪一点,他们的政策,他们的秘密政治主张,他们的腐败,他们偷偷监视着美国的每一位公民,他们的错误,还是被他们夺走的性命?

星期四早上6点05分,现在的联邦调查局感觉还好。只要他们给我咖啡,我就暂时休战。

给他们加分的还有他们在短时间内迅速建立起1美金杀手命案的案情室。德莱尼掌握了足够的证据,迫使长官打开钱匣。有人带我走进一间没有窗户的大房间,灯光光线充足,到处都是办公桌,一块长玻璃组成的案件分析墙将房间从中间分隔开来;案件分析墙上有受害者的照片,下方是他们的个人资料,还有因为被指控杀害他们而被定罪之人的档案。整块玻璃上都是马克笔画来画去的箭头。

"我们又查到一个案子。"德莱尼在我身后说。

她走过来,指着一张照片,画面上是一个身穿骑士皮夹克的女孩儿。她有一头乌黑的鬈发,皮肤苍白,脸上挂着啦啦队员式的微笑,20岁出头的年纪。旁边是嫌犯的照片,那是位高大的、留着胡子的中年男性。

"南卡罗来纳州,英文系教授因杀害女服务生而被定罪。"德莱尼说。

"这是什么时候的事?"

"2014年。这位教授刚把他第一本小说的版权卖给纽约的一家大出版社。他一被定罪,出版社就取消了合约。"德莱尼说。

在对面后方墙壁上的是命案与被告因谋杀官司而被定罪的时间

轴。一切始于 1998 年佩纳被控杀害第一位年轻女性，之后一路延伸到最近的案子，即 2014 年的英文系教授杀害女服务生案。

"十六年。"我低声说。

"也许吧。"德莱尼说，"还差几个州的信息，新泽西、弗吉尼亚和罗得岛。也许时间更长，但也未必。凶手真的很忙。"

我发现自己无法把注意力集中在受害者的照片上。他们每个人的生命都被无情、残暴地结束了，男男女女。他们有父母，有朋友，甚至还有孩子。情况太糟了，让我难以接受。我在一张空桌子旁坐下，房间里已经挤满了联邦调查局的人。只需瞥一眼这名凶手造成的痛苦就已经让我难以承受，痛楚仿佛是在地平线上燃烧的火焰，他手下冤魂的脸似乎正被慢慢灼烧着。我觉得如果自己靠得太近，或盯着某张脸太久，这把火就会吞没我，永远不会放开我。

德莱尼带着执法人员常有的抽离感，她可以用客观的目光看着受害者的脸。

"你是怎么办到的？"我问。

"什么？"

"你可以平静地看待这一切，好像完全不受影响。"我说。

"哦，你最好相信我也会受影响。"她说，"当我看到尸体的时候，这些骇人事件所带来的伤痛足以让我进入精神病院，如果任由伤痛牵着鼻子走，就会是这种下场。当我看着照片的时候，我看的不是受害者，我是在寻找凶手，我是在想办法追踪他的气味，观察他的特征，或寻找某种蛛丝马迹。你必须无视尸骸，才能看到背后的禽兽。"

我们沉默了一会儿。我想着这些人。

"那么，他告诉你该怎么抓这浑蛋了没？"哈珀问。

我没注意到她进来。她拿着看起来有 2 升的咖啡杯进来，那咖啡

THIRTEEN

杯重到她都站不直了。她把杯子放在桌子上，坐到我旁边的椅子上。

"还没。"德莱尼说。

老实说，我不确定这是否会成功。希望渺茫，但经过彻夜思索，对1美金杀手的行动模式，我有些把握了。

"在我看来，1美金杀手真正的目标是他所诬陷的命案凶手。纸钞上画在3个符号上的记号都有意义。我猜箭头是针对受害者，橄榄枝则象征凶手落网且遭到定罪，这当然是在1美金杀手陷害他们之后的事。然后是星星，代表的是州，一定是。现在你们来想象一下，假如自己是凶手。"

哈珀喝了一大口咖啡，德莱尼双手环胸，身体后靠。我不太确定她信不信这个说法。

"这家伙花了不少精力将命案嫁祸到无辜的人身上。我的猜测是，这种感觉一定很好。你策划了一桩命案，行凶，然后警察根本不去查你。这几乎是最完美的谋杀了，不是吗？接着，你已经费了这么大劲诬陷某人，难道你不留下来，确保替罪羊因为你的罪行而入狱吗？"

德莱尼拿起一支笔，将椅子拉近桌子，开始做笔记。

"留下来是什么意思？"哈珀问。

"我觉得他会旁听。对这浑蛋来说，这就像是一场游戏、一项任务。想象你坐在法庭上，眼睁睁地看着某人因为你所犯的罪行遭到定罪，这是多么有成就感啊，特别是一切都是你一手策划的。整个计划基本上算是完美地在你眼前被执行呈现。要我说，这家伙真的很会嫁祸别人，他的每一个目标对象都遭到了定罪。我很难想象，为何这些案子的辩护律师一个官司都打不赢。他每次都能让他的目标被成功定罪，因此他更会觉得自己强大。很多凶手是为了权力游戏而杀人。这家伙为什么不一样？"

德莱尼手中的笔在纸页上飞快地书写着。她一边做笔记,一边点头。

"艾迪,你遇到过很多凶手吗?"德莱尼问。

"对于这个问题我要行使第五修正案。"我说。

"仔细搜索电视报道、地方报纸、全国性报纸、博客上面的诉讼照片。我们可以开始找这家伙了。"哈珀说。

"而且如果我的推论正确的话,他今天会去法院看博比。你在法庭上部署六名探员,盯着群众看。等到我开始交互诘问检方证人关于1美金杀手的时候,我们就能看到他会有什么反应了。运气好的话,我们可以吓吓他。我要让他觉得,我们对他的了解已经超出他能接受的程度。如果他够聪明,就会跳上下一班离开肯尼迪机场的飞机。你只要在他离开法庭时逮到他就好。"

德莱尼与哈珀互相使了个期待的眼色。这听起来是个可行的计划。德莱尼翻着档案,找出一份装订好的报告书。

"这是1美金杀手的侧写。我们连夜赶出来的,所以有点儿粗糙,还要加点儿东西上去。里面根据命案发生的日期推算出他所在的位置。我会更新命案开庭的后续时间点。艾迪,关于纸钞,我觉得你的推论是对的。哈珀,我懂你的意思,给1美金杀手背锅的人之间的确有某种联系。我们之前已经开始调查了,但我们必须在查完所有人之后才能确定。现在已经有了结果。"

她把侧写画交给我和哈珀,我们在报告上找到"受害人选择"的段落。

这些命案受害者的体型、性别、地理位置没有明显的联系。真凶是为了让目标因为特定命案或一连串的命案得到定

THIRTEEN

罪，才会对这些受害人下手的。受害人和目标对象可能是认识、有关或有所联系。真凶嫁祸罪行的对象都有一个罕见的共通点，那就是在命案发生的时间点上，这些目标都经历了可以说是改变他们各自人生的重大转折，这包括经济状况或个人状况的巨大改变（中州立机构的彩票、有机会继承意料之外的遗产、卖掉餐厅特许经营权等）。

通过检查植入在命案现场及后来上法庭用的 1 美金纸钞记号，加上命案发生各州的地理位置，浮现出的是一种重要且可能说得通的心理洞见及病态状况。

1 美金纸钞上的 13 颗星星象征一开始签署《独立宣言》的 13 个州。《独立宣言》所提供的法理基础保障是令人向往的美国梦。

模式非常明显，而其中的病态状况就是摧毁令人向往的美国梦。因此，嫌犯本人或他身边亲近的对象有很大的可能没办法实现他们美国梦的目标。这是大规模的复仇计划。这些遭到嫁祸惩罚的人是因为他们重获新生，却也因此必须面对命案栽赃。真凶憎恨令人向往的改变，这就是为什么布鲁姆、托泽命案里，纸钞会被折成蝴蝶的样子。

我翻到下一页，读起报告的结论。

  性别：男性。

  年龄：可能在 38 到 50 岁。

  种族：不明。

  来自何州：不明。

生理特征：根据几起命案所需的力气推断，罪犯应该相当强壮、结实。

心理状态：罪犯相当精明，善于谋划，擅长社交，操控力极强。个性里带有自恋的成分。具有反社会人格及精神病态特质，但维持高功能状态，足以骗过大众、朋友及家人，隐藏其症状。受害者在死前和在某些情况下及在死后遭受的暴力，暗示罪犯带有施虐狂的特征。将其罪行嫁祸给无辜之人是情绪上的虐待。罪犯可能相当迷恋痛楚所带来的心理状态。可能有类似性虐待的性变态倾向。受过教育，可能达到了大学水平。对于鉴定程序具有相当程度的了解。根据他的病理状态，他也许在自己选择的领域里失败了，或所亲近之人无法活出自己的潜力。嫌犯的生活可能一度非常贫穷。他的任务是变态地攻击美国的价值观与憧憬，也许作案主要动机是来自复仇。

"他认为自己在扼杀美国梦。"我没意识到自己说出了内心的想法。我抬起头，发现两个女人都在看我。

"他一定研究过他的目标，从报纸或地方电视台什么的。你知道，晚间新闻最后都会来点儿正面的消息。他就是这样找到目标的。我会从这边着手调查。"哈珀说。

"我调两个探员帮你。他们正在联系地方新闻媒体。"德莱尼说。

空间里朝气蓬勃，德莱尼知道自己正在逼近这个幽灵。不过，我还是觉得哪里怪怪的，理论上看起来说得通，但1美金杀手必须全然依靠运气，一定是的。至今他的八个命案在八个州都让他的目标被定了罪。纽约会是第九个地点。而且说不定还有德莱尼尚未挖出来的

THIRTEEN

地方。

我很清楚，在谋杀案的法庭上什么事情都有可能发生。就算鉴定证据再有力，但变量还是太多了。

1 美金杀手怎么可能好运好到八次都成功让他的目标被定罪？

"你们联系地方新闻媒体的时候，确保拿到每场官司的画面，也许会有旁听群众的视频或照片。我觉得我们要找的人目睹了每一场庭审的过程。摄影师很有可能捕捉到了他的照片。"我说。

"机会不大，但我们会试着调查一下。"德莱尼说，"出席审判符合他的心理侧写。很多凶手都会重返他们的作案现场，或从受害者身上搜集战利品。这样他们才能一再重温犯案时的兴奋感。当然，谋杀可能不太一样，他们不会得到同样的兴奋感，但他们会从中得到其他情绪。"

哈珀收拾好笔记，起身，急着去开展工作。

"这样足以让所罗门被无罪释放吗？"她问。

"不知道。普莱尔今天会拿出很多确凿的证据给陪审团看。如果博比记得命案当晚他人在哪里，也许会有帮助。"

"他真的不知道吗？"哈珀觉得不可思议。

"他说他醉了，他不记得。"

"如果他是去了酒吧，那肯定会有人认得他吧？"德莱尼问。

"话是这么讲，但我看过监控画面。他穿了深色衣服，戴了鸭舌帽，还把帽檐拉下来。很多名人在纽约这种城市出门都是这身打扮，就算……"

话语卡在我的喉咙里。德莱尼说到重点了，应该会有人认出博比来，应该会有。

"德莱尼，你有联邦调查局鉴定技术人员的名单吗？"我问。

"我可以拿到。怎么了？"

"博比被无罪释放对你我都好。我需要你的帮忙。"我说。

德莱尼一开始态度有点儿谨慎，她双手环胸，站在原地。

"只要不是非法行为，我们都能帮忙。"她说。

"啊，这个嘛，这可能有点儿麻烦。"

她看着我。我笑了笑，说："基本上只要没被抓到就不算违法。"

00:51

法警已经用力敲了快 10 分钟的门了。现在是早上 7 点半，走廊上的炖菜味换成了煎蛋的味道。陪审员大多都下了楼。凯恩、法警、贝齐与丽塔则留在走廊上，喊着要房里的人出来开门。

"该死，那个有备用钥匙的门卫呢？"法警再次捶门，吼叫起来。

此时，那个上了年纪的酒店门卫从转角处出现，将钥匙交给法警。

"你还真是悠闲。"法警说。

门卫耸耸肩。

"我们要进来了。"贝齐说。

凯恩跟其他人一样，收拾好了自己。他已经冲好澡、换好衣服，化妆遮盖好了他鼻子骨折后出现的青紫色瘀伤。法警将钥匙插入锁孔，打开房门的时候，凯恩正在努力压抑兴奋。

"你醒了吗？我是法院的法警。"法警边说边走进房间。凯恩轻轻把贝齐推开，跟着法警走了进去。

房间里看起来干干净净的。床上有一个健身包，凯恩右手边的床

THIRTEEN

单是拉开的，但床上空无一人。房间另一侧的浴室灯光洒落出来，刚好照到床后方。法警还在前面边喊边走。

"哦，我的天哪！"贝齐惊呼。

法警转过身，凯恩也转了过来。贝齐与丽塔齐声尖叫。她们正盯着床铺与靠近房门左侧墙壁之间的窄小空间。法警从墙边把床架拉开。在场的每个人都盯着曼纽尔·奥特加的尸体看。他脖子上缠着床单，整个人摔到地上。床单另一端绑在床柱上。看起来很像是他把自己勒死了。

凯恩盯着贝齐、丽塔与法警，身体缓缓向后退去。趁大家背对自己、惊恐地望着曼纽尔的尸体时，他迅速从肩上抽出毛巾，盖在窗户的锁上，迅速一扭，将窗户从屋内锁上。没有指纹，没有DNA，干干净净。做完这一切后，他把毛巾重新放回肩上，又往前走去。

这显然是一起自杀。法警已经在用对讲机呼叫，寻求纽约市警察局协助。曼纽尔的眼睛没有合上，眼球从眼眶中爆凸出来。他的目光盯着卡其色的地毯。

同一天稍早时候，凯恩敲起曼纽尔的窗户。曼纽尔先是讶异，然后开窗让他进来。

"兄弟，你在干吗？"曼纽尔压低声音说。

"只有这样我们才能在私下交谈。我很担心这个案子。我觉得警察诬陷了所罗门。我们必须确保他能无罪释放，我一点儿都不相信他杀了那些人。"

"我也不信。我们该怎么做？"曼纽尔问。

他们讨论出了一个对策：该怎么去影响其他陪审员。10分钟后，曼纽尔起身去厕所，凯恩跟着他过去，并且戴上了手套。他从后方抓住曼纽尔，将一团布塞进他的嘴里，然后紧捂他的嘴。接着凯恩把另一只空闲的手移到曼纽尔的气管处,曼纽尔一下就没力气了。安静,迅速。曼纽尔断气时,凯恩甚至都没出汗。他把尸体移到床边的空间,把床单一端缠在床柱上,另一端系在曼纽尔的喉咙处,拉得紧紧的。

凯恩同样用爬窗的方式离开。当时他没办法做的就是把窗户锁上。

现在已经锁好了。

法警站在走廊上,房门是锁着的,现在窗户也锁上了。这些组合足以让纽约市警察局将本案列为自杀。不然现场不可能是这样的。

"全部出去。"法警说。

凯恩、贝齐和丽塔离开房间,一起聚在走廊上。凯恩用手搂着哭泣的丽塔。贝齐说:"我必须离开这里。这里太可怕了。到底发生了什么事情?"

他压低声音安慰两位女性,建议她们去楼下喝点儿酒安安神。于是,随着格雷迪酒店附近警笛声的响起,凯恩一手搂着一位女性,穿过走廊,下了阶梯,朝酒吧前进。

好了,凯恩已经整顿好陪审团了。每个人都不会质疑凯恩的说辞了。罗伯特·所罗门得到无罪审判的最后机会是曼纽尔,现在心头大患已除。终于啊,现在这是凯恩的陪审团了。

THIRTEEN

卡普法律事务所
纽约州纽约市时代广场 4 号康泰纳仕大厦 421 室

极机密

律师委托人工作成果——陪审员备忘录
被告：罗伯特·所罗门
地点：曼哈顿刑事法院

陪审员：克里斯托弗·派洛斯基
年龄：45 岁

  网站设计师，在家工作。离婚，目前是单身。周末酗酒（都在家里喝）。社交状况不佳。父母住在宾夕法尼亚州的养老院。经济状况不佳。金融危机时因为投资失利而失去大部分财产。喜欢食物与烹饪。服用治疗抑郁症及焦虑症的温和药物。

表决无罪概率：32%

阿诺·诺瓦萨利奇

00:52

在普莱尔还没提出今天的第一个问题之前，我回想着今早发生的一切。

我离开联邦调查局之后，给普莱尔打电话，跟他说我的调查员需要进入所罗门家。他没有反对，但在电话里，他的口气听起来很不爽。

"你似乎出名了嘛。"普莱尔说。

"我一直在忙，没看新闻。"我说。

"你出现在每个电视频道的重点新闻上，照片还登上了《纽约时报》的头版头条。感觉如何？"他问。

原来他是因为这个不爽。普莱尔就是喜欢出风头。

"我说了，我还没看到。你收到我的电子邮件了吗？"

普莱尔确认他收到我的新发现了。他觉得我把这桩命案推给连环杀人魔是在做垂死挣扎。

也许他说的没错，但我也只有这招了。

我们抵达法院后的第一件事就是前往哈利的办公室：又死了一个陪审员——曼纽尔·奥特加。纽约市警察局确认他是自杀，已经通知家属了。几名陪审员看到了尸体，但他们没事。陪审团保护官跟他们一一谈过，他们被确认都能继续尽陪审员的义务。又来了一名候补陪审员——瑞秋·科菲。我跟普莱尔对她加入都没有意见。哈利说他希望能在我们再失去一名陪审员之前完成这次审判。

"这个案子被诅咒了。"哈利说，"我们必须速战速决。"

博比这一晚很不好过，他完全没睡。霍尔滕带着一群安保人员送博比来法庭后，就坐到了我们后面那一排。整个早上，他时不时把手

THIRTEEN

搭在博比的肩膀上，支持他，低声说着鼓励他的话。他告诉博比，他的辩护团队是全世界最棒的。

我很感激霍尔滕。哈珀显然很喜欢这家伙。他敏锐地觉察到无论博比先前鼓足了多大勇气，也就到此为止了，他再也没有走下去的力气了。

我和博比坐在辩方席里，我告诉他，阿诺会晚点儿到。博比转过头，霍尔滕对他微笑，伸出拳头，用嘴型告诉他："撑下去。"

"博比，没事的。我想我们知道是谁对卡尔及阿蕾拉下的手了。我今天会告诉陪审团的。你只需要再撑一会儿。"我说。

博比点点头，没有说话。我看得出来，他正在吞咽他的恐惧。至少他乖乖吃药了。在过来的路上，霍尔滕给他准备了热腾腾的三明治早餐。他的确吃了一点儿。

我给博比倒水，确认他安好，然后我问出那个问题。那个问题恶毒而又危险，但我实在不觉得自己有什么选择的余地。

"博比，我必须知道命案当晚你在哪里。你准备好告诉我实话了吗？"

他盯着我，想要装出愤怒的模样，却没成功。

"我醉了，我不记得了。"他说。

"我不相信你，这代表陪审团也不会相信你。"我说。

"这是我的问题。艾迪，我没有杀人，你相信这点吗？"

我点点头，但恶心的感觉爬上心头。我先前错估过客户。

"如果你不告诉我，我可以立刻从这个案子里抽身，这你很清楚吧？"

他点点头，没有说话。没有人会愚蠢到在谋杀官司中再失去一个辩护律师，但博比还是不肯开口。我已经对他施加很大的压力了，我不希望压垮他。而且，我相信人不是他杀的。无论他不肯说出口的原因是什么，感觉都与命案带来的愧疚感有关。如果他当时在家，也许阿蕾拉和卡尔就不会死？

哈利走进法庭，大家起立。他请陪审团入场，他们一一入席。我仔细盯着他们看。我在找两种人。首先是领头羊。

女性之中有两位很有领头羊特质，丽塔·魏斯特跟贝齐·穆勒。就她们两个人看来，我觉得贝齐比较像这个领头羊。今早这两位女士看起来都相当严肃，从她们脸上看得出她们曾经哭过，两个人都采取防御性的坐姿。贝齐用双手环抱自己的身体，丽塔则双手环胸，双腿交叉摆放。

也许她们就是发现曼纽尔尸体的陪审员。

我还没仔细注意过男性陪审员，现在我正仔细地盯着他们看。

个子最高的是厨师特里·安德鲁斯。我不会觉得他是带头的人。整个诉讼过程他都是一副兴致不高的模样，甚至有点儿分心，感觉他心里在想别的事情。丹尼尔·克莱的牙上塞了东西，他用舌头舔着，对于诉讼也没有太大兴趣。

詹姆斯·约翰逊正在与克里斯·派洛斯基交谈。译者与网站设计师的个性都很鲜明，他们也许会争着当思想领袖。最年长的陪审员是64岁的布拉德利·萨默斯，他正咬着指甲，望向天花板。我觉得这是好迹象：他在思考，也许跟案情无关，但至少他有脑子，能够进行理性分析。

最后一位男性叫亚历克·韦恩。这位喜好收藏枪支的户外运动爱好者，阿诺看见他脸上出现过憎恨的神情，他还试图掩饰。韦恩笔直地坐在位子上，双手摆在大腿上，显得相当专注，准备行使他的义务。

我觉得他就是领头羊。我会严密观察这个家伙。

THIRTEEN

普莱尔传唤了法医莎伦·摩根，一位身穿合身黑色套装的金发女郎。她50多岁，但看起来还是很年轻；更重要的是，当她出庭做证时，她的证词都相当精确。她去过命案现场，尸体是她检验的，纸钞蝴蝶也是她在卡尔嘴里发现的。普莱尔向陪审团展示了她的公信力，然后谈到伤口与验尸。法医确认了两位死者的死因：卡尔死于头骨骨折及大脑创伤。

"那位女性受害者，你能确定死亡原因吗？"普莱尔问。

"可以。致命伤无疑是胸部区块的多处刺伤。左胸下方有一道伤口切断了主要的血管。心脏持续跳动，因此形成真空状态。空气阻塞在血管里，迅速流向心脏，形成气塞，血流减少，导致心脏停止运作。几秒内她就死亡了。"摩根说。

"这是否能够解释为什么受害人身上没有因为抵抗而产生的伤口呢？"普莱尔问。

他这是在引导摩根，但我没有反对。普莱尔还在想办法抚回我昨天造成的损失，因为我企图证实两名受害者不是一起在床上遭到杀害的。

我看到韦恩点了点头。检方的话得到摩根的证实。普莱尔展示了阿蕾拉死后胸腔的照片。未经训练的人会以为那是五个弹痕。她胸口上有五个椭圆形的伤口。

"你曾经检验了从被告家里找到的刀子，可以请你跟我们说说这把刀对阿蕾拉·布鲁姆造成了何种伤害吗？"

"造成伤害的是一把单刃刀，不是双刃刀。在本案里，伤口的痕迹底部是平滑的，因此可以推定是单刃刀。我检验的刀子的确符合这种痕迹。双刃刀会留下钻石形状的伤口。这把刀也符合伤口的深度。"

普莱尔就座。我有三个问题。

第一个问题无疑会支持两起攻击是分开作案的理论。剩下两个问题则是在为我的结案陈词铺路，说明1美金杀手的出现。我昨天在研究这个案子的时候，发现本案与1美金杀手先前的案件之间有很多证据之间的联系。现在是时候公开一部分了。

法医耐着性子等我提出第一个问题。她不会允许自己卷入推论之中。出庭做证时，她就是一名专业人士，我也只能依靠这点了。

"摩根医生，你已经证实受害人的胸口有五个刺入的伤口，伤口是分开的。从照片上你可以看到双乳之间的胸膛中间有一道伤口，双乳下方分别有一组平行的伤口，还有胸部下方更远处左右各有一个伤口。这五个刺入伤口是否能够组成一个完美的五角星形状？"

摩根再次检查照片。

"可以。"她回答。

我在荧屏上更换照片，展示从卡尔嘴里找出来的那只纸钞蝴蝶。

"你把纸钞蝴蝶从卡尔·托泽嘴里拿出来。在拍照后，你检查了纸钞，纸钞背面的国徽上有一些记号。箭头、橄榄枝，还有什么图案上也有记号？"

她抬头看着荧屏上放大的照片。

"星星。"她说。

贝齐与丽塔这两位女陪审员似乎在向前靠过来。先让她们自行想象一下。

"还有一件事。如你所言，卡尔·托泽的致命伤来自钝器的重击。这种创伤在打击接触时，应该会造成巨大声响，这么说对吗？"

"可以这么说。"摩根说。

我回到辩方席。我看着两名受害者一起躺在床上的照片。我没有准备下一个问题，但问题自己跑进了我的脑袋里，似乎是跳出来的。

THIRTEEN

我的电脑屏幕就是那张照片,就在那里,现在陪审团可能看不出来什么,也许还会有让他们和普莱尔更加困惑的风险,但我觉得这个冒险是值得的。

"摩根医生,还有一件事。"我说,同时把受害者躺在床上的照片展示在法庭荧屏上。

"你证实两名死者都死得很迅速。阿蕾拉·布鲁姆双手摆在身旁,仰躺在床上;卡尔·托泽侧躺,面向她,身体蜷起来,看起来有点儿像天鹅。罪犯是否可能在杀害被害人后立刻将他们摆放成这种姿态?"

她看了看照片,说:"我觉得有可能。"

"看看受害人,卡尔·托泽的身体像天鹅的形状,但是否也像阿拉伯数字'2'?"

"对。"

"再看阿蕾拉,像不像阿拉伯数字里的'1'?"

"有可能。"她说。

我就知道,我只是到现在才发现。1美金杀手还有最后一场审判。阿蕾拉·布鲁姆、卡尔·托泽和博比·所罗门是他的第十二颗星星。他故意将尸体摆成数字"12"的样子。

12场官司,12个无辜的人。我必须在13号受害者出现之前阻止这家伙。

我望向法庭后方。六名联邦调查局探员站在那里,德莱尼在中间。她摇摇头,没有人离开,时机还没到。就在这时,法庭大门开了,哈珀带着一个身穿灰色西装的矮小男子走了进来。他与德莱尼交谈。哈珀从右边绕过来,坐进辩方席,拿出包包里的一沓卷宗档案摆在我面前,压低声音说:"你是对的。"

00:53

　　他仔细观察着其他陪审员的反应。他们相信法医的证据，欣然接受，只有少数几人对弗林感兴趣。当弗林提到 1 美金和记号的时候，凯恩整个人僵直起来。他压抑住自己的兴奋感，绝对不能表现出来。

　　经过这么多年，终于有人发现了他的使命吗？

　　弗林看懂了死者的姿势。他看明白了凯恩在那两具尸体上动的手脚。在凯恩犯下的众多命案里，他都抗拒着不要摆弄尸体，这一起则较为特别。博比是大明星，凯恩的技术已经登峰造极，他需要不一样的挑战，这挑战来自平常接触不到的人，一名电影明星。

　　凯恩心想：要是她死得没那么快就好了。

　　第一刀让她惊醒，1 秒钟后就斩断了她眼里的光彩。他的星星。凯恩用刀在她身上刻下星星。这场命案还需要另一个对象，它结束得太快、太轻松了。她躺在床上，双手摆在身边，看起来相当平静。他把男人扛上楼，袋子套在卡尔头上，紧紧勒住他的脖子，整个密封住，所以地上没有血迹，就跟弗林说的一样。将卡尔摆上床后，他把袋子解开。然后将门口的棒球棍拿来，用袋子里的血抹棒球棍，再把棒球棍摆在卧室的角落里。

　　12 是重要的里程碑。他把卡尔的双腿弯起，调整他的姿势，让他看起来像阿拉伯数字 2。当然，这是在他杀害阿蕾拉后临时起意的。他就要完成他的任务了。凯恩心底希望有人发现，有人能够理解。他的目光跟着弗林望向法庭后方的女人，以及站在周遭的男人。

　　联邦调查局。

　　凯恩舔舔嘴唇。

THIRTEEN

终于要开始追捕了,但距离他们查到凯恩还有很长一段路要走。探员们注视的是群众,而不是陪审团。

凯恩看看手表,深呼吸,要自己冷静下来。

他们现在应该发现尸体了,昨晚在他拜访过曼纽尔后留下的尸体。

一切又要开始了,这是最后一次。

00:54

普莱尔的下一步的打算是用检察官提供的时间线钉死博比,证明他在说谎。他传唤博比的邻居肯恩·艾格森。肯恩四十五六岁,他穿了遮掩肚子的双排扣西装,不过偏分的发型没能遮住他的秃头。上述两个缺点,如果只拥有其中一个,那就还不算太糟。艾格森声称自己在华尔街工作,星期四晚上 9 点前一定会到家,因为那天晚上他老婆教极限瑜伽,而他们的保姆康妮 9 点必须搭公交车回家。

"下车后,你看到了什么?"普莱尔问。

"我看到了罗伯特·所罗门,清清楚楚。我锁好车门朝我家前进的时候,听到左方有脚步声。我望过去,他就在那里。我之前没有跟他交谈过,但见过他一两次,你知道,进出的时候。我挥手打了声招呼,他也向我挥手,就这样。我进家门,孩子睡了,保姆康妮也已搭乘公交车回家了。"

"你确定那人是他吗?"普莱尔问。

"百分之百确认。他很有名。我在电影里见过他。"

"你怎么确定你是 9 点到家的?"普莱尔又问。

"我8点半离开公司，开车回家，停车的时候我看了仪表板上的时间。我上星期晚了一点儿，差不多是9点10分到的家，康妮就不高兴了。她说她赶不上公交车了，所以我给了她50美金让她坐出租车。你知道好保姆有多难找吗？我会确保那天准时到家，我也的确准时到家了。"

"艾格森先生，问你最后一个问题，因为这很重要。我要你明白你这段话会造成的后果。被告说他午夜才到家，若不是他在说谎，就是你在说谎。如果你对当时的状况有任何不清楚的地方，现在是告诉陪审团的好时机。所以，我再问你一次，你确定你在命案当天晚上9点，看到罗伯特·所罗门走进了他家吗？"普莱尔问。

这次艾格森转头面向陪审团，直直望着他们，充满自信地说："我确定，我看到他了。当时是9点。我可以用我孩子的命担保。"

"换你了。"普莱尔得意扬扬地说。他经过法官席、证人席，回到检方桌。

我立刻起身，无视身体的疼痛，抢在普莱尔回到座位前说："普莱尔先生，如果可以的话，请你留步。"他想转身找法官，但我紧抓着他的手臂。他停下动作，咬牙看着我。在他能够抗议或抽开身子之前，我已经展开了我的进攻。

"艾格森先生，你与普莱尔先生已经聊了差不多半个小时了。他就站在你面前3米的地方，全部都在你的视线中。告诉我，普莱尔先生的领带是什么颜色的？"我问。

普莱尔喷了一声，但我不让他转身。他继续背对着证人席。

"我想是红色的。"艾格森说。

我放开普莱尔。他眯起双眼，解开粉红色领带外面的西装外套纽扣，坐进了检方席。

"哦,我以为是红色的,我的错。"艾格森说。

"低级,太低级了。"普莱尔说。

我转向检察官,对他说:"我没问这条领带质量如何,但如果你花了超过 1.5 美金,那你就是被坑了。"

笑声弥漫在法庭中。

"艾格森先生,你与那个男人照面儿有多久?大概只有两三秒吧?"

"对,差不多。"

"你跟对方离了多远?"

"可能超过 6 米。"他说。

"也许是 9 米?"

他想了想。"没有那么远,也许 8 米吧。"

"当时天色昏暗?"

"对。"艾格森说。

"你看到的人戴了墨镜,连衣帽也套上了,是这样吗?"

"对,但那是他。"

"你觉得那人是罗伯特·所罗门,因为他打扮得跟罗伯特·所罗门一样,还正要进屋,是这样吗?"

"就是他。"艾格森说。

"好,于是你在黑暗里,距离 8 米外,看到一个人戴着墨镜,头上套着衣服的兜帽。你看到的就是这样,对吗?"

"对,那是……"

"那是一个走向罗伯特·所罗门家的人,所以你以为那是被告。我说的没错吧?"

艾格森没有开口,他正在寻找正确答案。

"那可能是任何人，对吗？你根本没有看到对方的脸。"

"我确实没有看清对方的脸，但我知道那就是他。"艾格森不满地说。

在我提出最后一个问题时，我转身面向陪审团。

"他有打领带吗？"我问。

陪审团大笑起来，除了亚历克·韦恩。

艾格森没有回答。

"不用继续讯问了，检察官传唤托德·金尼。"普莱尔说。

艾格森低头离开证人席。普莱尔才不在乎。这是他的策略。多数检察官可能会把整个早上的时间都花在艾格森身上，普莱尔不来这一套，他把证人当快速球扔。如果陪审团不喜欢某位证人，马上会有另一位上场。这是一项很危险的技巧，连续传唤证人，但某方面来说，这样事情会比较简单，可以让庭审过程迅速推进，确保陪审团绷紧神经。

金尼居然是个年轻人。他身穿白色衬衫、打着领带，还有蓝色牛仔裤及蓝色的休闲西装外套，所有的衣服看起来都至少小了两号，就连领带都碰不到腰。他很年轻，有自己的风格。当技术员实在可惜，做卧底倒挺合适的。

普莱尔起身，他的右脚在地上点个不停，我让他不安了。他的衬衫领子紧勒着他的脖子。我决定施加压力了。

我走回座位的时候，停下脚步在普莱尔耳边低语。

"领带的事我很抱歉，那招儿真的很低级。"

我听到金尼走过来。

"那样也救不了你的客户。如果你再敢碰我一次，我会打爆你这张丑脸。"普莱尔如是说，面对法官的脸上还挂着笑容。

THIRTEEN

"我发誓我绝对不会再碰你。"说着,我从普莱尔身边退开,直直挡在金尼走过来的路线上。金尼被绊了一下,我赶紧拉住他。

"哇,真抱歉。"我说。

金尼没有回话,只是摇摇头,走向证人席。我坐回辩方桌,让普莱尔进行他的工作。金尼发过誓后,普莱尔带着他介绍自己鉴定技术员及 DNA 鉴定专家的资格与经历。他没花多少时间,我等着看戏,我等着普莱尔讲到重点。

"你检验过在卡尔·托泽嘴里找到的 1 美金纸钞?"普莱尔展示出纸折蝴蝶的照片。

"对,法医把它保存了下来。一开始我只检验了指纹。我找到一枚清楚的拇指指纹,然后我在指纹表面扫描了一遍,寻找 DNA。我还在指纹周围的钞票表面和其余部分提取了样本。"

"指纹分析得出什么结果?"

"我们从被告身上提取了可以比对的指纹组合。被告左手的拇指上有十二个特征点符合纸钞上的指纹。"

金尼回答的时候,普莱尔望向陪审团,有人听懂了,有人没听懂。

"十二个特征点符合是什么意思?"普莱尔问。

金尼回答得更仔细了一点儿,在关于科学的部分还是保持着专业性。

"地球上每个人都有独特的指纹。指纹是皮肤表层脊谷线形成的图案。我们的系统可以测试这些样本,将他们读取为十二个特征点。在科学上,通常十二个点都符合代表两枚指纹是一模一样的。"金尼详细解释的同时也看着陪审团。

"仅看指纹可不可能弄错对象呢?"普莱尔问。他借着一个又一个问题试图封锁我的攻击路线。

"不可能，测试是我做的。而且指纹区域的DNA检测证实上面有被告的DNA。"金尼说。

"你是怎么知道的？"

"那次实验也是我亲自进行的。我从被告口腔内部提取了DNA，样本经过检测，提取了完整的DNA图谱。从数学上来说，这两份DNA要一模一样，概率只有十亿分之一。"

金尼是个优秀的科学家，他只是没办法向陪审员解释得更简单一点儿。

"从数学上来说，概率只有十亿分之一是什么意思？"

"意思是纸钞上的DNA符合被告的样本。如果我们替另外十亿个人进行测试，我们也许可以找到其中另一个人的DNA符合纸钞上的DNA。"

"所以纸钞上的DNA很有可能就是被告的？"

他不需要时间考虑这个问题，答案清楚明显。

"我可以极为肯定地说，纸钞上的DNA就是被告的。"

"谢谢，请你稍等，弗林先生可能有几个问题要请教你。"普莱尔说。

我的确有问题，很多问题，但我能问金尼的没几个。我望向博比，他看起来像被卡车碾过一样。鲁迪跟他提过这份证据，但在法庭上当着十二个审判你的人的面听到，感觉还是很可怕。我给他倒了点儿水。他把杯子拿到嘴边时，手都在发抖。博比知道金尼证词的公信力，他是演员，他感受得到到庭听审人心态的偏移。毫无疑问，金尼的证词给博比的心态造成了重创。我之所以加入这个案子，就是为了将金尼这种证人大卸八块的。我从一开始就知道，我们没有足够的证据来挑战检方。这个案子要给被告定罪说到底全部都靠这位证人了。

THIRTEEN

在命案官司里，鉴定证据就是上帝。

但我是辩护律师，恶魔站在我这边，而他的手段绝非干净公平。

我朝着证人席走去，努力装出信心满满的样子。我能感觉到陪审员的双眼都在盯着我看。我眼睛的余光告诉我，亚历克·韦恩已经做出决定了，他此时双手环胸，无论我问什么，他内心都已经作好决断了。

"金尼警官，在你做证前，你发誓会说实话。可以请你拿起摆在你旁边的圣经吗？"

我听到普莱尔把椅子往后靠，椅脚划过瓷砖地面的声音。我想象他双手环胸，脸上挂着得意的笑容。他知道对金尼的策略就是攻击他的可信度。如果我能证实他在说谎，那我还有机会。普莱尔肯定帮金尼朝这个方向准备过。

坚持依靠科学，结果是不会说谎的。

他用右手握着圣经，转头望向普莱尔。对，金尼肯定为这种攻势做过准备，他准备妥当了。我知道一定是这样，因为如果是我，也会为他做足这方面的准备。我没有问他说的是否是实话，我没有提醒他发过誓，或指责他说谎。我希望金尼能说实话。

"警官，请放下圣经。"我说。

金尼皱起眉头。普莱尔的椅子又发出了声响，我知道他正坐起来，把椅子拉近桌子，这样才好写笔记。普莱尔没预想到这一点。

我拿起圣经，用双手将它举在胸前，然后转向陪审团。他们需要看个仔细。

"警官，今天有好几位证人都向这本圣经发过誓。你发誓时也碰过这本圣经。现在我正拿着它。告诉我，警官，如果你现在对这本圣经进行检验，应该会采集到今天所有证人的 DNA 及指纹，对吗？"

"对。也许会有指纹,如果我们的指纹没有把之前证人的指纹覆盖掉,可能也会有之前证人的部分指纹。但我们可以提取到所有人的DNA,还有弗林先生你的。"金尼说。

"好的。应该还会检测出书记官、昨天的证人,以及其他最近碰过这本圣经的人的DNA。也就是说这本书上应该会有多组DNA样本,对吗?"

"对。"

金尼大概知道我要进攻的方向了。他开始沉默,回答得简短且干脆。

"如果你在这本圣经上只检测到了我的DNA,那就很不寻常了,对不对?"我问。

几名陪审员忽然间看起来很感兴趣,儿童心理治疗师丽塔·魏斯特、跆拳道教练贝齐·穆勒、讨人喜欢的老人家布拉德利·萨默斯,还有厨师特里·安德鲁斯,他们都专注地望着我跟金尼,仔细聆听。亚历克·韦恩还是双手环胸,选择坚信鉴定证据。我有很多问题能够让他改变看法。

金尼仔细想了想,最后说:"也许吧。"

我展开全面攻势,现在不用保留了。

"如果你在这本圣经上只找到了我的DNA,而没有其他人的DNA,是不是因为有人清理过封面了?有这种可能吗?"

"有。"

我把圣经放在证人席的桌子上,专注地望着金尼。要开始战斗了。

"警官,一张在美国流通多年的1美金纸钞上面如果没有几千组指纹和DNA,至少也会有几百组吧,银行出纳员、店员、一般民众,基本上经手这一张现金的人都会在上面留下痕迹,你同意这个说法吗?"

"显然是有可能的。"他说。

"少来,应该是很有可能吧?"

"那就应该是很有可能。"他的每个字都说得有点儿不耐烦。

"卡尔·托泽口中的纸钞上有他的DNA、被告的DNA,以及另一组图谱,对吗?"

"对。"

"第三组图谱属于一位名叫理查德·佩纳的人,早在这张纸钞付印前,他就在别的州伏法了,对不对?"

他就是在等这个。

"我接受的那份样本是异例。那份样本的图谱没有被告的清晰,也许是来自佩纳先生的血亲。我查过我们研究室的记录,据我所知,佩纳的DNA样本没有离开过他所在的州,从来没有被运送到我们的实验室中,所以不可能污染样本。那份样本肯定来自其血亲。"

"是有这种可能。你知道理查德·佩纳因为多件命案受到定罪,而他的每一位受害人胸罩肩带里都被人塞了一张1美金纸钞吗?其中一张纸钞上还有他自己的DNA?"

我听到陪审团开始窃窃私语,没多久其他旁听群众也开始骚动。现在,我要把种子种下去,晚点儿再让它长成大树。

"不,我不知道这件事。"金尼说。

"回到本案。我们还是不知道为什么卡尔·托泽嘴里的纸钞上没有其他人的DNA痕迹。我们知道佩纳先生没有经手过这张纸钞,我们也知道这张纸钞已经流通好几年了。事实是有人在被告碰触这张纸钞前,已经抹掉了上面所有的DNA,这是唯一的解释,可以这么说吗?"

"我不接受这个说法。"

"之所以要抹掉这张纸钞上的DNA,是因为这样被告的DNA才会清清楚楚地呈现在纸钞上。换句话说,有人把纸钞塞在那里,是因为他们想把命案栽赃给所罗门先生。"

金尼摇摇头。

"这没办法解释为什么被告的指纹出现在纸钞上。"金尼得意地说。

"这我可以帮你。也许有人让他在他没有意识到这个举动所带来的后果的情况下碰触了纸钞。接着那人从他手里拿走纸钞,再塞进了卡尔·托泽的嘴巴里。"

金尼摇摇头,驳斥了这个想法。"这种事情怎么可能会发生?"

我转头面向陪审团,说:"警官,请查看你西装左侧的内袋。"

他惊讶地从鼻子里喷出一口气来,检查口袋,拿出一张1美金纸钞,握在手里,脸上挂着惊恐的神情。

"我早上穿衣服的时候,口袋里没有钱。"他说。

"当然没有,那是我放进去的,现在上面有你的DNA了。"我从口袋里抽出一张卫生纸,包住他手里的纸钞,将其拿走。

"比你想象中的还要容易,对吧?"我说。

我走回座位时,普莱尔的声音在我耳边响了起来。他向哈利提出抗议,哈利也认为抗议有效。

不过这没关系,陪审团已经看到了。部分陪审员会开始思考这件事,质疑DNA证据的准确性。如果存疑的陪审员够多,那我们就还有机会。

00:55

弗林坐回座位,托德·金尼走下证人席。之后法官宣布午休,凯恩现在迫切地需要休息。他觉得若是再多待哪怕一小会儿，他的脸就会裂开。他跟其他陪审员一起离开法庭。他觉得自己的下巴应该很痛，因为他一直咬着牙，咬到他都觉得嘴里有血味儿了。不多，只有一点点味道。他擦擦嘴巴，看到一丝红色的痕迹。他一定是愤怒地咬伤了嘴巴里的肉。当然啦，他感觉不到。

在凯恩最狂热的时候，他不容易感受到恨。当他挥舞刀子，或感觉气管在他指间紧缩起来的时候，受害者脸上的恐惧与惊恐只会让他感到欢愉。恨不是他工作的一部分。

一切都是为了欢愉。

听着弗林的讲话，凯恩熟悉的老情绪又回来了。他恨很多事物，比如媒体传播的谎言啦、人定胜天这种想法啦，最重要的是那些认为好运能够改变一生的人。凯恩没有那种福气，他妈妈也没有。憎恨是一部分，复仇？也许吧，他感受最深的却是怜悯。他怜悯那些灵魂，他们以为金钱、家人、机会，甚至是爱，能够改变一切。这是彻头彻尾的谎言。对凯恩来说，这就是美国最伟大的谎言。

凯恩知道真相是什么，根本没有梦，没有改变，只有痛苦。他从来感受不到痛，但他还是很清楚。他在太多人脸上见证过。

陪审员围着评议室的长桌就座，法警拿着袋子进来，里面是三明治与饮料。凯恩拉开可乐易拉罐，看着一名法警数出零钱，把它们跟收据摆在一起。这位法警从书记官办公室拿钱出去为陪审团买午餐。凯恩之前见过这种行为。法警没好气地说："要我付小费？门儿都没有。"法警在收据上写了些什么，然后用收据包着对折的1美金纸钞及一些零钱。

凯恩的心思飘到一年多前的某一天。他躺在冰冷的人行道上，衣衫褴褛，头上戴着他从垃圾桶翻出来的帽子——他的流浪汉生活。这招很有效，因为纽约客鲜少会注意到流浪汉。经过一个脸上沾了泥、口袋里没钱、饿肚子的人身边，是纽约生活的一部分。有些人会施舍点儿零钱，有些人则不会。所以这也是观察目标的完美方法。这份工作不像严密观察法院寄件系统，这次只需要扮演身份不明的流浪汉几天。这里算是比较富裕的街区，凯恩在西 88 街转角处找了一个地方，距离罗伯特·所罗门家不到 500 米。第三天的时候，所罗门经过，拿着多媒体播放器，戴着耳机。凯恩在他要走过去时拉了拉他的裤脚。

"兄弟，能给一美金吗？"凯恩问。

罗伯特·所罗门把手伸进口袋深处，掏出两张 1 美金纸钞，递给凯恩。凯恩在接钱之前，特别留意了所罗门手指握钱的位置。上面那张纸钞的乔治·华盛顿脸上会有一枚清晰的指纹。凯恩拿起他的空咖啡杯，把纸钞扔了进去。他晚点儿会用抗菌喷雾清理这两张钞票，但会小心保留所罗门的指纹。

这么简单，这么轻松。所罗门走远了，凯恩把杯盖盖上，然后起身离开。

这就是这份特殊任务的开端。

凯恩咬了一口三明治，看着其他陪审员也吃了起来。他望了望手表。

快了、快了，他很确定。如果没有帮手，他肯定无法完成这么多事情。付出代价得来的朋友对自己是有好处的，另一个黑暗的角色，他允许那个人加入他的使命。而那个人也证实了自己的价值。

没有内应，凯恩绝对没办法走这么远。

THIRTEEN

00:56

"他们会判我有罪,对不对?"博比不安地问。

"博比,他们还没有打倒我们。我们还有几个惊喜没送出去。"我说。

"博比,你是无辜的。陪审团会明白这点的。"霍尔滕说。

博比坐在会议室里,没碰摆在面前的午餐。霍尔滕出去买了点儿三明治。我也吃不下。金尼的证词对博比来说是个巨大的打击。他撑不住下一波攻势了。普莱尔还有两名证人:检验博比家动态感应监控摄像头的视频技术人员,还有那个记者保罗·贝内蒂奥。多亏哈珀,我找到了对付视频技术人员的切入点。记者没说什么让我担心的话。他只说博比跟阿蕾拉相处得不好。

他们结婚了,但这不代表他杀了她。

我跟哈珀带来的探员谈过,就是那个穿灰色西装的人。他是联邦调查局的电子通信专家,跟他那套西装一样精明干练。年轻归年轻,但非常厉害。哈珀向我介绍,他叫安其尔·托里斯。他向我讲述了他今天去博比家的收获,虽然不能击退检察官的攻势,但显然很有帮助。

"命案现场的警察没看到你们的行动吧?"我问。

"没有。"哈珀说,"他是尼克斯队的球迷,所以我把他留在客厅聊天。他其实不太在乎我们在忙什么,他只在乎平均得分。托里斯亮出联邦调查局的身份证明后,警察就比较松懈了。"

"反正我们没有待太久,我们5分钟内就闪人了。"托里斯说。

"很好。"我说。

霍尔滕、托里斯与哈珀站着吃三明治。我则吞了几颗止痛药,配着汽水下肚。

德莱尼走进会议室,拿着一沓档案。

"陪审团怎么样?"德莱尼问。

博比望着我,等待较为正面的回答。

"DNA重创了我们,但我们早就知道了。也许我能够减轻点儿打击。我们只能等着瞧了。博比,撑下去,咱们还没玩儿完呢。"我说。

"你把陪审员的事告诉艾迪了吗?"德莱尼问。

"我正要说。"哈珀说,"在我跟托里斯离开博比家后,我们去了联邦大楼。我研究起其他探员在地方报纸档案库找到的一大沓新闻报道。我找到两则,第一则比较有意思,有位女士在持枪抢劫事件中遭到枪击。她是佩纳一案的陪审员。"

她让我看她手机里的文章。

这位名叫罗姗娜·瓦根巴赫的60岁女士在北卡罗来纳教堂山的一家二手店里工作,某位大英雄把霰弹枪的两发子弹都打到她脸上。持枪抢匪拿走了店里收款机及捐款箱里的钱。店主声称他们大概抢走了100美金。这篇报道认真讨论了暴力行为及一条人命,为了什么呢?100美金和零钱?

"你看得出来哪里有问题吗?看看照片。"哈珀说。

一张二手店关门的照片,门前围着命案现场的封锁线。

我知道问题出在哪里。二手店旁边是便利店,另一边是酒类专营店,在更远一点儿的地方则是地区小镇的银行。

"这不是打劫,这是谋杀。"我说。

"我也是这么想的。二手店里没有多少现金,里面没什么值得买或值得打劫的东西。如果要我在那条街上抢劫,我肯定会选那家便利店。酒类专营店老板应该有枪,银行肯定会有重重戒备,但便利店可能没什么安保措施,也许会有棒球棍。在便利店打工的人也不太会逞英雄,谁会为了那么一点儿薪水冒险?而且便利店通常会有很多现金,肯定比二手店多。"

"另一则报道呢?"我问。

"我没带那篇报道,那是《威尔明顿时报》的一篇寻人启事。在彼得·蒂姆森因为德里克·卡斯的命案入狱后,一名陪审员失踪了。他没有家庭,但有工作。开庭后,他再也没有去上班,他的老板很担心,报了警,甚至还在报纸上张贴了寻人启事,但自从这位先生走出陪审团评议室之后就再也没有人见过他。"

我肋骨的疼痛忽然消退,取而代之的是胸口被掏空感,以及喉咙里的灼热感。德莱尼的1美金杀手理论一直都是对的,只不过,我们只看清了前半段。我一屁股瘫坐在椅子上,闭上双眼,揉搓后脑勺上的肿块。我需要疼痛来刺激自己。

这是开庭以来,我第一次感到害怕。1美金杀手比我们想象的更精明。

"我们找错方向了。"我说,"被他栽赃的对象通通被定了罪,每一个都是。审判可能会有不同结果,就算有鉴定证据也可能会翻盘,他怎么能确保他的对象有罪?植入证据对这家伙来说已经不够了,1美金杀手没有在旁听席安然旁观审判,他在陪审团里。就跟哈利说的一样,我们有位预设立场的陪审员。"

"什么?"哈珀与德莱尼异口同声地惊呼。

博比与霍尔滕则诧异地互看了一眼。

"不知道他是怎么办到的,直接混进了陪审团。德里克·卡斯命案的陪审员,我觉得他在庭审后没再去上班,是因为他已经死了,大概死了好一阵子了,至少开庭前一周就死了。1美金杀手取代了他的位置,他还想办法在街上撞死了布兰达·科沃斯基，勒死了曼纽尔·奥特加，而且杀害了佩纳命案的年长陪审员。他把他们都除掉，是因为表决的时候，他们不会顺着他想要的方向投票。"

"他在陪审团遴选要杀害的陪审员，然后偷走他们的身份。只有这样被告被定罪百分之百才办得到，所以那名陪审员在审判结束后就消失了。"德莱尼用冰冷的语气说话。这个认知像是冷风一样在她脸上蔓延开来。

"他怎么知道一开始有哪些人可能是陪审员？"哈珀说。

"他可以黑进法院服务器、律师事务所，或是检察官办公室？还是想办法进入了邮件室？"霍尔滕说。

"这也太疯狂了。"哈珀说。

"不，这是 1 美金杀手。"德莱尼说，"我已经跟你们说过了，这名凶手相当精明，也许是我们交手过的杀人犯里最聪明的一个。我们必须得到每一场命案的陪审团名单。我们可以调取他们的驾照、护照，所有数据库通通查一查。他能改变的样子有限。先从卡斯一案失踪的陪审员开始，我们会逮到这家伙的。艾迪，我会做证，必要的时候，要我做什么都可以。"德莱尼说。

我们讨论起策略来。这次，我们会观察陪审团，但这么做有风险。

"博比，如果这个进展顺利，我们应该能够得到判决无效的结果。这是我们的目标，判决无效代表一切可以暂缓。德莱尼能盯着陪审员，追查他们，直到我们搞清楚凶手是谁。我们必须停止这场审判，我不能让这个陪审团决定你的生死，而且真凶还在里面。不过，你必须知道，我也许会失败。我们光有推论，没有实证，如果法官不肯宣布判决无效，那普莱尔很有可能回头用这件事对付我们。"

"什么意思？"博比问。

THIRTEEN

"如果我们指控陪审团里有连环杀人魔,但我们不确定是谁,那么陪审团会觉得我们是在指控他们全体。他们会挟怨报复,也许这意味着他们会判你有罪。如果试了这招但不管用,我们不仅逮不到那家伙,你下半辈子还要坐牢。"

我喜欢博比,虽然他有钱又有名,但他其实还是那个揣着父亲积蓄离家来大城市的农村男孩儿。当然,他有他的问题,我们也都有,但他没有搭着宾利车出庭,没有一打跟班时时刻刻在他耳边提醒他有多棒。他很早就清楚自己想做什么,他运气好,也很会演戏,于是他追随自己的梦想、坠入爱河,将他的美梦化为现实。他只是一个年轻人,正哀悼自己失去的爱人。再多的钱、再大的名气都改变不了这个事实。

"那个人杀了阿蕾拉和卡尔,还有其他人。我要你逮住他。该怎么做就怎么做,我不重要,我知道你会逮到他。"博比坚定地说。

"肯定还有别的方法。"霍尔滕说。

我不想让博比冒险,却也想不出其他办法。我知道我漏掉了什么,DNA 从一开始就一直困扰着我。死人的 DNA 怎么会沾染在那张 1 美金纸钞上?

根本不可能啊。

这个念头在我的脑海中一闪而过,我立刻明白佩纳的 DNA 是怎么出现在卡尔嘴里的纸钞上了。我给了德莱尼一份清单,列出了要她追踪调查的东西。1 美金杀手是挺精明的。

但无完人啊。

00:57

凯恩将双手交握，放在肚子上，他缓缓吐气，稳住情绪，看普莱尔掌控全局。午休时间，陪审员偶尔低语聊天，如果现在投票，应该会有八张投有罪票。他猜其他人还没决定，但应该也会倾向有罪。凯恩在陪审团评议室里遇到过更险峻的情况。

普莱尔传唤了下午的第一位证人，一位名叫威廉姆斯的技术员，他负责检查装在所罗门家的动态感应监控摄像头。技术员证实他把装置拆下带回去检查，发现了一个相关的影像。

法院的荧幕活了过来，呈现的是从所罗门家大门看出去的黑白街景。左手边下方的时间戳记显示此时是晚上 9 点 01 分，这时，一个戴着兜帽的人影出现在画面里。凯恩看不清这个人的脸，男人伸手的时候，只能看到他的下巴。他的手持续搁在那里。

"画面里的人在做什么？"普莱尔暂停了视频。

"他可能是在用钥匙开门，看起来是这样。"威廉姆斯说。

视频继续。兜帽男持续低着头，望向他的多媒体播放器。白色的电线从装置上一路延伸，消失进衣服的帽子里，那里是耳机。门开了，灯光洒落出来。他走进屋内，视频就结束了。

"威廉姆斯警官，请问这个监控摄像头是怎么运作的？"普莱尔问。

"那是动态感应启动的装置，只要有动作触发，摄像头就会自动启动。我在实验室测试过感应器，我可以证实感应器功能完善，如各位在画面上看到的那样。感应器感应的范围是 3 米。在这个范围内的所有动作都会启动摄像头。"

"在本案里，被告声称自己于午夜时到家。他没有在9点遇到邻居。你对这样的说辞有什么看法？"

"不可能，摄像头明明在9点01分的时候捕捉到了他的身影，看起来是罗伯特·所罗门用钥匙开门进了屋。我查过系统，之后再没有视频了。"

普莱尔坐下，凯恩看着弗林起身。在弗林开始前，凯恩分心了。他望向左边，朝着骚动的源头看去。法庭的门开了，两名纽约市警察局的警探走了进来，其中一人是约瑟夫·安德森，手上还打着石膏。另一个人年纪比较大，灰白的头发向后梳成油头，凯恩猜这人是安德森的搭档。两个人都站在法庭后方。

凯恩的目光望回弗林，想起他的刀子。他想象他把弗林绑在某个安静、遥远的地方，某个他能让弗林凄厉惨叫的地方。他想象自己挑选了一把刀，让弗林看着他选，然后缓缓走向无法动弹的律师。凯恩可以让挥下的一刀感觉有一辈子这么久，金属切割进入肉的感觉实在是太美妙了。

他摇摇头，从幻想中醒过来。他在这里的工作还没结束呢，还早得很呢。弗林大步走向普莱尔，交给他一本卷宗。检察官翻了翻。就算凯恩坐在陪审席那么远，他都清楚地听到了检察官的话。

"你是怎么弄到这个的？"普莱尔问。

"有纽约市警察局的许可，没人阻止他。而且托里斯是联邦探员，他有充分的理由。如果没有异议就用不到搜查令。"弗林说。

凯恩仔细听普莱尔的回答，却没听清楚。两位律师走向法官。凯恩看着他们争论起来。几分钟后，福特法官说："采纳。如果纽约市警察局允许你们进去，他们没有意见，那我就允许你们用。"

00:58

我几乎可怜起守在所罗门家的那名警察来,如果他知道联邦调查局是在进行分析,他也许会有意见,那他可能会逮捕哈珀与托里斯。问题在于他没注意到,没意见,没问题。哈利允许我的报告成为呈堂证物。

老天啊,我真需要这份报告。

博比也需要这份报告。如果没办法得到诉讼无效的结果,我至少需要一些陪审员为我们投下无罪的票。

我拿着报告的副本,感觉像是在抓着救生艇。

"威廉姆斯警官,在视频里,你看不到罗伯特·所罗门的脸,对吗?"我问。

"看不到整张脸,但可以看到部分墨镜、嘴巴与下巴。帽子是拉下来的,所以遮住了大部分的脸,但我看的出来就是他。"威廉姆斯说。

普莱尔结束他的主要诘问后,把视频画面暂停在兜帽男进入大门那个时间点。

"视频里的男子手上有一个电子设备,你看的出来那是什么吗?"我问。

"看起来像多媒体播放器。"威廉姆斯说。

"我想提醒一下陪审团,这个视频所记录的时间是几点?"

"命案当天刚过晚上9点。"

我在荧屏上展示出命案现场玄关景象的照片。前方有室内梯,玄关在左手边,桌子上有一部座机,还有无线网络路由器及一只花瓶。我把托里斯准备的报告交给威廉姆斯,开始深入分析报告内容。

THIRTEEN

"警官，你手边的报告是今天稍早时候由联邦调查局的特别探员托里斯准备的。内容是你在照片上可以看见的网络路由器的鉴定检验报告。你检查过路由器吗？"

"没有，我没有检查过。"

"托里斯探员利用一种应用程序提取出路由器存储器的历史资料。你可以在第四页看到分析结果，请看一下。"我说。

威廉姆斯翻到那页，开始阅读。我给了他30秒的时间。他看完后，坐在原位上一脸茫然。

"被告告诉警方，他是在午夜到的家。请看第四页中间的条目，编号第18号。请读出来。"我说。

"上面写着'0点03分，博比的多媒体播放器已连接'。"威廉姆斯说。

"然后请看看当晚的上一条条目，编号第17号。"

"上面写着'晚上9点02分，不明装置，无法授权连接'。"

我抓起荧屏遥控器，展示出在门口的兜帽男身影。

"警官，我们可以合理假设是我们在影像里看到的装置试图连接被告家的路由器吗？"

"我不能确定。"他说。

"你当然不能，但如果不是这台装置，那就是个诡异的巧合了？这么说合理吗？"

威廉姆斯咽了咽口水说："合理。"

"因为如果有人打扮成罗伯特·所罗门的样子试图进屋，他很可能知道博比出门会带多媒体播放器，这样也给这个人一个拍不到脸的好借口，是吗？"

"我不知道，也许吧。"威廉姆斯说。

"的确,也许吧。而如果这个人的确进了屋子,他大可直接关掉监控摄像头的电源,对吧?这样监控摄像头就不会捕捉到之后其他人进屋的身影了。"我说。

"他是可以这么做,但没有证据显示出现了这种状况。"威廉姆斯说。

"真的吗?"我问。

他停顿了一下,稍作思考,然后说:"真的。"

"好,那么威廉姆斯警官,我想请你让陪审团看看警方赶到命案现场时从大门进屋的监控画面。"

威廉姆斯没发出声音骂了一句,根据他的嘴型判断,他说的是"靠"。

"没有视频,被告进入家门口是那个装置录到的最后一段视频。"

"但我们知道警方进入了命案现场。他们没有出现在视频里,以及我的客户在午夜时分到家却没有出现在画面里,都是因为某人在稍早的时候将摄像头关掉了,对不对?"

威廉姆斯回答不出来,他在位子上变换坐姿,一副舌头打结的模样。

"可能吧。我是说,对,也许是这样。"

我可以继续施压,但我的立场不够稳固。这一刻,我想让陪审团至少考虑一下还有其他人的存在。托里斯为我们带来了希望。该死,我早该想到检查路由器了。

普莱尔立刻进行了二次问话。

"警官,我们没有掌握那台路由器信号传输范围的信息,对吗?"普莱尔说。

"嗯,没有,我们没有。路由器可能捕捉到了经过车辆上的装置。"

威廉姆斯说。

够好了。普莱尔调整了下领带,恢复原来的坐姿。

"这让我想到一件事。"我望向哈利。

"弗林先生,就一个问题。"哈利说。

我朝荧屏按下播放键。我们再次看了一遍这段 45 秒的视频。我暂停画面,威廉姆斯已经知道我要问什么了,但他想不出什么好答案来。

"警官,只是想强调一下记录,那个摄像头也捕捉到了街道上的画面,而当时没有车辆或路人经过。"

"是的。"威廉姆斯叹了口气。

我没有其他问题想问这家伙了。

00:59

凯恩调整了下坐姿,这是他第一次感到不自在。他低声咒骂自己,因为他没想到无线网络路由器。这个律师是个诅咒。凯恩本来已经习惯法庭上的起起落落,他都见识过了,但眼前这个不一样。他见过的这么多的辩护律师里,弗林显然是最强的。他怀疑鲁迪·卡普能不能跟弗林比,但是这个问题现在也不重要了。

凯恩听到普莱尔宣布要传唤检方的最后一位证人。相较于其他人,这位检察官的步调还真是快得可怕,太有效率了。在多年前的一场诉讼里,凯恩不得不一直提醒其他陪审员他们几个星期前听到的证词内容,他们大多忘了最重要的证据。由普莱尔起诉就没这种烦恼。

记者走了上来,手放在圣经上发誓。凯恩好奇这位记者能说些什么,应该不多吧？但话说回来，普莱尔是个高级玩家，也许没有弗林那么强，但也相差不远。凯恩学会的一件事就是寄托于检察官的卑劣手段。

他觉得普莱尔正要打一手他从头到尾都藏在袖子里的好牌了。

一开始，普莱尔介绍了贝内蒂奥的资历。这位记者在好莱坞人脉很广，他是圈内人。

"你能向陪审团聊聊被告与第二位受害者阿蕾拉·布鲁姆之间的关系吗？"

"他们不久前在片场邂逅相爱，然后结婚。他们的婚姻被证实是一桩有利的结盟，这样的婚姻让他们在好莱坞变得相当有影响力。各位知道名人夫妻的影响力，就跟布拉德·皮特与安吉丽娜·朱莉一样。婚后没多久，他们就开始了自己的真人秀，他们都成了最近要上映的科幻史诗大片的领衔主演。电影公司在他们身上砸了很多钱。他们的婚姻让他们更加成功。"

"他们私底下关系如何？"

"各位要知道，好莱坞总是谣言不断，这头怪物的本质就是这样。总会有人质疑一段关系，我也是其中一员。现在，我要打破记者特权，我的消息来源就在他们关系的核心。他告诉我，这是一场政治婚姻。当然，他们处得来，但他们的感情更像兄妹，因为罗伯特·所罗门是名同性恋。"

00:60

我爱美国，我爱纽约，我爱人群，但有时这些东西让我很沮丧。

不是单个人，主要是因为媒体。有这么多新闻频道、报纸、新闻网站，可媒体却没有好好为美国人民服务。出现在法庭里的大多是媒体。当贝内蒂奥说博比是同性恋的时候，法庭里到处都是人们的惊呼声。

当普莱尔以超高分辨率的画面展示阿蕾拉的尸体、伤口及她年轻的生命就这么香消玉殒的时候，这些记者的眼睛连眨都没眨一下，但当某位名人被揭露不是异性恋的时候，他们却全体发疯了。

博比摇摇头。我低声安慰他说一切都会没事的。他点点头，说没关系。

"贝内蒂奥先生，这是很不寻常的言论，之前都没有出现在你的口供或证词中，怎么会这样呢？"普莱尔问。

"我希望保护我的消息来源。现在终于开庭了，我觉得我有必要说出真相了。"他说。

"你的消息来源是谁？"

"我的消息来源是卡尔·托泽。他告诉了我一个故事，关于他们婚姻的真实情况。阿蕾拉一直在怀疑此事，她甚至找卡尔上床。阿蕾拉跟罗伯特过的是各自分开的生活，他们只有在镜头前是一体的。我相信——"

"法官大人，抗议。"我喊道，但在哈利叫他闭嘴时，贝内蒂奥竟然继续讲下去，甚至比法官的声音还大。

"我坚信罗伯特·所罗门发现卡尔与我有联系，所以他要杀人灭口，还有阿蕾拉。罗伯特生活在谎言之中，根本不敢面对现实。在好莱坞，同性恋出柜会毁了他的事业，他很清楚，所以他杀了他们！"贝内蒂奥说。

我再次抗议，说这只是臆测。哈利认为反对有效，还要陪审团无视这位证人的证词，但太迟了。在我跟哈利开口的时候，贝内蒂奥还在继续说，而陪审团都听到了，伤害已经造成了。

"没有更多问题了。"普莱尔说。

我知道如果我开始提问，贝内蒂奥只会想办法再提博比的性取向，所以根本没有意义。法官已经要求陪审团无视他的证词了。这场官司在博比的性取向上做文章根本一点儿好处也没有。我告诉哈利，我没有问题要问。

"检察官提证完毕。"普莱尔说。

该做决定了。普莱尔已经说过他不想交互诘问床垫先生加里·奇斯曼，而托里斯的无线网络路由器报告已经列为证据，普莱尔不能排除这项物证。

我也只剩下两个证人了，他们是德莱尼与博比。

"辩方传唤特别探员佩吉·德莱尼。"我说。

在接下来的1个小时里，德莱尼向陪审团全盘托出1美金杀手和他所有邪恶的荣光。我们慢慢讲述每个案件、每位死者，以及1美金杀手以美金及痕迹证据将罪行栽赃给无辜之人的手法；还有每张纸钞上的记号，和杀手的心理状态。

我全程用眼睛的余光盯着陪审团，特别是男性。他们全都专注地聆听着德莱尼的证词。失业的科幻迷丹尼尔·克莱非常享受这个过程，他年龄差不多，但我觉得真正的凶手不是他，因为他的眼神。德莱尼讲述每一场命案时，他都会露出很厌恶的表情。虽然偷他的身份很简单，但不是他。

翻译詹姆斯·约翰逊有很多符合之处，年龄差不多，就算失踪个几天，也不会有多少人注意到。他在家工作，但是，德莱尼的话吸引住了他。从他的肢体语言及嘴巴喃喃自语的模样来看，他相信德莱尼的话，而且也觉得害怕。不，不是詹姆斯。

THIRTEEN

烧烤主厨特里·安德鲁斯和网站设计师克里斯·派洛斯基都可能是1美金杀手的人选，两个人的身份都可以在短时间内被偷走，但特里很高。我觉得凶手应该没办法在各种场合模仿这么高的人。克里斯倒是挺有可能的。

64岁的退休长辈布拉德利·萨默斯，年龄不对。看起来其他陪审员挺喜欢他的，可能因为他的年纪，所以都很敬重他。

那就只剩下亚历克·韦恩了，失业的空调工程师，喜好户外活动。一个拥有很多枪，内向话不多的人。

阿诺也注意过这个人，一下子就变脸的家伙。

阿诺还没出现在法院，我提醒自己要给他打电话。我现在是见机行事，而且我早就习惯独立接案了，实在没有立即留意到他还没出现，但我需要他在场。我要知道他对韦恩的感觉。

我站在陪审员前面，向德莱尼提出我的最后一个问题。我们都排练过了。

"德莱尼探员，1美金杀手是怎么确保其他人会因为他的罪行遭到定罪的？就算证据确凿，刑事诉讼的判决还是有可能对被告有利吧？"

她没有看着我，她在做最后的确认。法庭后方有好几名探员。哈珀坐在辩方席，一边工作一边听着问话。她原本开了笔记本电脑，整个下午都在搜索新闻报道，还有先前被1美金杀手嫁祸之人开庭时的剪报与短视频。哈珀一定是听到了我的问题，她合上笔记本电脑，盯着陪审团。

德莱尼看了我一眼，点了点头，然后在她开口时，我们一起望向陪审团。我只专注在一个人身上——亚历克·韦恩。他坐着，一只手摆放在大腿上，跷着脚，抚摸自己的下巴。他正专注地听着德莱尼所说的一切。

就是现在。我们讨论过了,也探讨过优缺点。我们觉得没有其他办法了。

"联邦调查局相信,这个连环杀人狂 1 美金杀手渗透进了审理这些案件的陪审团中,操纵其他陪审员,最后得到有罪的判决。"

这话肯定引发了群众的反应,使他们纷纷难以置信地倒吸一口气。我相信会是这样,但就算的确是这样,我也没注意到。我只听到自己的心跳在耳边隆隆响起。我的注意力非常集中,我看清了韦恩脸上的每一个部位。我看见他胸膛的起伏,他的双手,甚至是他跷脚时,上面那条腿还微微抖了起来。

德莱尼说出这段话后,韦恩的神色变了。他睁大双眼,嘴巴半张。

我认为那种言论相当于在大庭广众之下揭开 1 美金杀手的面具,就跟用用作建材的木块重击他的脑袋一样。

但我不能确定。

整个世界缓缓回到我的意识之中,声音、气味、滋味,还有我肋骨的疼痛,全部一股脑儿地袭来,我好像从深水处上升,最终浮出了水面。

其他的陪审员也是同样的反应,有人不相信,有人震惊,也为这种人居然能够逍遥法外而感到害怕。

无论 1 美金杀手是谁,他都表现出了超乎常人的冷静。他没有露馅。我最后又认真地看了亚历克·韦恩一眼。

我实在不能确定。

还有一个后续的问题,这个问题不可避免地从德莱尼最后的回答中浮现出来。我不能在此时此刻提问,如果我问了,会看起来像是在打判决无效的算盘,而且我会像是在指责陪审团。这话由普莱尔说应该好一点儿。

就让他开口吧。

THIRTEEN

"没有其他问题了。"我说。

我还没回到位子上,普莱尔就开炮了。他就跟脱缰的野马一样。

"德莱尼特别探员,你这是在说阿蕾拉·布鲁姆及卡尔·托泽很可能是这个连环杀人魔1美金杀手的受害者,是吗?"

"对。"德莱尼说。

"而你刚刚的证词表示这个1美金杀手会挑选他的受害者,将其杀害,再小心地用证据栽赃给另一个无辜的对象?"

"没错。"德莱尼说。

"而根据弗林先生问你的最后一个问题,你相信凶手不止做了这些,他还渗透进审判无辜对象的陪审团中,好确保这些对象能够得到有罪判决?"

"我相信是的。"

普莱尔靠近陪审团,一只手摆放在陪审席的扶手上。他的姿态看起来仿佛是在说他站在陪审团这边,他们是同一边的。

"所以,言外之意就是,你相信这名连环杀人魔现在就在这个法庭里,而他就在我身后的陪审团之中?"

我屏住呼吸。

"德莱尼特别探员,在你回答这个问题之前,两位律师请先来办公室找我。"哈利如是说。

00:61

无论凯恩见证过多少场官司,每一场都有新鲜事。这场有很多第一次。

在这场官司里,凯恩感觉自己是审判过程的一分子,不只是因为他是陪审员,更像是参与其中。联邦调查局终于追上他了。那个德莱尼探员看起来很狡诈,她双眼透着精明。凯恩能感觉到她大脑深处的锐利高智商。一名可敬的对手?也许吧,他心想。

凯恩想着,这是不可避免的,毕竟经过这么多年、这么多尸体、这么多审判,最后总会有人把一切整理在一起。他没有让他们轻松好过,当然不可能。凯恩怀抱的梦想是,也许有一天,在他死后很久很久,有人会聪明到把一切拼凑在一起。

而在拼凑的过程中,那个人把案情和凯恩联系在一起。他们会看见且钦佩他的杰作,因为先前没有人这样干过。而他的任务,他的使命,这才被暴露在阳光下。

他没料到进展居然这么快,他现在的杰作还没彻底完成啊。

这位法官也为凯恩带来了另一个新鲜的体验。

法官在命令两位律师前往他的办公室前,他对陪审团管理人下令,将每位陪审员单独隔离。所幸附近的法庭都没有开庭,它们的法警、法官办公室、书记官室及法庭本身通通空了出来,空间足够一一隔离所有的陪审员。陪审团管理人调来额外的法警,协助护送每一位陪审员去单独的空间。

凯恩从没遇到过这种事。法官不希望陪审团起内讧、彼此质疑,开始怀疑他们之中"也许"有人是凶手。

法警花了一些时间组织,然后他们一一带着陪审员离开了法庭。陪同凯恩的是一位年轻人,他发质很好,皮肤苍白,看起来不到25岁。他陪同凯恩走出法庭,沿着走廊前往远离主走廊的一间狭窄的办公室。凯恩坐在办公椅上,面对着没有启动的电脑屏幕。法警出去后关上了门。

又是一种新体验。事后证明，这种事迟早会发生。不管怎么说，凯恩还是觉得十分讶异。

他想逃跑，联邦调查局逼近了，他的面具正在脱落。凯恩环视小小的办公室：两张办公桌，都面向钉在墙上的日历。两张桌子称不上干净，键盘上有订书机、便利贴和笔，一沓一沓的档案堆在桌角和旁边的地上。凯恩用双手掩面。

他想继续待下去，这个案子就要进行判决了。

他可以敲敲门，请法警进来，关门，扭断法警的脖子，1分钟内就能完成。法警制服会有点儿紧，但他觉得如果自己换衣服的速度够快，迅速出去、沿着走廊离开，应该逃得了。他会低着头，或看到监控摄像头的时候就转头面向墙。

他厌恶手足无措的感觉，无论他做出何种决定，他知道自己之后都会懊悔。要么坐牢度过余生，气自己为什么不跑；要么远离纽约，坐在咖啡厅里，幻想如果自己待得久一点儿，事情还会怎么发展。

他决定了，起身敲门。法警开门，探头进来，那是一张男孩儿的脸。

"那个，可以给我一杯水吗？"凯恩问。

"当然。"法警说。

法警正要关门，凯恩却伸出手说："等等，可以留个小缝儿吗？我有幽闭恐惧症。"

法警点头离开了。凯恩坐在原位，呼吸困难。皮肤下的血液感觉十分炙热，期待着接下来会发生的事情。他已经在脑海里清楚地看见，法警会把水放在桌上，凯恩一手抓住法警的手腕，用力一扭，另一只手则抓向法警的喉咙。接下来的一切就视情况而定了。如果法警往下，凯恩就往上攻，让他正面扑倒，然后扭住他的下巴，用膝盖顶着他的后背，用力往上拉。如果法警保持站姿，凯恩就必须从后方出击，在他用手揽住法警脖子前，先夺走他的枪，然后抱着法警的脖子往前拉，再往左边扭回来。

他都听到脊椎断裂的声音了。

法警用塑胶杯装水回来了。

"请放在桌上就好，谢谢。"凯恩说。

法警穿着靴子的脚步声相当容易追踪。凯恩望向前方，从电脑屏幕上，看着法警把水放在桌上。

凯恩伸手握住法警的手腕。

00:62

"刚刚到底是在演哪出？"哈利迫不及待地问，他甚至还没走到办公桌旁。

我们三个人就站在他的办公室里。他很火大，但也忧心忡忡。我还没开口，普莱尔就精力充沛地开始了。他义愤填膺地讲了一大串，或该说讲了一堆在职业检察官看来正直公正的话。

"法官大人，辩方在乱搞，就是这么回事。他们知道本案铁证如山，他们无法撼动，所以想搞审判无效这招。你清楚，我也清楚。他们没办法在没有证据就乱指控陪审团的状况下得到审判无效，不可能，这办不到，法官大人。"

"哈利，如果我们有证据，我们就直接来找你了。"我说，"听着，

THIRTEEN

调查局不会只凭感觉就跑来为命案的被告做证,这点你很清楚。如果德莱尼探员是对的,那凶手就在陪审团中,这个案子继续进行对我的客户实在太不公平了。我不想指责掌控所罗门命运的陪审团,但这桩官司已经出了太多事,两名陪审员死掉,一个陪审员因为试图影响他人决定而出局。你必须看到这背后有更大的阴谋。"

"什么阴谋?预设立场的陪审员其实是本案的真凶?难以置信啊。"哈利说。

"是有可能的。"我说。

"荒谬至极。"普莱尔说。

"够了!"哈利高声喝止我们。他从我们身边离开,走到座位上,拿出一瓶十年老酒和三个杯子。

"法官,我就不喝了。"普莱尔说。

酒瓶悬在杯子上方,哈利望向检察官,什么也没说,就只盯着他。静默开始让人觉得不舒服,哈利脸上始终带着沉稳但不满的神情。

"那一小杯就好。"普莱尔改口说。

哈利倒了三杯酒,分别递给我和普莱尔。我们三个人一口气喝完苏格兰威士忌。普莱尔剧烈地咳嗽起来,满脸通红,他不习惯喝这么烈的酒。

"当我还是小辩护律师的时候,我记得这间办公室与老福勒法官。他很特别,在抽屉里摆了一把点45手枪。他说过,命案诉讼的律师除非喝了三指高的苏格兰威士忌,不然不该发表结案陈词。"哈利说。

我把空酒杯放在哈利桌上。他决定了。

"我对这个案子很担心,也担心这组陪审团。要知道我与两位分享这个决定有多艰难。到头来,我还是要遵循证据。的确有位陪审员有问题,我的立场却没有办法评估这个怀疑。今天开庭前没有证据说服我相信陪审团遭到渗透。普莱尔先生,我必须说,我很不满意这个决定,但我必须遵照法律执行。艾迪,抱歉。普莱尔先生,我决定你先前的提问无效,你还有什么问题要问德莱尼探员吗?"

"没有。"

"辩方还要传唤其他证人吗?"哈利问。

"没有,我们没准备传唤被告。"我说。

我从来不传唤客户出庭做证。如果已经走到必须依靠客户自己做证抗辩自己清白的那一步,那你就已经输了。案子在检方提证过程中就已经赢了,或输了。我不能期待陪审团站在博比这边,任由普莱尔用命案当晚博比的行踪修理他,那只会减小他无罪释放的可能。

他唯一的机会是一场完美的结案陈词。曾经开过苏格兰威士忌的杰出辩护律师克莱伦斯·达罗大多是在结案陈词时一击致胜。这是陪审团在回到隔离空间、决定被告命运前听到的最后一段话。达罗靠着语言的力量拯救了不止一条性命。

有时,辩护律师就只剩自己的声音了。问题在于,这个声音是在离开酒吧前再点一杯时发出的声音,这个声音也是粉碎自己婚姻的声音,更是摧毁一切的声音,但现在,这是要救人一命的声音。

语言只有在为别人发声时才会如此沉重。我现在感受到这种重量了,就卡在我的胸口中。如果判决被告有罪,这份重量就永远不会减轻。

"我们可以今天结案,但我有一个要求。"

"什么要求?"哈利问。

"我要你告诉德莱尼拿走陪审员笔记本的警察是谁。"

THIRTEEN

00:63

"你没事吧？"年轻法警问。

凯恩稍微握紧了一点儿，他另一只手的手指伸得长长的，相当僵硬。手指形成一把肌腱骨肉组成的刀刃，准备砍进法警的喉咙。

他迟疑了。

再过几个小时就好。

他放开法警的手腕，说："抱歉，你吓到我了。谢谢你帮我拿来了水。"

凯恩一口气喝完杯子里的水，目送法警离开，带上门。他这才松了口气，盯着面前黑色的电脑屏幕。他又想到《了不起的盖茨比》——在波动的黑水上朝远处幽暗的绿光伸出双手。如果他现在放弃，如果他没有完成他的工作，那么其他人就会浪费生命寻找那盏绿光，浪费生命，期盼着更好的人生。

根本没有什么希望。凯恩的梦想一直都很黑暗，充满了怪物，以及挖土寻找骨头的男孩儿。

他没等多久。法警将凯恩带回法庭，加入其他陪审员的行列。法官告诉陪审团，辩方终止举证。快5点了，但两位律师认为他们可以在6点前结束他们的结案陈词。陪审团可以回到下榻的酒店，思考案情，明早再回来思考他们的判决。

这场官司的步调让凯恩感到惊艳。他很庆幸自己留了法警活口。他不需要逃，还不用，等到案子结束时再说吧。

随着普莱尔从座位上起身走向陪审团，空间中弥漫着一种僵滞的平静。凯恩感觉得到。检察官用一个誓言划破了静默。

"我向在座的每一位陪审员保证，你在本案所作的决定会成为你生命中的一部分。我知道会的。各位必须做出正确的决定，误判会成为一根扎进血管的细针，每天每天更往里扎，直到流进你的心脏。一个人的性命掌握在各位手中，辩方律师肯定会这么说。弗林先生大概会一直提醒你们这一点，但实际上，你们掌控的不止如此。你们握在掌心的是这个城市里每一位公民的命运。我们依靠法律保护我们，惩罚夺走他人性命的凶手。如果我们不实践这份责任，我们就泯灭了我们的人性。如果我们不行使这份义务，我们就会忘却逝去的受害者。咱们把话说清楚吧，如果各位仔细听取所有的证词，各位在本案的义务就是判被告有罪。"

00:64

我看着博比在我眼前缩水。博比似乎随着普莱尔说出口的每一个字变得越来越小，越来越虚弱，仿佛他的生命正随着时间一分一秒被蒸发掉。

普莱尔提醒陪审团几个要点：博比没有透露命案当晚他人在哪儿，他的指纹出现在棒球棍上，他谎报到家的时间，他的指纹及DNA出现在卡尔嘴里的纸钞上。他有动机，有机会，身上还有阿蕾拉的血，而且用来杀害她的凶器一直留在屋内。至于说凶手另有其人的推论？那是辩方的诡计，仅此而已。

等到普莱尔回到座位上时，他的脸上满是汗水。他火力全开地讲了整整30分钟。

轮到我了。

我提醒陪审团，打扮得像博比的人出现在屋外时，所罗门家的无

THIRTEEN

线网络路由器捕捉到了不明装置。我提醒他们，无论当时进屋的人是谁，后来肯定都关掉了监控摄像头的动态感应开关。几位陪审员，特别是丽塔及贝齐，似乎都跟上了我的逻辑。

韦恩全程双手环胸，坐在原位。

命案不可能是以检方描述的方式进行，卡尔很可能是由后方的袋子罩住头部，然后才遭到门口棒球棍重击。所以当凶手进入卧室时，阿蕾拉才没有醒来。还有1美金纸钞，上面的DNA被清理过，只留下博比和另一个死人的DNA。

"陪审团的各位成员，普莱尔先生提醒了各位的责任。让我澄清他的说法。你们的责任重大，你只有对你们自己负责才是正确的选择。你们只需问自己一个问题，那就是：你确定罗伯特·所罗门杀害了阿蕾拉·布鲁姆及卡尔·托泽吗？你确定吗？我会说艾格森先生不确定自己那晚看到的是被告。我会说我们不能确定卡尔·托泽口中的纸钞没有经过某些鉴定手法的处理。不过，我所说的话一点儿也不重要，你们了解了什么才是重点。各位明白，在你们心中，你们无法确定罗伯特·所罗门杀了这两个人。你们现在要做的就是说出你们的心声。"

我接下来几分钟的人生过得非常模糊。我似乎这一分钟还在对陪审团讲话，下一分钟就在收拾东西，向博比道别。他要跟霍尔滕及他的安保团队一起离开，度过这个夜晚。也许明早就能知道判决结果。法警带着陪审团离开，法庭逐渐清空。哈利靠在法官的座位上，与书记官交谈。还有几个人在法庭里游荡。德莱尼与哈珀正在等我。她们似乎察觉到我需要一点儿时间让思绪沉淀一下。我把一切精力都倾注在结案陈词上，现在脑子里是一团糟糊。

我把笔记本电脑包的带子甩到肩上，推开分隔法庭后方的栅栏门。德莱尼与哈珀站在我面前。我觉得精疲力竭、疲惫不堪，但我知道眼下还要工作一晚。我们还是有机会找出 1 美金杀手案件的破绽的。我有不好的预感：这会是博比最后的机会。

我右下方有东西迅速闪过的动静，我只用眼睛余光捕捉到了。有人蹲在我左边的连排座位上。我转身去看是怎么回事，但速度不够快。

一个拳头砸向我的下巴。我听到德莱尼大吼，哈珀也是。我已经倒下了，地板出现得太快，我伸出手，想办法不让头直接着地，但撞击在瓷砖地面上的肋骨部位还是让我惨叫一声。我不能呼吸。在阵阵痛楚中，我不太清楚周围发生了什么事。有人把哈珀推到我前面，她仰卧在地。我听到身后传来脚步声，哈利跑过来看到底发生了什么事。

我感觉到有人用力抓住了我的两只手腕，然后我的双臂折叠在身后。忽然间，我明白这是怎么回事了。我被逮捕的经验多到清楚条子的手法。这个念头刚出现，我就感觉到冰冷的手铐先是铐住我的左手手腕，然后是右手腕。我的双手被铐在身体后面，手臂下方有几只大手把我向前拉起。我想开口，但我的下巴痛到无法讲话。第一击差点儿就让我的下巴脱臼了。

我努力扬起脖子，望向左边。

是格兰杰警探，在他身后的是安德森。

"艾迪·弗林，你被逮捕了，你有权保持沉默……"格兰杰一边把我往前推，一边向我宣读米兰达权力[①]。在法院门边等候的是一名身穿制服的警察，他的双手放在手枪皮套上。

"你不能这么做。"哈利大吼，"现在就停下来。"

"我们可以这么做，现在就在做。"安德森说。

哈珀爬起来，德莱尼拉住了她。

[①] 在美国，警察在逮捕嫌疑人时，根据米兰达诉亚利桑那州案例，需要告知嫌疑人他们的权力，包括保持沉默的权力和请律师的权力。

THIRTEEN

"我是联邦调查局探员,你们到底在做什么?罪名是什么?"德莱尼说。

"这不是联邦案件,你没有管辖权。我们要带这个人到罗得岛警察局问话。"格兰杰说。

我无法呼吸,疼痛一波波袭来,每一波都压迫着我的肺。我抬头看见在走廊尽头等待的警察穿了不一样的制服,罗得岛警察局的制服。安德森跟格兰杰与那边的联络官有联系,他们负责逮捕,然后带我离开纽约。

"罪……罪名是什么?"我勉强挤出这句话。如果我问,他们就得告诉我,我有权知道答案。光是讲这几个字就要了我的老命。格兰杰拉扯着我的手臂,让我的肋骨感到一阵剧痛。我感觉到自己的双腿越来越沉重。听到安德森的回答时,我差点儿昏过去。

"你因为杀害阿诺·诺瓦萨利奇而遭到逮捕。"他说。

老天啊,阿诺。两天之前,我才不会因为阿诺翘辫子而感到伤心,现在我感觉不一样了。我今天早上才跟他通过电话,听到他死讯时的震惊差点儿让我忘记自己遭到了逮捕。

"艾迪为什么要杀害他的陪审团分析师?"德莱尼问。她跟着我走出来,吼叫着问安德森。

"也许你该问弗林。"安德森说,"问他把十三张1美金钞票塞进诺瓦萨利奇嘴里的时候,为什么不戴手套?"

00:65

公交车从法院后方的停车场开出来。陪审员都没有开口,每个人都思索着案子最后的判决。多数人看起来都很庆幸案子快结束了。公交车经过法院时，望向窗外的凯恩正巧看见警察将弗林带出来，推进没有标志的警车之中。

凯恩允许自己露出微笑，这就是有朋友的好处。

他用破纪录的时间从纽约的牙买加区前往阿诺位于罗得岛的公寓。一开始，陪审团分析师不想让凯恩进屋。凯恩承诺要告诉他一个内线消息，预设立场的陪审员就坐在陪审团之中。要阿诺抗拒这种诱惑实在太难了。凯恩进入豪华公寓，想要杯水喝，然后从后方勒死阿诺，将他弃尸于厨房地板上。作案时开的车一直停在肯尼迪机场的停车场中，车辆置物箱里摆放着凯恩现在拿出的小袋子。他得动作快点儿，他用勺子把钞票塞进阿诺喉咙深处。不过，凯恩还是确保最后一张纸钞从阿诺嘴角露出来。这张纸钞用红笔做了记号，国徽上所有的星星、箭头及橄榄枝都是红色的。这是最后一张纸钞。

而这张钞票上有艾迪·弗林的指纹及 DNA。

这张钞票足以让艾迪·弗林入狱，此时此刻，他的执业生涯才开始平步青云。新闻及报纸上通通都有弗林的报道。他是纽约最炙手可热的律师。凯恩早就预料到了。

艾迪·弗林的美国梦就此画上了句号。

00:66

格兰杰解开手铐，要我转过身去，他把我的手铐在身体前方。这是小小的仁慈之举。坐在警车里，双手铐在后面会压迫我的肋骨，没开出两个街区我就会晕过去。他压着我的头，逼我坐进一辆没有标志的警车的后座。这是警探停在警方车库里的车。车上闻起来有食物放久的味道，坐垫还破了。

想到阿诺遭到了谋杀，被钱噎死，我的鸡皮疙瘩就爬满全身。1美金杀手陷害了我，就跟他陷害其他人一样。

我费尽力气才让自己冷静下来。我必须忽视痛楚，用脑子思考。

驾驶座门打开了，格兰杰上了车。罗得岛的警察坐进我前方的副驾驶座。安德森从左侧上车时，车子歪斜了一下，他坐在我旁边，手上还裹着石膏。我望向他的脸，看到了让我害怕的神情。

安德森在流汗，还颤抖不已。格兰杰发动引擎准备出发，而我的目光一直盯着安德森。我在法庭上把他整得很惨，我也把他的手打得很惨。他现在应该很得意，死瞪着我，享受他的胜利才对。格兰杰和安德森现在应该有说有笑，嘲笑我的辩护功力，吓吓我，说一切都结束了，我要在监狱里度过余生之类的话。

结果呢？车里的气氛凝重到不行，让我想起坐在车辆后座上等着施展骗术的时光。

"谢谢你让我们送这家伙一程。"格兰杰如是说。他将车开进车流之中。

"别客气。弗林先生，晚安，我是瓦拉斯奎兹警官。"罗得岛的条子如是说，然后转头面向格兰杰。"感谢你们警察局让我跟你联系，这样省了不少管辖权的麻烦。你们一开口，我就知道你们想报复弗林。"

"哦，对，我们有一段过去。"格兰杰望向镜子，我看到的不是志得意满的神情，而是兴奋与期待。如果我坐直身子，我可以在后视镜中看到格兰杰的双眼，他的目光在不断东张西望。他在观察道路、人行道，偷瞄安德森，确保他的注意力集中在罗得岛的警察瓦拉斯奎兹身上。

我知道事情不对劲。我不确定瓦拉斯奎兹是不是也参与其中,我猜没有。

我们坐的车行驶在中央大街上,我向后靠,隔着外套口袋摸到手机。他们没有对我搜身。从年龄以及他们当警察的态度来看,这三个人的资历加起来至少有五十年。

一个有着十年资历的警察忘记给嫌犯搜身,这得是多么不寻常的事情。我因此紧张了起来。格兰杰驾车转了两个弯,我们往北边前进。这并没有缓解我的焦虑。他们应该是要带我去罗得岛,最快的路是往南,直上罗斯福路,沿着河边前进,驶上 95 号州际公路。纽约重案组的警察不可能绕别的路线,他们最清楚纽约的地形了。

"我们要去哪里?"我一边说,一边缓缓将手放在外套下方,隔着外套往右边朝车门把伸手。

"不要多问。"格兰杰说。

"妈的。"我骂道。

"听话,把臭嘴闭上。"安德森说。

鬼才听他们的话。

"如果我们要去罗得岛,为什么不走罗斯福路?"我问。

坐在前方副驾驶座的警察转头望着格兰杰。

"虽然这么说很不爽,但律师说得有道理。"瓦拉斯奎兹看了看手表。

"车太多了,现在上去会堵车。"格兰杰说。

最后的天光余晖迅速消失。我们经过的车辆都打开了车头灯。格兰杰把车往左边车道开,车子还是没开灯。现在我们往西前进了。一连串迅速的左弯右拐让我们持续西进。

THIRTEEN

我望向窗外，说："西13街与第九大道？我们去肉品包装区干吗？"

"抄近道。"格兰杰说。

车子左转，进入一条比较窄的街道。污水管冒起阵阵烟气，街灯照过去，看起来像是地狱降临在曼哈顿。

"我要停一下车。"格兰杰说。

就是这样，格兰杰才没准备停车，我也到不了罗得岛。

安德森靠上来。他右手打着石膏，基本上是独臂侠，他用左手从外套里掏出什么东西。他朝驾驶座仰头，我看到他左手拿出一个亮亮的东西，手一甩扔到我脚下，然后同一只手收回外套里。我只有看一眼的时间，这样就够了，在我双脚之间有一把小小的手枪。

"有枪！"安德森大喊。他的手伸出来，抽出他的枪。他要以正当防卫的理由枪杀我，所以上车时才没有人给我搜身。这一切念头闪过我的脑海，同一时间，我扑向安德森。我的头重重撞在他的鼻子上，我伸手，用双手紧抓他的左手手臂。我用力把他的手臂往下压，手铐都嵌进我的手腕里了。

他疯狂挣扎。我猛然从座位上起身，努力用手肘撞击格兰杰的头。他身体歪向一侧，脚往前伸，踩着油门。车子往前冲，我被甩回到座位上。

真疼，所幸肾上腺素能让我持续进行抵抗。

安德森也弄掉了他的枪。他靠向前，打算捡枪。枪肯定掉到格兰杰座位的下面了。我看得到他在伸手够枪。车子颤抖了一下，安德森那侧的窗外出现火花，我们肯定擦撞到路边停靠的车辆了。

安德森坐直身子，将枪口对准我。

然后他一头撞上车顶板。子弹射出，碎玻璃喷了我一脸。他打中的是我这一侧的车窗。我被往后甩，背抵在座椅上。我起身，看到瓦拉斯奎兹扶着脑袋，他没有系安全带。一根电线杆现在埋进车头里。

在安德森能够开第二枪之前，我把膝盖缩到胸口处，双手顶着脑后的车门，双脚朝安德森的脸踢过去。力气一开始来自我的背，接着我双手、胸肌、腹部及双腿一起使力。我的身体犹如射出箭的弓，使尽吃奶的力气踢过去。但我没踢到脸，我踢中了他的身体。冲击力将安德森踢出车门，摔到街上。

这一脚用尽了我所有的力气，我想起身，但实在是太痛了。我瘫倒下来，想要通过喊叫释放疼痛。我需要移动，我必须下车，但我现在连坐起来都办不到。我气喘吁吁，每一口气都是熊熊燃烧的痛楚。

"混账东西，你死定了。"格兰杰怒吼道。我抬起头，看见他下了驾驶座。车门因为撞击而打开，他被甩出车外。我听见他踩着满地碎玻璃走了过来。我只能透过车窗看他，我看见他从肩套里抽出手枪。他走到安德森面前，大喊："他有枪！"随即开了枪。

我用手挡在面前，却没有感觉到子弹袭来，没有疼痛的冲击波。我只感觉到有温暖的东西喷在我脸上。

瓦拉斯奎兹扶着肩膀开始惨叫。

格兰杰对他开了枪。我听到格兰杰再次开枪，而瓦拉斯奎兹的脑袋开了花。

"你杀了一名警察。这就是你用督察部门威胁我们的下场。你敢恶搞我们，你就得吃子弹。"他说。我只能看着格兰杰的脸。他弯曲着膝盖，用双手握住手枪，枪口直直对准我的头。安德森倒在他脚下的人行道上，我看见他向格兰杰伸出手。

我想大喊，我想尖叫，却发不出声音。如果我喊出声，也许就听不到了——我只听得到耳朵深处犹如海浪一般的血液冲进大脑的声音,以及心跳如同脑袋里的声波。

我想到我的女儿,愤怒立刻涌上心头。这个人要夺走她的父亲了,虽然是个糟糕的父亲,但还是她的父亲。我把一只手伸到皮制椅垫下方,咬紧牙关,用尽最后的力气想要坐起来。安德森扔在地上的小手枪就在我指尖不远处,但我感觉手枪是在橄榄球场的另一端。

我的手滑了一下,身体倒了下去。我抬头望着格兰杰。

这浑蛋脸上居然挂着微笑。他伸直手臂,瞄准,然后消失在一阵火花、金属断裂刺耳的声响之中。

我摇摇头,闭上双眼又睁开。我看到车身,蓝色的车身,车子后退又加速。我听到熟悉的 V8 引擎运作声。车子离开我的视线,门在我后方打开,我看见哈珀的脸出现在面前。她睁大双眼,气喘吁吁,一只手握着手机,我的名字出现在屏幕上。我先前按下手机的声控拨号键,然后说出我替哈珀设定的名称。

"你欠我一辆新车。"她双眼微湿,然后缓缓把手放在我的胸膛上。

"少废话。"我说。

我听到哈利的声音,他出现在哈珀身边。

"我就说他没事吧。"哈利说。

我听到远处的警笛声越来越近。

"哈利,我没事。"

"谢天谢地。下次提醒我再也不要坐哈珀开的车,我觉得我都要心脏病发作了。"他说。

"德莱尼说她联系罗得岛警察局了。1 美金杀手陷害了你。我们可以澄清这一切。"哈珀说。

我知道德莱尼很有说服力。

"安德森跟格兰杰,他们……"

"他们不会成功的。"哈珀说。

我点点头,闭上双眼,嘴里尝到血腥味,但我咽了下去。今晚可太漫长了。

星期五

THIRTEEN

00:67

凌晨 2 点 17 分。

凯恩躺在床上望着天花板。他太期待了，根本不想睡觉。他从来没有让两件任务间隔这么短的时间过。太冒险了，但距离凯恩美梦的尽头只剩一步之遥，他决定冒这个险。综观他这一辈子，他总觉得自己刀枪不入。

他很特别，他妈妈总是这样说。

房间外的阶梯平台上肯定有座老时钟。凯恩听着时钟微弱的嘀嗒声。在深夜这般黑暗寂静的房间里，那种声音会不自然地放大。他转过头，望向床边桌上的电子时钟。

凌晨 2 点 19 分。

他叹了口气，想要进入梦乡根本没有意义。他拉开被子，翻身下床，双脚踩在地上。他腿上的伤愈合得很好。他在上床前换过绷带，伤口没有化脓，没有臭味，周围没有狰狞的红肿。

他伸了伸懒腰，用手碰触天花板，然后打了个哈欠。

这时，他听到了。凯恩僵在原地。时钟持续在走廊某处嘀嗒作响，但他听到了另外的声音。

动作、阶梯上的脚步声，人数众多。凯恩静静站好，穿上内裤、长裤与袜子。

他开始系鞋带的时候，听到木板发出嘎吱声，一下、两下、三下。走廊第二或第三排有块木板松脱了。这是他昨天注意到的。

没时间找衬衫了，他把刀子顺手插进裤子口袋里，然后蹑手蹑脚地走到门边。他把耳朵贴在木门上，屏住呼吸聆听。走廊上有人。凯恩缓缓站直，用眼睛瞄准门上的猫眼。

他房外有四名特战队队员，身穿黑衣、凯芙拉防弹背心、作战夹克，戴着手套，头盔上还有摄像头，而且每个人都手持突击步枪。凯恩从门边滑开，背靠在旁边墙上，努力控制住自己的呼吸。他们逮到他了。这么多年过去，他们终于找到他了。某种程度上，凯恩觉得很骄傲。联邦调查局终于明白他在做什么了。他希望至少有一位调查人员能够看透他的手法，了解他的作为。

床边桌上的电子钟显示现在是凌晨 2 点 23 分。

他深呼吸，吐气，然后起跑。与此同时，他听到木门碎裂声，特战队员大喊："趴在地上。"

00:68

我望向手表。

凌晨 2 点钟。

我在联邦调查局指挥车后方，冻得要死。这车基本上就是一辆车底加了钢板、一侧摆了一堆电脑屏幕的面包车。

我坐在屏幕对面，朝咖啡吹气，双手围在杯上取暖。在过去的 15 个小时里，进入我身体的只有咖啡和吗啡。两者都不错，这一刻吗啡

THIRTEEN

药效发作，我觉得头昏，但身上的疼痛都消退了。今天晚上没有我担心的那么糟。在警察局待了 4 个小时，我就被释放了。如果纽约最高法院法官、前联邦调查局探员、现任私家侦探，以及调查局的首席分析师没有支持我的说法，那我在警察局至少要待上两天。最后解决问题的人是哈珀，她那晚不止接了我的电话，还全程录了音。

督察部门 1 个小时内就加入了调查，他们手上有安德森与格兰杰厚厚的档案，没花多少时间就调取了安德森与格兰杰的手机记录、语音信息、文字信息及 WhatsApp 信息，东西都还在。他们疑神疑鬼，怀疑我会因为面临杀害阿诺的无期徒刑的威胁，将他们出卖给检察官，以获得从轻量刑。在充满黑警、流氓及各种犯罪组织的世界里，使某人遭到逮捕就是置人于死地最快的方法。

我又不是没见过。

他们的计划是杀害我，然后安德森再用那把小手枪对瓦拉斯奎兹的脑袋开个两枪。他们会怪这名外地警察没有给我搜身，这些通通在他们信息及语音通讯的对话记录里。他们还没有时间扔掉使用过的抛弃式手机。

安德森和格兰杰一听说罗得岛警察局掌握了我的鉴定证据后，立刻就把握住了机会。真不知道 1 美金杀手是否期待安德森、格兰杰动手杀我。这不符合他的犯案模式。他会想要一场公开、血腥的审判，而不会希望我在警车后座遭枪击身亡。

3 小时后，初步鉴定结果出炉，证实瓦拉斯奎兹遭人用格兰杰的手枪从车外射击。格兰杰身上有枪击残迹，而我则没有。

我晚点必须回来对督察部门进行正式的举证，这样他们才能秋风扫落叶般去调查重案组的其他成员。但现在，医护人员看过我，给了我一些止痛药之后，他们满意地让我离开了。

335

等到我离开警察局，我跟哈珀发现我俩的手机上都有好几通未接电话，全是德莱尼打的。哈珀回了电话，说我们立刻赶去联邦广场。德莱尼问哈利是否也会过去，调查有了进展，他们需要联邦搜查令，这要哈利协助才能弄得到。

那已经是好几个小时之前的事了。现在我人在面包车里受冻，车子就停在通往格雷迪酒店的单车道小路旁。后门开了，哈利上得车来，跟在他身后的是琼——法院的速记员。这位女士五十几岁，身穿缀有珠珠的上衣、厚实的长裙，还有颇具分量的羊毛大衣。她大大的手提包里装的是速写机，从她的表情来看，她对于凌晨2点被人从床上揪起来这件事很不满。

"普莱尔来了，我看到他开车过来了。"哈利说。

我点点头，喝了一小口咖啡。哈利拿出随身携带的酒瓶，喝了一大口。我们都有保暖的方法。琼坐在哈利身边，打开手提包，将她的机器放在大腿上。

普莱尔上了面包车，跟着上来的是德莱尼。我们坐在车厢一侧可以拉下来的座位上。车子很大，里面还能坐四五人，只是记得上车时要低头就好。德莱尼坐在面对屏幕的旋转椅上。她戴上头戴式耳机对着耳机上的麦克风说："狐狸小队，待命。"

"请问，你可以告诉我，我到底在这里干什么吗？"普莱尔问。

"琼，我们开始正式记录了吗？"哈利问。

她噘起嘴唇，但从她敲打速记机的力道看来，她已经回答了哈利的问题。

"普莱尔先生，现在罗伯特·所罗门公诉案的记录正式开始。我要你来是因为我要授权给执法机构，他们将对本案的一名陪审员采取行动。好，法律上来说，隔离状态的陪审团是我一个人的责任，一直

THIRTEEN

到要他们做出判决为止。既然我们还没得到判决结果,如果任何执法单位或政府机关想跟陪审员联系,都需要我的授权。我要你跟弗林先生在场,这样如果你们有任何异议才能当场提出,而且如果真的行动,你们也能旁观。我们应联邦调查局的要求前来这个地点,为的是确保陪审员的安全。目前的状况充满不确定性,联邦调查局的人没有时间往返法院。这项任务必须在场授权,清楚吗?"

"不清楚,怎么回事?"普莱尔又问。

"是1美金杀手,他真的在陪审团里。"我说。

普莱尔的头猛地撞到面包车的天花板,巨大的声响回荡在车内。他是天生的律师,律师就是喜欢站起来抗议。他坐回位子上,揉了揉头顶。

"这一切都只是烟幕弹。你同意对陪审团授权这次行动代表你同意辩方的说辞。你基本上是在说辩护律师是对的,你不能这么做。"普莱尔说。

"普莱尔先生,我可以。你要提出审判无效吗?"哈利问。

这话让他闭了嘴。他知道自己胜券在握。他必须权衡他是否要因为我而打翻一盘好棋。

"法官大人,我会保留审判无效的立场,直到早上。这样您会满意吗?"普莱尔谨慎地说。

"行。好,根据佩吉·德莱尼特别探员提供的信息,我现在授权逮捕名为亚历克·韦恩的陪审员。"哈利说,"我们有理由相信这个韦恩是连环杀人犯1美金杀手伪装的,这名凶手的作案手法是将他的罪行在命案现场以1美金纸钞栽赃给无辜的人。之后,1美金杀手会谋杀潜在陪审员且偷窃他们的身份,加入受栽赃者命案的陪审团,以确保审判对象被成功定罪。德莱尼探员今晚提供了相当惊人的证据……"

我已经知道是什么证据了。还在联邦广场的时候,德莱尼就已经跟我与哈珀解释过了。一切都说得通。

哈利为了正式记录,继续说下去:"在撤换陪审员斯宾塞·科尔伯特之后,我保管了每位陪审员的笔记本,我授权了有关司法鉴定。调查局在我的授权下带走了笔记本,且根据德莱尼探员的说法,第一本接受检验的笔记本是属于陪审员亚历克·韦恩的。探员证实,由于辩护律师艾迪·弗林提供了充分的理由,特别将这本笔记本挑选出来进行检验。"

普莱尔看看我,又望向哈利。他怒火中烧。

"弗林先生,这是为了记录,请问你提供了什么理由给德莱尼探员?"

"我重述我与辩方陪审员分析师阿诺·诺瓦萨利奇的电话通话内容,他看到这名陪审员行迹诡异……"

"抗议。"普莱尔说,"什么行迹诡异?"

"他注意到这名陪审员的面部表情忽然改变。阿诺是肢体语言方面的专家,他觉得这件事不寻常到需要告知我。"我说。

"就这样?你们要根据没办法被证实的情绪化的证词逮捕一名陪审员?"普莱尔问。他早早出击,如果这场行动失败,他希望他的抗议能被明确记录下来。

"不。"德莱尼说,"真正惊人的证据是亚历克·韦恩笔记本里的指纹,这些指纹符合国家档案库里的一名嫌犯约书亚·凯恩的指纹特征。关于这个人的信息不多,没有出生地,没有出生资料,没有现居地址。我们知道他与一起三尸命案及纵火案有关。我们目前掌握的信息只有这些犯罪发生在弗吉尼亚州。我们已经申请这些案件的档案,还在等当地的威廉斯堡警察局的回复。我们是两个小时之前提出申请的,中

THIRTEEN

间也催促过几次。我们期待可以立刻收到凯恩的档案及照片。"

哈利点了点头。

"根据指纹鉴定与1美金杀手案件可能的联系,我就此正式授权逮捕亚历克·韦恩,两位律师,有意见吗?"哈利问。

"没有。"我说。

"我要特别提出我的抗议。这个行为侵害了案件的核心程序。"普莱尔说。

"已经记好了。德莱尼探员,可以进行了。"哈利说。

"狐狸小队,执行任务。"德莱尼说。她把椅子转过去,面向屏幕。

车内一半的空间分布了五个屏幕,其中四个是特战队员的头盔摄像头摄取的画面,另一个显示的是德莱尼的电子邮件信箱的内容。每过几秒钟,她就会刷新一次显示电子邮件信箱内容的屏幕:她对凯恩的了解越多越好。四个头盔摄像头摄取的画面不断摇动。他们转弯时,我们听见靴子踩在地面发出的踏步声。格雷迪酒店出现在画面上,如此老旧的地方,真的很老,感觉观光客住进去都会想死。

第一名特战队员向门卫亮出身份识别证。这位门卫看起来比酒店还老。他们在接待柜台与晚班门卫交谈,确认了亚历克·韦恩的房间号,并请他别打草惊蛇。特战队员缓缓走上阶梯。我看着中间那个特战队员的摄像头画面,他前方的特战队员亮出身份识别证,示意走廊上的法警过来。他们低声要法警躲到他们身后,他们有法官同意的搜查令,可以逮捕亚历克·韦恩。法警确认了房间号,特战小队缓缓前进。

他们停在门边,打开突击步枪枪口的探照灯。

小队队长数到三。

他们头盔上的时间显示是凌晨2点23分。

三。

二。

叮，德莱尼的信箱里收到一封标记为紧急的电子邮件。

一。

门被撞开，探照灯捕捉到站在床角的亚历克·韦恩。此时的他睁大双眼，上身赤裸，出于本能高举着双手。

"联邦探员！趴下！趴在地上！"

他跪了下去，浑身颤抖，张开双臂倒在地面。特战队员在几秒钟内就给他搜了身，戴上了手铐。

"我受够了。"普莱尔如是说。他起身，把外套折叠好挂在胸前手臂上，离开了面包车。他大力甩上车门。我把注意力放回屏幕上。其中一名小队成员将韦恩从地上拉起来，其他人望着韦恩。大家都能清楚地看到画面。

"老天，请、请不要伤害我。我什么都没有做。"韦恩一脸鼻涕眼泪地叫道，整个人因恐惧在剧烈颤抖。

面对韦恩的小队成员向后退去，还把手伸到脸旁，低声咒骂了一句。我们也看到了他所看见的景象。

韦恩的双腿之间有一块深色区域持续扩散，一路延伸至双腿。韦恩失禁了。他整个人抖得无法说话。

德莱尼咒骂了一句，看起信件来。寄件人是威廉斯堡警察局。信件内容是他们有关约书亚·凯恩的简要报告。我跟哈利从座位上起身，挨着德莱尼的身体查看。凯恩遭到通缉，女高中生珍妮·马斯基的奸杀案以及另一名死者瑞克·汤普森与他有关。最后有人看到这两个人是在高中舞会上。第三名受害者是拉克儿·凯恩，约书亚·凯恩的母亲。警方怀疑凯恩诱奸且杀害了珍妮，将她的尸体藏匿在母亲的住所。

THIRTEEN

他母亲遭到谋杀后，整个公寓被付之一炬。

档案继续说明警方在水库中找到了瑞克·汤普森的尸体及他的车。

资料里附了一张凯恩的黑白罪犯大头照，扫描的颗粒很粗，实在看不清楚他的五官细节，但他看起来一点儿也不像韦恩。

我再次望向屏幕。韦恩彻底崩溃，他哭哭啼啼，请大家手下留情。这不是在演戏。约书亚·凯恩犯下这么多罪行，想尽办法成为陪审员，肯定需要过人的胆识。这个韦恩现在看起来连胆都被吓破了。

"该死。"我掏出手机查看通话记录。一直翻到我昨晚打给阿诺的那通电话。我是4点半打过去的，我们没有说太久。我现在想到，阿诺那时在他位于罗得岛的公寓里，就算无视限速，路上也没什么车，凯恩从罗得岛驱车回肯尼迪机场差不多也要2个小时又15分钟。

"德莱尼，请派小队成员去问法警，昨天陪审员是几点起床吃早餐的。"我说。

她转述问题，小队成员前往走廊，我们看着他询问陪审团管理人。

"我想想。我们差不多是在6点45分，最晚7点前去叫他们的。"他说。

在我跟阿诺打完电话后，他才杀害阿诺，再开车回来、藏车、回到格雷迪酒店，及时躲回自己的房间，这怎么可能？

"我们抓错人了。"我说。

德莱尼没说话，她还在研究凯恩的信息。哈利揉揉脑袋，抓起随身酒壶又喝了一口。

"阿诺昨晚在电话里告诉我，他看见伪装表情的人是韦恩，但现在回想起来，我打电话给阿诺的时候，他已经死了。给我打电话的人不是阿诺，而是凯恩。"我说。

"凯恩？"德莱尼说。

"现在想想，他根本没有时间从罗德岛回到酒店，除非在打电话的时候，他已经杀死阿诺了。1美金杀手把矛头从自己身上移走，转到了韦恩身上。"我说。

"老天。"德莱尼如是说。她拿出手机，打了通电话，不知道她打给的是谁，对方立刻接了起来。

"我们检测的笔记本上有韦恩的名字，我要你查看所有的笔记本，看看还有没有其他笔记本也署名韦恩。"德莱尼说。

我们等待的同时，她继续浏览威廉斯堡警察局发来的文件页面。

我看见她愣了一下，她肯定是有所发现。

"一定不是韦恩。"她盯着屏幕。电话另一端的人确认有两本陪审员笔记本都署名为亚历克·韦恩。凯恩把韦恩的名字写在了他的笔记本上。

我靠上前去，确认德莱尼在看什么。

珍妮·马斯基与拉克儿·凯恩死于1969年。瞬间，我就知道约书亚·凯恩到底是谁了，德莱尼也知道了。她必须先把她的不可置信扔到一边，立即采取动作。

她对特战队下令，要他们离开韦恩，去找另一个目标。

我的手机叮的响了一声，是哈珀，她要过来了，她在旧新闻剪报里找到了1美金杀手的照片。她从她的新闻剪报里找出这位陪审员的名字。

这个人就是我想的那位陪审员。

就是那个浑蛋。

THIRTEEN

00:69

在特战小队突破凯恩旁边房门的同时，他迅速打开窗户，爬到外头的屋顶上。现在没时间慢慢沿着低矮屋顶的砖瓦爬行了，这边一侧的山墙上还有支架。

现在每一秒都无比珍贵。凯恩滑下屋顶，胳膊拖在身后。他没穿衬衫，砖瓦似乎划伤了他的皮肤。不痛，只是感觉到砖瓦刮到了他的背。凯恩让双腿滑过屋顶的边缘，然后是他的上半身。他用两只手紧紧握住屋檐上的排水道，这才没有一路摔出去，慢慢让自己掉落到下方的一处雪堆里，摔进足足 3 米高的白雪之中。

他翻了个身，滚出酒店后方的雪堆，远离前方所见的灯光，跑进树林当中。红白蓝的警灯交错着闪光，一组安保队伍直接挡在通往格雷迪酒店的私人小路上。凯恩没有犹豫，他开始朝灯光左边跑去。他气喘吁吁，在冰冷的夜晚里，他呼出的是一团白雾。虽然凯恩上半身赤裸着，但他一点儿也不痛。他不像正常人那样能够感觉到冷热，但冷风还是让他直打哆嗦。

他在树林边上看到一辆正离开酒店车辆的前灯，那是一台白色的阿斯顿·马丁跑车。凯恩跑到路中间，在空中挥舞起双手。车子停下，阿特·普莱尔从驾驶座上走下来。

"萨默斯先生？"普莱尔说，"你还好吗？这种天气你跑出来做什么？你这把年纪会死在外面的。"

凯恩双手环胸，打起冷战。

"你、你、你的外套，拜托。"凯恩说。

普莱尔脱下克什米尔羊毛大衣，披在凯恩肩上。

"我听到枪声、叫声，我害怕，就跑出来了。"凯恩说。

"上车，我带你去安全的地方。"普莱尔说。

凯恩把手臂穿进大衣袖子里，走向车子的副驾驶座，上了车。普莱尔坐在驾驶座上，关上车门，转头看着这位他以为是 64 岁的布拉德利·萨默斯，他惊恐地望着这位先生的胸膛。凯恩敞开外套，让普莱尔看见他的杰作。

"我的老天。"普莱尔说。

鲜少有人看过凯恩的胸膛，普莱尔在车里的灯光下见识到了它的荣光。凯恩的胸口是一大团白色的伤口组织，突起伤疤的复杂线条构成了美国国徽。老鹰一只爪子握着箭，一只爪子是橄榄枝，两只爪子分别伸向凯恩腹部的两侧。盾牌及老鹰头上的星星都在他的胸骨上。

"带我离开这里。两公里不到的地方有一家假日酒店。带我过去，我就不会伤害你。"凯恩边说边从裤子口袋里拿出刀子，摆在大腿上。

普莱尔想要发动引擎，看见刀子让他踩在油门上的脚用力过猛，凯恩要他冷静下来。他们出发，没过几分钟就抵达了假日酒店。一路上，普莱尔都气喘吁吁，央求对方留他一条小命。

他们停在后面停车场的阴暗角落里，这里一个人都没有，距离假日酒店还有 900 米。

"我需要你的衣服和车。我会把钱包留给你。穿过停车场到酒店不会太远。如果你拒绝，我还是可以强行夺走的。"

普莱尔不需要对方说第二遍了，他脱到只剩内裤，然后听凯恩的话，把衣服扔到后座上。

"现在你可以下车了。"凯恩说。

普莱尔打开车门，凯恩立刻看到低温冲击着检察官。他只穿着鞋袜站在原地，缩着身子，在黑暗空荡的停车场中抵御寒风。

THIRTEEN

"我的钱包。"普莱尔说。

凯恩爬到驾驶座上,关上车门,摇下车窗,将钱包扔在柏油路上。

普莱尔走过去,弯腰捡起钱包,一抬头,就与瞪着他的凯恩四目相对了。

普莱尔僵在原地,双腿发软颤抖,接着凯恩抽刀插进普莱尔的右眼眼眶,然后让他的身体倒了下去。

凯恩迅速穿上普莱尔的衣服,太松了,但没关系,用不了几分钟,凯恩就可以开着阿斯顿·马丁跑车回到曼哈顿了。他不允许联邦调查局打乱他的模式,他还有一个人要杀。

谁也无法阻止他。

00:70

特战小队发现布拉德利·萨默斯的房间空空如也。窗户没关。小队队长爬到外面的屋顶上张望,在雪地里看到足迹,一路延伸到后面遭人翻动过的雪堆上。以防万一,德莱尼下令对酒店及空地进行地毯式搜查。耗时半小时,等到探员搜查结束,他们基本上已经惹毛了住在酒店里的每一位房客。而从酒店出发延伸到小路的足迹来看,1美金杀手并没有折返回来的迹象。

约书亚·凯恩消失了。

联邦调查局的速度既迷人又可怕。搜查结束不过几分钟之后,所有的执法单位都收到警戒通知。哈珀到了。她找到两张剪报,两张照片上出现了同一位看起来将近 60 岁的人,一张是他要离开法院,另一张则是要进入法院。男人出现在两次的背景之中，发型不同、衣着不同，但五官大致差不多。除了布拉德利·萨默斯断掉的鼻梁外，基本上是同一个人。我跟德莱尼坐在指挥车上研究照片。哈利还在想办法给普莱尔打电话。博比马上就能得到审判无效的结果了，毋庸置疑。

"他会跑到哪儿去？"德莱尼端详着照片。

"也许回到布拉德利·萨默斯的公寓了？"哈珀问。

"我已经请一位探员过去了，但概率不大。这家伙低调存活了这么久，可不是因为他会犯低级错误。"

"他能逃过这一切也太神奇了。我是说，他已经干这种事干了几十年了。"哈珀说。

执法单位让这种事发生，我觉得有点儿让人恼怒。也许状况就是如此吧。基本上每个州、每个城市的重案组都业务繁重。他们一路跟着证据前进，没有时间想太多。某种程度上来说，这不是他们的错，他们是被冷血、高智商的凶手戏弄了，只是没有时间去考虑其他可能性罢了。同理，1美金杀手能走到今天，算他运气好，这么多受害人，就为了助长他那严重扭曲的愿景。

我想起我对凯恩所知道的一切，命案、审判、受害人、作案手法及国徽。

这家伙不可能让自己的计划就这样破局。他还想要完成他的使命。

"哈珀，打给霍尔滕，快打。这神经病有强迫症，一丝不苟。他会让这一切以他想要的方式结束。我觉得凯恩会去找博比。"我说。

3分钟后，我坐在副驾驶座上，这是哈珀租来的车。哈珀跟着特战小队前进，在车流中拐来拐去，在警笛声中狂飙前进。我只能双手张开，压在置物箱上。

THIRTEEN

"再试试打霍尔滕的手机。"我说。

哈珀启动手机的语音拨号,她的手机在仪表板的平面上随着车身前进而振动。我看到屏幕亮了起来,反射在挡风玻璃上,拨号声通过蓝牙系统回荡在车内。

没人接听。

"我再试试博比的手机。"我说。

我打过去,他的手机肯定是关机了,至少霍尔滕的手机还会响。我们只要他接起这该死的电话就好。

"反正警方现在已经赶过去了。"哈珀说。

我们出发前,德莱尼已经紧急请求纽约市警察局警察前往博比家,看看他是否安然无恙。他们应该随时会到。她还联系了联邦广场的外勤人员,让他们跑一趟,确保整个地方都被封锁起来了。

从牙买加区前往曼哈顿市中心通常要开一个小时的车,我们在10分钟内就穿过了皇后区中心快速道路,熟悉的天际线映入眼帘,在隧道之后的就是犹如明信片风景的联合国总部大楼。

哈珀手机振动起来,是德莱尼打来的。

"纽约市警察局来电,他们跟所罗门的安保人员谈过,什么动静也没有。我已经要求警察把巡逻车开走,撤回我的探员。我们在隧道里开警笛,出去之后关掉。我会换一辆没有标记的车,检查周围的地区。凯恩还没抵达所罗门家,如果他在那里盯梢,我不想打草惊蛇。"

"同意。"哈珀说,"但我跟艾迪先进去看看,应该没关系吧?"

"我先检查一下再跟你们说。对了,鉴识人员刚跟我联系,他们在有凯恩指纹、写着韦恩名字的笔记本上进行了DNA测试。整个程序还没结束,大概还需要10个小时,但初步结果显示上面的DNA符合理查德·佩纳的样本,就是卡尔嘴里纸钞上DNA的主人。一旦图谱建立完毕，我们就会确定。哈珀，我要你告诉我你是在哪里找到佩纳 DNA 图谱信息的，这跟凯恩也有关系。"德莱尼说。

车开进了隧道，信号中断了，不过这没关系。哈珀正以 120 公里时速跟随特战小队前进，我们周围还是隧道的厚墙，我也不可能让手离开置物箱。我想问哈珀关于佩纳 DNA 的事以及她的发现，但我害怕让她分心我们就会出车祸。

出了隧道，焦虑感消失了。我们开进 38 街，距离博比租住的地方只有一个街区，我们在此等候。市中心这片区域比较安静，居民大多是外科医生或牙医。停在人行道旁边的不是高档 SUV 车就是正在经历中年危机的牙医开的跑车。

"你查佩纳的 DNA 有什么发现吗？"我问。

"有。理查德·佩纳的 DNA 检测证实他是教堂山凶手。他的 DNA 符合一张 1 美金纸钞上的图谱。附近的 1400 名男性都自愿进行了 DNA 检测，佩纳也是其中之一。教堂山警方表示这么多人前来，他们没办法搜集这么多的 DNA 样本。他们必须训练校警协助对学校教职员及学生进行采证，校警罗素·麦克帕特兰替佩纳采检，封装好，交给警方。我们联系上教堂山警察局的一名警察，请他帮忙查找大学职员的档案。"

"你怎么能让警方帮你这么多忙？"我问。

她露出微笑。"我可是很有说服力的。"

我不怀疑这点。我猜罗素·麦克帕特兰是约书亚·凯恩的另一个化名。他不是每次犯案都这么干干净净。他迟早会留下自己的 DNA。我的猜想是，他用化名得到校警的工作。这种工作会让他获得女学生的信任，从而能与她们进行接触。凶手迟迟不落网，如果他出手或提议送这些女孩儿回家，无助的她们很可能会信任校警，接受他的协助。

THIRTEEN

不过呢，他后来还是搞砸了。凯恩肯定将自己的 DNA 留在其中一名受害者的纸钞上了。警方一开始寻求邻近地区男性的 DNA，他就知道了。只不过，凯恩将此化作他的优势。他从清洁工佩纳身上取得了样本，这个过程简单到只需要用棉花棒擦一下佩纳口腔，再封口装进试管中。只不过，凯恩肯定是调包了两个样本，将自己的样本标上佩纳的名字。所以佩纳的 DNA 其实是凯恩的。佩纳请不起辩护律师，没有人会好心到替教堂山杀手出庭打官司。那年代的公设辩护人也没有预算重新检验 DNA。

所以卡尔嘴里的纸钞上才会有佩纳的 DNA，那根本不是佩纳，他早死了，根本没碰过那张钱。一直以来，那都是凯恩的 DNA，是他把自己的 DNA 样本标成了佩纳的。

真是聪明。

我猜所有校警的个人档案里都会有他们的辨识照片。我等着哈珀的联系人找到凯恩化名罗素·麦克帕特兰时用的照片。

没有其他解释了。

哈珀手机响起，她接了电话。德莱尼的声音在汽车的音响中响起。

"我们在这片街道以及周围的五个街区巡逻。没看见凯恩。有些瞎晃的人，但没有异常。有人从夜店、酒吧走回家，两个毒虫在后面那区披着毯子，还有个家伙喝得酩酊大醉，把他的阿斯顿·马丁停在奥布莱恩酒吧外，睡在副驾驶座上。我们在严密监控，但没看到凯恩，还没看见。"

"我可以去找博比吗？"我问。

"可以，但别待太久。"德莱尼说完就挂断了电话。

"你去吧。我送你过去，把车停在街上。"哈珀说。

我们开到 39 街，博比住的地方就在街道中间。我想起博比，想到他对我的话会有什么反应。我确定如果今晚联邦调查局逮到1美金杀手，到了明早，对博比不利的诉讼就不用继续打下去了。发生了这么多事。阿诺死了，我甚至还没时间消化这件事。凯恩利用另一块钱将阿诺的命案嫁祸给我。

"停车。"我说。

"什么？"哈珀问。

"快停车。我要你打电话给教堂山的那名警察。这么多年来，凯恩凭借的不仅仅是运气。"我说。

哈珀联系了那名警察，我们等待回应。他说他刚刚才在数据库里找到了校警麦克帕特兰的档案，本来他打算早上再用电子邮件寄给哈珀，但她说服他现在就用手机拍下资料内容，发信息传过来。警察非常配合。我给德莱尼打电话，把一切跟她说清楚了。

终于啊，一切都说得通了。我们为此谈了10分钟，然后哈珀在博比住处外面让我下了车。那是一栋没有特色的褐石别墅，位处能够躲避媒体风暴的完美地段。

我走上阶梯，敲响博比家的大门。冷风刮过我的脸颊，我朝双手呵气。霍尔滕前来开门，我立刻感受到屋内的温暖。

他还穿着黑色西装裤，打着领带，但脱了外套。看到他的枪还挂在身上，我觉得自己松了口气。挂在他腰上的是插在真皮皮套里的克拉克手枪。

"你没事吧？"他问。

"糟透了。博比还好吗？"

"进来，他在楼上。有什么消息吗？"

我进屋，经过霍尔滕身边，感谢他在我身后立刻关上了门。我没穿大衣下车，从车上走到门口这短短一段路就让我直打哆嗦。所幸我的吗啡在持续发挥作用,不然我会因为断掉的肋骨而行动不便。

走廊是黑的,但灯光从客厅里照亮了角落。我听到电视正在播放棒球赛。我退到一旁,让霍尔滕先过去。

"上楼看看他吧。他在二楼。我录了比赛,想说不妨赶个进度。联邦调查局的车停在外面,我好像没有那种暴露在危险里的感觉。我可以稍微放松点儿了,你知道的。"霍尔滕说。

我点点头。"当然,这几天很难熬。我觉得博比终于可以翻案了。希望事情尽早结束。"

霍尔滕已经转身前往客厅了。我看着他一屁股跌坐进宽宽的沙发里,面对巨大的平板电视。他问:"你们逮到那家伙了吗,1美金杀手?"

"差不多了。"我说,"我觉得我们已经掌握足够的证据可以提出判决无效了。如果我们逮到他,我觉得我们会得到无罪释放的结果。"

我看着霍尔滕打开一瓶啤酒,伸手把酒递给我。

"要来一瓶吗?感觉你可以痛快地喝一点儿。"他说。

他说的没错,我可以痛快地喝一瓶,以及之后的二十瓶。

"不,谢了。"我说。

我走上楼,找到第一段阶梯,然后是一个平台,再上去才是上楼的楼梯,我喊着博比的名字。

没有回应。等到我爬上最后一级台阶时,我又觉得冷了。灯没开,我猜博比已经睡了。一阵冷风吹过我的脸颊。对着街道的窗户是开着的。我静静走过去,望向外面。窗户差不多开了30厘米,正对着消防通道。我探头出去张望,我上方、下方的消防通道里都没有人。

我低头回到室内,一只手扣在我的嘴上,把我的头向后压。有那么一瞬间,我没有动。我的呼吸已经离开了我的身体。我本能想抓住这只手,将手扭回攻击我的人,然后转身将他的手腕折到他后背去。

就在这时,我感觉到背后被锐利的东西抵住了,那是刀尖。

我把目光放低到窗户上,对,玻璃反射出来的是陪审员布拉德利·萨默斯。他站在我身后,但我还是看得见他的脸。他也望向玻璃,注视我映在上面的双眼。楼下传来电视转播的声音。我不敢移动,我担心我一动,他就会有反应。凯恩会用刀子刺进我的后背。

我的手机还在外套里,如果我伸手去拿,也许可以启动语音拨号打给哈珀,就跟几个小时前我在警车后面时一样。

这些念头在我脑袋里大概出现了1秒,然后我发现凯恩大概也想到了同样的事情。他端详着玻璃上的我,观察我的反应。他把头靠过来开口低语时,我都听得到他在我耳边的呼吸声。

"别动,别想打电话求救。弗林,你今晚就会死,唯一的问题是死得多慢,以及我该不该杀掉你那漂亮的调查员。如果你希望死得痛快点儿,我可以大发慈悲,但你要照我的话去做。"

00:71

凯恩感觉到弗林的心跳。他的左手紧紧压着弗林的嘴巴,前臂也贴着他的脖子。那种冲击感又出现了,那壮丽的脉动,恐惧与肾上腺素交织出来的熟悉鼓点,活生生地跳动着。

"我会把手拿开,你要照我的话做,不要喊,不要讲话,一个字,一个低语,我都会杀了你。然后我会杀了她,你的调查员。只不过这次我会慢慢来,我会扒了她的皮,直到她求我让她死。如果你明白,请你点点头。"凯恩说。

THIRTEEN

弗林立刻点头。

凯恩把手从弗林嘴边拿开。律师大口喘着气。惊恐差点儿让他窒息。

"我要你用一只手,把手机拿出来,扔到地上。"凯恩说。

弗林把手伸进外套口袋,掏出手机,任其落地。手机在厚厚的地毯上弹了两下,几乎没有发出声音。

凯恩退了一步,说:"你右边有道门,打开,走进去。"

弗林转身开门,走进黑暗的房间里。窗帘是拉开的,所以街道上的灯还能在房间里投进昏暗的黄色光。右边有一张床,正前方是一道厚实的铸铁门。

门紧紧关上,门上方有一个监控摄像头,红点是亮的。镜头对准下方,捕捉到安全门外面的画面。

凯恩朝门走过去,然后在卧室门槛上等待。

"所罗门在我逮到他之前跑进了紧急避难室。我要你叫他出来。他正通过摄像头看着你。麻烦你跟他说,我已经走了,警察到了,他很安全,可以出来了。"凯恩说。

律师没有动。凯恩发现他正端详着门边的小桌,桌上有台灯,有电话。电话线连接到小桌后方墙壁上的座机里。在避难室的门边有另一条电话线也连接着同一台座机。墙上的盖子被拆开,连接着座机的电话线被剪断了。这是一个老旧的紧急避难室,大概在装电话线之前就存在了,没办法在避难室的混凝土墙上凿洞连线,电话线只能从有限的空间连出来,接到插座上。凯恩很是感谢这种设计,因为所罗门躲进避难室,还没来得及从里面打电话向外面求救,凯恩就剪断了电话线。

"你这是在浪费时间。"凯恩说,"跟他说安全了,叫他出来。"

律师走向前，站到门边。

"快跟他说。"凯恩说。

弗林抬头望向监控摄像头，说："博比，是我，艾迪。"

凯恩变换了握刀的姿势，缓缓走进房间里，谨慎地站在摄像头的拍摄范围之外。

"博比，仔细听我说。你安全了，你非常安全。现在，我要你做一件事……"弗林说。

凯恩伸出舌头，舔了舔嘴唇。他感觉自己的心跳在加速，迫不及待要动手杀人了。

"博比，无论发生什么事，千万不能打开这扇门。"弗林说。

凯恩心想：一个傻子。

他会逮到所罗门的，也许不是今晚，但也不远了。现在，律师必须付出代价。他紧握着陶瓷刀，感觉到自己血液的第一波热流。他看着律师拉起领带，盖住自己的口鼻。

这时，他左边的窗户碎裂，房间里弥漫着催泪瓦斯。

00:72

第一发催泪弹在卧室角落爆炸，同一时间，我听到周围玻璃碎裂的声音。两名配备特战重装及防毒面罩的联邦探员从窗户玻璃外跳进房间里。我听到走廊的玻璃也破了，看到另一名小队成员在凯恩身后落地。距离我最近的探员交给我一个面罩，我想办法放低身子，爬进角落，然后戴上面罩。等到我把脑后的魔鬼毡贴好时，已经双眼刺

THIRTEEN

痛了。

我听到探员表明身份,还吼着警告凯恩放下刀子,跪在地板上。我看不见他们。卧室及走廊的窗户玻璃破裂,外面又寒风刺骨,整个空间很快变成一大团无法看透的白烟。烟雾慢慢从窗户排走,但头几分钟我还是什么都看不见。

自动步枪连续射击,空弹壳掉落在地上,发出叮叮当当的声响。然后是一片寂静。我听到哀号声,接着是重物落地声。之后枪战才真正开始,两波震耳欲聋的枪声响起。我在硝烟中看到枪口的探照灯灯光,却看不出枪开火的方向。

硝烟里有个人影在迅速移动,我只看得到轮廓。那人影蹲在房间角落,起身,接着是玻璃碎裂声,接着窗边冒出一阵烟。楼梯上传来脚步声,沉重而迅速。

硝烟逐渐散去。我站起身来,地上探员的尸体差点儿绊倒我,这是刚刚给我面罩的探员。他的喉咙被人割开,枪不见了。在他后方,第二名探员脸朝下倒地。然后,我在走廊上看到凯恩正站在最后一名突破窗户进入二楼的探员身旁。探员倒在地毯上,身体颤动着。凯恩把弹匣里最后的子弹都打进他身体里。探员不动了。凯恩扔下步枪,抄起刀子朝我走来。

他双眼泛红,满脸是泪,但他似乎毫不在乎。我发现他的衬衫腹部有一处深色的痕迹。他在还没杀害第一名探员、夺走对方的武器之前就已经中弹了。

但是,他似乎并没有因此停下脚步或慢下来,一点儿也没有。

这家伙到底是个什么东西?

我与凯恩的距离只有 3 米。楼梯上的脚步声变大了。我向后退,直到腿撞到避难室的金属门。凯恩大步走过来,脸上挂着笑容。

我从外套口袋里抽出霍尔滕的克拉克手枪，直直朝凯恩胸口开了一枪。这是我在霍尔滕关上大门、经过他身旁时偷偷拿过来的。这一枪让凯恩后退了几步，但他居然奇迹般地保持着站姿。他低头，看到了严重的冲击伤，很快他又抬起头，张开嘴巴，吐出鲜血，继续朝我走过来。

下一枪打中了他的肩膀，但他甚至没有停下来。

只有 2.5 米的距离了。他还是死不肯放下刀。

我开枪，开枪，再开枪。一枪没中，一枪击中腹部，一枪击中胸部，结果这混账还是在继续前进。

1.5 米。现在脚步声抵达走廊。

我把枪口瞄准下方，开了两枪。第一发落空了，第二发打中了凯恩的膝盖，他倒了下去。他开始爬行，气喘吁吁地吐着血。

90 厘米，他的刀子捅了过来，刀刃插进我的大腿里。最后一刻，凯恩的眼神变了，变得柔和、放松了。仿佛所有的重担都烟消云散了，而他望着克拉克手枪的枪口。

我最后一次扣动扳机，轰掉了他的后脑勺。

痛楚蔓延开来，我的膝盖发软，大腿上有一道长长的伤口，我感觉到鲜血染湿了我的长裤。我头晕眼花，整个房间天旋地转。我肯定倒在地上了。我看到霍尔滕的手枪出现在我面前。我肯定把枪弄丢了。我撑起上半身，看到霍尔滕站在我面前，气喘吁吁。他弯腰捡起了手枪。

我看到霍尔滕脸上露出果决的神情。他弹出弹匣，看了看。里面至少还有两发子弹。我戴着防毒面具无法呼吸，于是扯下了面罩。

"星期二，在快餐店。我们一起吃早餐，然后去了命案现场。"我说。

霍尔滕蹲了下来，端详起凯恩的尸体来。

THIRTEEN

"从没想过我会看到这一天。"霍尔滕说。

他对着凯恩的尸体难以置信地摇摇头。

"天底下没有跟他一样的人。他虽然会受伤，但不会痛。我以为他不是人。"霍尔滕说。

"在快餐店。你拿了我要付账的钱，然后还给我，说你来付。你拿走其中一块钱给了凯恩。你帮他陷害我。一直以来，你都在帮他。"我说。

他站起身，转向我，脸上露出微笑。

那是扭曲又邪恶的笑容。我看了教堂山警方传给哈珀的照片。霍尔滕一点儿都没变。我想让他知道，他的伪装失败了，他再也无法躲在假名后面了。我破音了，因为实在是太痛了，但我还是继续说："在教堂山，你调包了理查德·佩纳和凯恩的 DNA 样本，对吗？罗素·麦克帕特兰警官？"

他把弹匣装回去，一发子弹上膛，枪口对准我。

我咬着牙，注视他的双眼。

他的身体突然抽动起来，还在窗框上的玻璃被染成红色，然后霍尔滕的尸体从窗口摔了下去。

德莱尼与哈珀并肩站在走廊上。她们放下手枪。我听到德莱尼呼叫急救人员，整个房间又变暗了。我想睁开眼睛，却办不到。我的头很沉重，满身是汗。我感觉到自己的后背正沿着金属门往下滑，我无法用双腿阻止自己的身体下滑。我很快又倒了下去。

在我晕过去之前，我感觉到一只手正扶着我的脸颊。我听不到对方说了什么。有人捶起金属大门来，博比问现在是否安全，可以出来了吗。我想告诉他一切都搞定了，我想告诉他明天不用去法院了，起诉他的案件已经结束了，但我什么也说不出口。

00:73

距离 39 街枪战已经过了八周，1 美金杀手犯罪的全貌终于厘清。我太虚弱了，无法与德莱尼见面，但她给哈利打电话，全都告诉了他。我疗伤期间都待在哈利的公寓里，他把事情的来龙去脉解释给我听。

凯恩杀人无数，他的 DNA 出现在另外三个犯罪现场。沃利·库克在开庭前一周失踪，凯恩的 DNA 出现在沃利停在自家车道上的汽车轮胎上。沃利遭到焚尸，但过后牙医记录证实了他的身份，他曾出现在所罗门案的陪审团名单上。同时也寻获了普莱尔的尸体，他倒在他的阿斯顿·马丁跑车的驾驶座上，而车停在博比所住那个地方的街上。

凯恩离开格雷迪酒店时遇到了普莱尔，抢了他的衣服，杀害了他，用大衣盖着他的身体，用帽子遮挡住他眼眶上的大洞。

虽然接下来两起命案没有确切的证据，但联邦调查局相信凯恩也杀害了曼纽尔·奥特加与布兰达·科沃斯基这两位陪审员。

德莱尼了解到更多有关霍尔滕的信息，他本名罗素·麦克帕特兰。经过一连串性骚扰的指控后，他因为不光彩的原因被军队开除了军籍。这些指控都无法得到证实，但这给了长官足够的理由，让他因为一系列轻微的违规行为离开部队。麦克帕特兰在北卡罗来纳大学教堂山分校得到校警的工作，没多久校园就传出骇人听闻的性侵事件。不管怎么说，他是警察，当女学生看到他的时候，都会信任他。教堂山杀手的第一名受害者出现时，大家以为强奸犯的胃口变大了。现在调查局不这么想了，德莱尼相信凯恩找到了麦克帕特兰，威胁要揭穿他，除非他协助凯恩掩饰罪行。

THIRTEEN

这两个人配合得很好。麦克帕特兰有安保部门的背景，认识的人通通是警察，这些是凯恩需要的资源。当然了，需要伪造证件的时候，麦克帕特兰也知道该去找谁。这么多年来，凯恩不只是运气好，他还有帮手。

于是平反开始了。有些人是在死后被洗刷了污名，多数人则还活着。因为1美金杀手的罪行而入狱的人通通获得无罪释放，走上冤案赔偿官司的漫漫长路。无论他们会得到什么样的补偿，他们的人生都回不去了。

我躺在哈利的沙发上，看着剧集《警花拍档》的重播。博比每天都打电话来，说谢谢我救了他一命。哈利一而再地好心替我开口。我在有线电视新闻网上看到博比的访谈节目，他谈到因自己没有犯下的罪行而受审的痛苦经历，他谈到自己的癫痫，以及他是如何向业界隐瞒的。最后他谈到他的性取向，他告诉记者，阿蕾拉及托泽命案当晚，他其实是跟另外一位男演员在一起。又是一个活在谎言里的全球知名影星。这一切纠缠着他，他只能向所有人隐瞒这份愧罪感，包括他的辩护律师。

虽然好莱坞不原谅博比，但美国大众原谅了他。我听到前门打开了，哈利拿着瓶状牛皮纸袋进来。

他把袋子及一堆信件一起放在茶几上，又拿来两个杯子，给我们斟酒。

"在看什么？"他问。

"《警花拍档》。"我说。

"我一直都很喜欢这个节目。"哈利说。

他喝起他的波本威士忌，期间放下杯子，说："博比·所罗门想雇用你。"

"干吗?"

"他在制作网飞的试播集,主角是变成律师的骗子。"他面露微笑。

"这种题材不会有市场的。"我说。

哈利发现我在盯着信件看,便把信拿起来,放到了一边。

"有我的信吗?"我问。

他没回话。我看到眼熟的大牛皮纸信封。

"哈利,给我。"我说。

他叹了口气,从信件堆里挑出牛皮纸信封交给我,说:"这事你不用现在处理。"

我打开信封,抽出文件,坐直身子。我的腿还是痛,但伤口正在愈合。医生说再过几个星期我就能摆脱拐杖了,现在只剩下微微的刺痛感。在我面前茶几上的文件却伤我更深。我从哈利茶几上的笔筒里抓起一支笔,翻了几页,签署离婚及监护权文件。

我一口气喝完杯中酒,慢慢感受着冲上脑门的酒精。哈利又给我倒上酒。

"我可以跟克莉丝汀谈谈。"他说。

"不。"我说,"这样对她们最好。她们离我远一点儿会比较安全。事情就是这样。我在博比位于市中心的住所时,凯恩用哈珀威胁我,那时我还挺庆幸的。如果我跟克莉丝汀、艾米在一起,他就会威胁到她们的生命,或做出更可怕的事情。她们离我远远的反而比较好。"

"博比给你的报酬很高。艾迪,你可以抛下这一切,做点儿别的事。"

"我还能做什么?我的状况没有以前好了,不能重操旧业。"

"我不是指那个。你知道,找点儿别的事做,合法的事业。"

开始演广告了,第一个广告是罗伯特·所罗门及阿蕾拉·布鲁姆纪录片的预告。在博比还炙手可热的时候，媒体会竭尽所能地利用他。

在预告片之后，我看到另一则鲁迪·卡普访谈节目的预告。鲁迪出现在每一个脱口秀节目与新闻频道，抢了所罗门案的全部功劳。我不在乎，让他去吧。没道理跟鲁迪这种律师抢风头。我打官司不是为了名气，我最不需要的就是出名。

"我想我还是继续当我的辩护律师吧。"我说。

"为什么？艾迪，看看这工作让你付出了多少代价？为什么还要继续？"

我没有看哈利，但我觉得他已经知道答案了。

"因为我可以继续，因为我必须继续，因为这个行业永远都会有阿特·普莱尔、鲁迪·卡普这种人。必须有人站出来做对的事情。"

"这人不见得非得是你。"哈利说。

"要是别人也都这么想呢？要是大家都期待别人来做，而没有人肯替别人站出来呢？必须有人站在天平的另一边。如果我倒下，之后会有人来接替我的位置。我要做的只是尽力站久一点儿。"

"你最近不太能站起来啊。对了，哈珀想见你。"

我让气氛逐渐静默下来。

我折叠好克莉丝汀的律师准备的文件，塞回信封里。我的心思飘回位于市中心的那间卧室。我摘下婚戒，扔进信封。不要和我做一家人对她们来说是最好的选择。她们太美好了，我配不上她们。而我实在太爱她们了。

我一直把克莉丝汀的婚戒放在钱包里。那个时候，我不知道该拿它怎么办，但我现在可以离婚，同意克莉丝汀的所有要求。这样对她们最好。

我将手中的酒一饮而尽，又倒了一杯，躺回沙发上。

"那么你有什么打算？"哈利问。

我拿出手机，考虑要不要打给克莉丝汀。我想打给她，但我不知道该说什么。另一方面，我知道我有很多话要对哈珀说，但我想想，其中的某些话还是不要说出口的比较好。

我望了好一会儿手机，然后点进通讯录，按下拨号键。